一個指尖的相愛機率

The RIGHT Choice

劉昱萱——著

「世界充滿了我們相遇的機率，我卻始終無法遇見你。」

——徐志摩《好久不見》

推薦序

真愛是後見之明：先拋出真實的自己

饒舌歌手 POPO J

「欸，你覺得真愛存在嗎？」

「對你來說，什麼是真愛？」

二〇二四年四月某日下午，我和Sandy在米蘭的運河喝餐前酒，她對我這麼提問，順道介紹她剛完稿的新小說。

記得當下我思考了一陣子，然後說，如果以現代的人的定義來說，認為它不存在。會這樣回答，是因為我認為現代人正經歷一個史上資訊量以及資訊傳遞速度最為飛快的時代，導致大部分人總是花大把時間關注別人篩選過後，想給你看的面向，所以很多人認為的「真愛」，不過就是他們看了各種別人製造出的美好伴侶、關係，通過自己所缺乏、所渴望的東西，去投射出一個白馬王子／公主，which is根本不存在這星球的人。

幾個月後的現在，我再次思考了這個問題，我認為如果真愛要存在，關鍵在於我們每個人是否能打破那些想像的泡泡，去接近自己最真實的模樣，然後用最真實的模樣去跟每一個我們相遇的人相處。

我認為，想要找到真愛，自己要先成為那個真愛。你所想像的真愛是什麼樣子，就讓自己實際去貼近那個想像，在行動的過程之中，你才能知道哪些根本不切實際、哪些是我所缺乏的、哪些是我真正需要的、哪些是我能給予的，如此以來，才更能知道你想要的，具體是什麼樣子。

最重要的是，在這個過程中，我們才能親身體會到，世界上根本沒有完美的對象。只有親身經歷那些跌跌撞撞、起起伏伏，才能學到何謂真愛，真愛不是各種條件都滿足你的想像和慾望的對象、真愛不是什麼對的時機和對的人、真愛永遠都只是後見之明。

真愛是當你對自己的提問，從「我的對象條件必須是什麼？」，變成「我能為眼前的對象付出、提供什麼？」而這一切，都關乎你能否一次比一次更接近、並拋出真實的自己。

所以如果現在要再問我一次同樣的問題，我會回答：真愛是存在的。真愛存在於最真實的自己心中。而它是什麼模樣，每個人不一樣。

謝謝Sandy的作品和當時的提問，激盪出我自己也感到有趣的想法。祝福各位讀者，也能從這本書的故事，獲得新的思考方式或體悟。

二〇二四年七月　臺北

目次
content

Chapter 1
The RIGHT Choice

01 所以，你會向右滑嗎？

孫慢慢

嫩粉色的大馬士革玫瑰剛送來，插在盛滿水的玻璃花器，新鮮的水珠仍在葉片和花瓣上閃閃發光，新娘捧花一向能讓早晨瞬間明亮清新起來，剛煮好的熱咖啡香氣與淡雅的玫瑰花香揉合在鬆甜香軟的空氣中，收音機放著小野麗莎的Bossa Nova，今天是一個特別的日子。

「三⋯⋯二⋯⋯一⋯⋯吸氣！」芮娜從喉嚨發出微微怒吼，用力將婚紗背後的拉鍊拉起，我感覺到胸部連同腰身跟著婚紗裡的馬甲咻——地收緊，我的身體被狠狠地往上提。

「妳是不是最近吃太好了？」

我翻了白眼，感覺到還沒吃早餐的胃在翻騰，芮娜一聲令下：「還不夠，再吸氣，來我數到三⋯⋯一⋯⋯二⋯⋯三！」

我深吸一大口氣，像是小時候在泳池邊下水時的呼吸預備，深吸氣，腰桿挺直的瞬間，氣息全一股腦衝到頭頂。

「好了，搞定。」芮娜俐落地拍了我的背，但我仍然繃緊呼吸，深怕一個小小的嘆息，這件從義大利飛來要價三十萬的手工訂製婚紗會瞬間崩解。

米白色的柔軟絨布從兩米高的天花板垂掛下來，像一道軟綿綿的瀑布，芮娜拉開試衣間的布幔，陽光從紗質窗簾隙縫間鑽進來，我看著鏡子裡的自己與身上這套婚紗，一層又一層手工縫製的蓬鬆裙襬，當陽光閃耀在真絲雪紡白紗上頭時，襯托出高級的象牙白光芒，胸型的立體設計，細緻無比的雕花蕾絲，曼妙的剪裁，這一套婚紗就是夢幻的代名詞。

我拿起手機對著鏡子裡的自己連續按下快門，屏住氣息、堆起新娘子的甜美微笑，夢幻婚紗，咖啡香氣、清晨陽光、粉紅玫瑰，一氣呵成的完美！

「好了，快幫我脫下來。」我聶著呼吸輕聲細語，試圖用最溫婉的口氣催促悠閒整理一旁新送來婚紗的芮娜。

「呼——啊！」就這麼一瞬間，繃緊的呼吸終於順著鬆開的拉鏈向下流洩。

當新娘還真是不容易。

我滿意地審視手機裡那張照片，手工訂製的婚紗就是有一種魔力，即便只有新娘子隻身一人在試穿間對著鏡子自拍，都夢幻的讓女孩心甘情願掏出信用卡，刷下這三十萬。

我拿起手機，飛快地點開熟悉的他的對話框，訊息停留在對方傳來：「這幾天晚上都比較忙，抱歉。我很想妳。」

這已經是我第四次回顧這條訊息，顯然他今天也忙到沒時間傳訊息給我，我卻不爭氣地開心了起來，望著這條訊息傻傻發笑。

我點選手機相簿裡那張看起來最自然的照片，傳送！

「妳在偷笑什麼？」芮娜突然從身後冒出，她眼尖地看到傳出婚紗照的對話框，立即搶過我手機。

「妳幹嘛搶我手機！」

「孫慢慢小姐，請問我有看錯嗎？妳是傳了婚紗照給交友軟體上的男生嗎？」

我支支吾吾，扭著身體穿上牛仔褲，漫不經心地咕噥：「……又不會怎麼樣。」

芮娜熟門熟路地點開對話框頭像照片，「我看看……John，這個John，金融業……三十四歲……興趣是……嗯？喜歡畫畫和溜滑板？什麼啊，根本怪咖！」

「哪會啊！人家興趣廣泛也要嫌？妳管很多耶！」

「重點是，妳哪根筋有毛病！妳傳婚紗照給他幹嘛啦？這交友軟體對話還沒辦法收回！什麼爛東西？」芮娜無趣地將手機丟回我手上，翻了招牌白眼。

「不過就是傳張照片啊！不覺得很漂亮嗎？」

「是，是漂亮！但是誰會想收到婚紗照？男生收到這種照片不會嚇死嗎？更何況還是交友軟體上的人！認識多久了？」

「兩星期又三天。」

「見過面了沒？」

我搖頭。

「回訊息頻率？」

「兩三天回一次。不過是因為他很忙……」

「哈！」

芮娜為自己倒了一杯咖啡，老氣橫秋地說：「我真是服了妳耶孫慢慢，放生啦！我告訴妳，這種男的一看就知道是要找炮友的，而且齁，妳還不是一線炮友哩！人家根本只是把妳當備胎好嗎？妳這樣傳婚紗照，這條線馬上掰掰。如果他看到婚紗照還興奮，那更慘，根本有病。」

芮娜點開封鎖鍵，我還來不及看最後一眼，三十四歲金融業的John，有緣無份。

「喂！妳不要這樣到處斬我桃花！我的真命天子就這樣被妳刪掉了！」

我沒好氣地說，一邊抱起剛才試穿脫下的訂製婚紗，裝上衣架，套上防塵袋，美歸美倒是重得要命，新娘結個婚還真是負重前行啊！

「真命天子？妳在交友軟體上找真命天子？不要開玩笑了。這種東西哪能相信？」

她雙手一攤，一屁股坐回自己的電腦前。

「我就沒有時間嘛……這工作這麼忙。時間都給這些幸福的人了……」點開今日的婚紗試穿預約表單，哇，一路到晚上七點，居然一連有十組！看來今天有的忙了。

第一組再過一小時就要來了，想到即將從早忙到晚，我就頭痛，將整包砂糖加進咖啡裡頭，快速攪拌了幾回。

「那算我拜託妳，至少在交友軟體上也有點眼光好嗎？不要老是配對一些歪瓜劣棗嘛。」

我放聲大笑，歪瓜劣棗這個詞用的還真不留情。

「哈哈哈哈，如果交友軟體上找天菜這麼容易，我還何苦左滑右滑。妳自己看看。」我點開手機裡的交友軟體「Make it Right」，這個占據我通勤時間、睡前抬腿和無聊寂寞時的良伴，遞給芮娜。

她拿起手機，看也不看地便開始瘋狂左滑，「不行、怪人、自戀狂……嘖！都是一些怪咖，看起來沒有一個正常的呀，根本浪費我時間。」

她托著下巴，舉手投足散發著勝者餘裕的氣息，打趣地看著我：「慢慢，我就老實說吧，這個交友軟體真的有用嗎？說實話妳每次配對到的人都超級奇怪的呀，剛剛那個John也是，感覺不太優。」

我聳肩，翹起我的食指，在空氣中向左劃，「他還已經算好的咧。我都已經練到睡夢中左滑的神技了呢！」

芮娜大笑，「以這種素質，我看妳滑到手指抽筋，都還沒找到好貨！還好我根本不需要玩這種軟體。」

「唉，不然怎麼辦呢？我每天會遇到的未婚男性，就是準備要從未婚變已婚的男生啊！我不從交友軟體找，連妳口中的歪瓜劣棗都遇不到哦。」

她起身擠到我身邊，「不准妳說這種沒骨氣的話，要我整天浪費時間在滑掉這些歪瓜劣棗，我還寧願去夜店獵豔哈哈！」

「一百次左滑，只要有一次右滑就成功啦！妳自己看，現在上門來試穿婚紗的新人，有一半都是從交友軟體上認識的，他們不也修成正果了嗎？」

「我就看撐多久喔。」她不以為然地咕噥，溜回座位準備今天的工作。

我和戀愛總是快狠準的芮娜不一樣，我相信命中注定的愛情，也對於緣分和命運這件事情充滿耐心，因為我相信冥冥之中每個人的幸福都被上天妥妥地安排著，或快或慢，可能是明天，也可能是幾年，但總有一天會發生。

成立「慢慢幸福」婚紗工作室的三個年頭，各式各樣的新人帶著各自的故事前來，有人一見鍾情、有人日久生情，有人笑著進來，有人哭著離去，當然也有人歷經千奇百怪的峰迴路轉，才終於讓他們得以攜手一起踏進這間婚紗工作室，迎接下一段旅程。

那麼這些人究竟是不是彼此能一路走到最後的Mr. & Mrs. Right呢？

在漫漫人生路上，面對伴侶選擇我們總想要尋找最完美的那個人，太早定下來怕後面遇到的對象才是對的人、繼續尋覓又怕後悔錯過，許多人便在這條路上忐忑前行。

我曾在書上讀過一條由數學家萊昂哈德・歐拉提出的「歐拉公式」發展出的大名鼎鼎「最佳停止理論（Optimal Stopping）」，人們將其套用在尋覓愛情的旅途上，最後計算出「37％法則」，意思是在面對最佳愛情與伴侶的抉擇時，前37％的對象都適合作為觀察的樣本，在跨過37％後出現的第一個人，有很大機率就會是最接近完美解的Mr. & Mrs. Right。

當我第一次讀到37％法則的存在時，猶如在黯淡迷惘的單身迷宮裡看到出口滲出的一絲光芒，為既孤單又焦慮的自己打了一劑強心針；然而每天工作時見到一對對不同的新人踏進工作室，上演著各式幸福戲碼，訴說著彼此獨一無二的相遇故事時，我經常忍不住想著，也許再多的機率與算計，都抵不過緣分和命運這兩個字。

芮娜總笑我好傻好天真，要三十歲了還相信緣分和命運，但說實在的，這何嘗又不是一件極其美麗又充滿勇氣的信念呢？

從事婚紗產業的人來來去去，很多女孩抱著對婚紗的夢幻憧憬進來，帶著看透世故的一顆破碎的心黯然離去，我必須承認有許多時刻現實不如想像美好，穿上婚紗的那一刻往往離婚姻已是臨門一腳，對於婚姻的徬徨、焦慮、喜悅、興奮期待和不安沿著一襲婚紗蔓延上心頭，五味雜陳的情緒交雜，一件婚紗就能爬梳出無數心情，新娘、新郎、陪伴在一旁的家人、好友、閨蜜，每個人的心思都在拉開布幔，看著新娘轉過身來的那一刻表露無疑，再細微的情緒都無所遁形。

三年來我和芮娜看過上千次這種時刻，只要幾秒鐘就能推敲出每個人的心情及他們與新娘的關係，絕大多數人的情緒都是帶著喜悅與感動的熱淚盈眶。而顧著低頭滑手機，對眼前夢幻白紗不屑一顧，讓新娘獨自努力的怨偶也不在少數。

然而有一種複雜表情卻讓我們看幾次都心疼，也是最難以視而不見的心情，那便是帶有遺憾的祝福。

眼前這位穿著淺藍色牛仔襯衫，戴著斯文的粗框眼鏡，精心整理過的乾淨工整髮型，臉上始終掛著溫暖與充滿支持的微笑的男子，鏡片背後的眼裡卻有難以言喻的傷感，他的目光從頭到尾都沒有離開過新娘，整個人直挺挺地站在忐忑緊張的新娘面前，兩人之間隔了一個手臂的距離，就這樣無語相望，什麼都沒說，卻什麼都也說了。

他清了清喉嚨，用無限溫柔的口吻劃破沉默的空氣。

「恭喜妳，陶珊。妳是我這輩子看過……最漂亮的新娘。」

我悄悄退出試衣間，拉起外頭的布幔隔絕出一個隱密的空間，偶然看見一旁的芮娜望了我們一眼，也默默將工作室內的背景音樂調了大聲一些。

湯以凡

如果你們了解我的生活和工作，就會理解我為什麼老是說：「所有的相遇都是算計。」

全世界有八十億人，兩個陌生人相遇的機率是0.00487，相愛機率是0.000049。

以概率來說，要找到彼此相愛的人，已經是奇蹟般的存在，更別說還得是那一個對的人。整個城市的人都在尋找愛，這也是為什麼「Make it Right」會誕生並且在一夕之間爆紅，因為我們的使命就是用理性的科學，提高全天下Mr. & Mrs. Right彼此相遇的機率，將興趣、年齡、星座、生活習慣、戀愛取向、甚至是對人生的價值觀經過精細的演算，在茫茫人海中幫人們找到了愛情伴侶裡的最完美解，「Make it Right」可以很自豪地說：我們是所有交友軟體中，成功配對且結婚率最高的戀愛推手。

陶珊說我這個人總是太實際、太死腦筋，一點都不浪漫。

「湯以凡，戀愛這種事啊，偶爾還是交給緣分，才會充滿驚喜啊！哎……等你遇到你的Mrs. Right，你就知道了。」她看著手中那顆閃閃發亮的鑽戒，幸福洋溢地笑著。

我早就遇到了，十五年前就遇到了。只是如果這段超過十五年的羈絆是人們所說的緣分，那我們可能永遠只能停留在有緣無份的階段了。她什麼都不知道，才會如此輕易地說出這些忠告。

「湯以凡，你覺得我還要試穿別套嗎？」陶珊緩慢地站在台子上轉了一圈，露出緊張的神情，等待我的回答。

我這才回神過來，再一次看著她身上這套蕾絲白紗，「對我來說……這件就很完美了。」

「為什麼一直看著我傻笑啦！你認真一點，這件婚紗真的適合我嗎？」

「我哪有傻笑，我是覺得很感動好嗎？妳小時候就一直吵著要穿婚紗，沒想到這天終於來了。」

陶珊笑出聲，鬆了一大口氣，「是啊，終於。」

她轉身回頭凝視鏡子裡的自己：「嗯，終於。」

我們陷入沉默，只剩下小野麗莎溫柔慵懶的嗓音伴著輕快的音樂迴盪在靜悄悄的空氣中。

我永遠不會忘記布幔拉開的那一刻，陶珊穿著一襲純淨甜美的婚紗映入眼簾，我的內心有多麼激動，心情有多麼複雜，而當我感覺到自己內心無數掙扎時，竟又是如此的愧疚。她等了這一天這麼久，看起來這麼幸福，作為最佳好朋友的我，卻一直在害怕這一天的到來，害怕看到她穿上白紗嫁給別人。

從半年前接到她電話的那一天，她難掩興奮地告訴我：「湯以凡，他向我求婚了，我答應了！你相信嗎？我要結婚了！」我每一天都問自己，這十五年來我是不是錯過了任何能夠改變一切機會？

這間「慢慢幸福」婚紗工作室還挺有品味的，我坐在接待區的沙發環顧四周環境，雖然空間不大，但每一個布置和裝飾都看得見用心，溫暖的淺色木紋地板，優雅的壁掛與鬆軟的白色毛呢地毯，一件件夢幻婚紗和粉嫩色系的鮮花環繞，在另一端的試衣間與客人談笑風生的女孩，穿著米白色襯衫和直筒牛仔褲，簪著溫婉的低馬尾，她就是剛才幫陶珊一起挑選婚紗的老闆慢慢。

現在幫陶珊換下婚紗的另一位女孩，我記得叫做芮娜，她伶牙俐齒、手腳俐落，有著一頭俏麗的短髮，不時和陶珊爆出爽朗的笑聲。

整天為人們的幸福與終身大事賣命著，真是一份了不起的工作啊。某種程度上，我們也算是同一種產業吧。

我嘆了一口氣，點開手機裡的「Make it Right」App，作為工程師時不時就得上來隨機測試一下，每一次看見我的測試帳號「Nobody」的頭貼照片，就忍不住笑出來。辦公室的年輕小伙子Matt全然證實了人們嘴裡說的「人帥真好」，就連這些翻白眼、鬥雞眼的搞怪照片，還是通殺「Make it Right」上各種寂寞的善男信女。

雖然我為交友軟體工作，但矛盾的是，我對於交友軟體上的愛情仍抱持著存疑態度，真真假假的資訊在上頭流竄，每個人在網路世界上都塑造出自己的另一面，就算相遇了，又該如何知道對方是真實的自己呢？

兩個陌生人在沒有真實相待的情況下，愛情儼然成了一場角力遊戲。當然「Make it Right」的確造福了不少單身男女，成功開花結果的故事不在話下，不過套句天下第一玩咖Matt的老話，交友軟體還是玩玩就好，認真就輸了。

我百無聊賴地一概右滑，用Matt的那張帥臉像使出配對連續技一樣，*Match! Match! Match!*

直到出現一張陌生又熟悉的臉孔，我定住手速太快差點直接往右滑的食指，仔細端詳照片中正在插花，笑容像一抹陽光般專注又開心的低馬尾女孩，稱謂欄寫著「Slow」，我抬頭看向接待區另一端的客人，只剩新娘和新娘媽媽低頭看著手機討論。我旋即一鍵點進自介區，讓我來看看妳的興趣是……

「興趣是喝咖啡、插花跟參加結婚典禮喔！」甜美的嗓音從頭頂傳來，我嚇得抬頭，手機掉在軟軟的毛呢地毯上。

那位婚紗店的老闆慢慢不知道何時已經走到我身邊，還正巧把我逮個正著，她手拿著一杯冒著熱氣的咖啡，側身蹲下將我的手機撿起。

手機畫面仍尷尬地顯示在她的個人頁面上，我連忙搶過手機。

「你可以不要偷看客人手機嗎？真的嚇死我了。」我說，下意識地將手機螢幕關掉。

她笑著將鑲著精緻金邊的馬克杯遞給我，「抱歉，不小心看到的。來，手沖咖啡，請你喝。」

我發愣幾秒，「喔……喔，謝謝妳。」

咖啡豆的醇厚香氣撲入鼻腔，咖啡香氣、鮮花、白紗，難怪這間工作室會受到這麼多女生歡迎。

我低頭喝了一口咖啡化解尷尬，沒想到她仍站在我面前，淺淺地微笑，有點客套，有點耐人尋味。

「所以，你會把我往右滑嗎？」她雙手叉在背後，笑著問我。

「噗！」我下意識噴出嘴裡的咖啡，嗆的喉嚨又燒又燙。

「天啊，抱歉抱歉！」她顯然也沒料到我突如其來的激烈反應，連忙抽了好幾張衛生紙遞給我。

完蛋了，我看見木地板和那塊潔白的毛呢地毯染上一片咖啡漬，我的淡卡其色褲子也正巧在最尷尬的位置被咖啡暈染了一整片。

「真的很對不起，我沒料到……」孫慢慢慌張起來，皺著楚楚可憐的眉頭，滿臉歉意地望著我。

我擺擺手，「算了算了，沒事。」我開始感到一陣煩躁，此時陶珊正好從試衣間走出來，看著眼前一團亂的我們。

「湯以凡！你怎麼整件褲子變成這樣？發生什麼事？」陶珊驚呼，連忙跑到我面前。

「不好意思，都是我剛才不小心說錯話，害先生的熱咖啡打翻……，我們這邊會賠償乾洗費用。」孫慢慢彎下腰鞠躬道歉。

「沒……沒關係啦。只是褲子溼掉了而已。」我抓抓頭，所有人盯著我的溼成一片的褲子，明明受害者是我，我卻想鑽個地洞躲起來。

陶珊搶一步說話，「湯以凡，我們等等還要去看婚禮場地耶，你不能穿這件褲子去啦。怎麼辦才好……」她噘起嘴，一副苦惱的模樣。

「湯先生，這樣好了，我們這邊有幾套男生西裝和褲子，如果您不介意，或許您可以先穿我們的西裝，褲子由我們這邊幫您送急件乾洗！您留下聯絡資訊給我，一旦處理好了我馬上通知您。」

孫慢慢提議，我無奈看著一旁緊張的陶珊，為了她喬很久才終於排到的婚禮場地參觀，我不能因為這種事情讓她失望。

我嘆了一口氣，「好吧，也只能這樣了。」我便跟著孫慢慢走進試衣間，沒料到我也會有在婚紗工作室換衣服的一天。

她仍然用心地替我一連選了好幾件西裝褲，並用心解說她認為最適合我今天淺藍色襯衫的材質與配色，我迅速地擺擺手：「沒關係，新郎不是我。我只要能穿就好。」

我快速穿上褲子、繫上皮帶，將原本溼成一片狼狽的褲子交到她手上。孫慢慢仍然不斷道歉，我們互相交換了聯絡方式，「褲子乾洗好了我會通知您！真的不好意思，湯先生。」

眼看婚禮場地的預約時間就要到了，陶珊拉著我匆匆跳上計程車，她正忙著打電話和場地負責人聯繫，我低頭看著不是新郎的自己穿著正式的西裝褲，點開手機螢幕仍停在「Make it Right」App

「Slow」的帳號，那張孫慢慢捧著自己完成的捧花，笑開懷的照片，回想起十分鐘前荒謬的一切，和她無厘頭拋出的那句質問，我的食指停在空中游移，「……真是的。」我搖搖頭，卻忍不住笑了。

02 只是Nobody

孫慢慢

我將超商買的肉鬆御飯糰和牛奶丟在小茶几上，如釋重負地跳上房間角落的雙人床上，例行公事般地點進手機裡的「Make it Right」App，**今天有30個新配對**，我眼睛一亮、精神抖擻，滿懷期待地瀏覽著一列長長的對話清單。

「嘖……這些男的都沒一個正常的嗎……？」我一邊瀏覽這些對話，一邊忍不住咕噥。果然，今天也毫不意外，淨是一些不合時宜到令人彆扭的初次問候。這麼多配對訊息裡，卻沒有一個感覺對的人！

我洩氣地起身，盤腿坐回地板的小茶几前，一手撕開御飯糰的包裝，一手迅速地切回軟體的主頁，反射動作似地左滑、左滑再左滑，「為什麼這世界這麼大，我還是找不到你呢……」

我嚼著飯粒喃喃自語，一個將近三十歲的寂寞女子，晚上十一點在茫茫人海中尋找近乎妄想般的微小希望，我媽要是看到我這副德行，肯定會整天把月老廟當後花園走，要眾神明拯救她單身的女兒，免於孤老終身的危機，她此生沒有其他太大願望，就是希望把女兒嫁出去。其實不是我不想嫁呀，只是……我想嫁給那一個對的人，而這就是最困難的地方。

關於交友軟體，聽到的故事可多了，光怪陸離、千奇百怪，什麼樣的人和對象都有，每一個人都是遊戲玩家，初入戰場的純情男女，一不小心越級打怪了，最後落得遍體鱗傷，連滾帶爬地逃出交友軟體，在這片暗潮洶湧的情海中，暈船暈到賊船都跑了還在夢裡人間。

我以前也是屬於排斥交友軟體的那種人，總懷著船到橋頭自然直的莫名自信，直到靠近三十歲的這一兩年來，看著身邊的好友一個個進入穩定關係，朋友可以介紹的對象也差不多都見了一輪，三天兩頭就接到爸媽催婚的問候，加上有了自己的小小工作室後，生活已經沒有空閒和機會再去認識新的對象，身邊幾個好友的慫恿下，總算鼓起勇氣下載了這個時下當紅的「Make it Right」來玩玩，彷彿劉姥姥進大觀園一樣，各式各樣的對象、條件一字擺開，一腳踩進了百花簇擁的戀愛市場。

自從我開始使用交友軟體，情場老手芮娜最常對我說的話就是：「孫慢慢，妳不要太認真，認真就輸了。盡量玩、盡量多看！」每當我和新對象在軟體上配對時，有好幾個夜晚，我總忍不住喜孜孜地抱著無以名狀的一絲期待入睡。

每一次的配對就像內心燃起的小火苗，那一個內建在大腦的心碎警報器，總是會在內心開始產生錯誤期待的前夕，警鈴大作，狠狠地潑自己一桶冷水提醒著自己：「不期不待、不受傷害。認真就輸了。」

過去也暈過不少次船，和對方配對、傳訊息、第一次見面，接著像情侶一樣約會，好幾次以為就要成了，最後卻無疾而終，不是對方人間蒸發，就是得到對方的回答：「不想進入認真的關係。」

儘管屢戰屢敗，我的心底卻仍然懷著一股希望，認真也許會受傷，但如果不認真對待，當真正的幸福降臨時，我會不會因此錯過呢？

我就不懂，為什麼認真的人，到頭來卻得被當成自討苦吃的傻瓜？不認真，要怎麼談一場真正的戀愛？

交友軟體教會我的一件事，就是不要輕易放棄。雖然將眼前對象左滑掉的機率，遠遠大於找到順眼對象的機率，但每當我滑到氣餒，揚言再來下一個左滑就要刪掉這該死的軟體時，老天總會突然安插進一個讓人精神為之振奮的優質對象，我的內心便會再一次充滿希望，告訴自己：「看吧！不是沒有，只是還沒遇到！」開啟下一個左右為難的輪迴，沉迷於軟體中無法自拔。**勇敢的人，最後會得到幸福的吧！**我總是這樣對自己說。

「炫耀大胸肌⋯⋯不行，自拍太油條⋯⋯不行，看起來像詐騙⋯⋯不行⋯⋯哦！這個不錯喔！」

正當我已經準備放棄今天的希望時，在我心中被封為「人間偶遇極品」的男子照片就這樣強勢登場，點亮我槁木死灰的交友軟體頁面。

這位穿著白色T恤坐在草地上，手臂摟著一隻傻里傻氣的哈士奇的男子，連做鬼臉的笑容都這麼陽光燦爛；下一張照片，他穿著一件印有假西裝領結的黑色料理圍裙，手裡握著鍋鏟，平底鍋裡有一坨義大利麵，他調皮地將羅勒葉擺在嘴邊假裝翹鬍。頭髮散漫地微捲，留著小鬍渣，性感的下巴線條，笑容看起來卻還帶有稚氣。這個長相和氣息，已經讓我的春天少女心蠢蠢欲動。

我睜大眼睛，點進他的自我介紹，「Nobody？這什麼怪名字」我咕噥，但接著又往下滑，點開他的自我介紹，「不過……看起來不錯嘛。」

喜歡下廚，拿手菜是義大利麵。比起酒精，更愛喝咖啡。我的身體組成：50％咖啡和50％義大利麵。討厭冰咖啡，最喜歡煙燻鮭魚義大利麵。

我揚起嘴角，這男的自我介紹還算挺有新鮮感嘛！

三件關於我的事，兩個是真的、一個是假的：

1. 我的酒量很差
2. 我很專情
3. 我說的話都是真的。

耐人尋味的自我介紹，專門挑起女生的好奇心，還自誇自己很專情。

我的直覺告訴我，此人八九不離十是危險級渣男、天下第一玩咖、是能把女生暈得團團轉的高手中的高手，建議避而遠之，安全為妙！

我丟下手機，起身將御飯糰的塑膠垃圾丟進垃圾桶，但仍忍不住盯著螢幕上那張帶著燦爛笑容的臉，可是萬一……是我自己想太多呢？

萬一他沒有我想的這麼壞、萬一他就是那個老天派來給我的人呢？

萬一我就這樣失之毫里、差之千里，錯過了真命天子怎麼辦？

萬一……萬一……我的手指按捺不住，微微地游移不定。

「吼……不管了啦！」我一鼓作氣撿起手機，狠狠地往右滑後丟回床上，假裝毫不在意，反正也不一定會配對，配對了也不代表什麼。有任何機會，我都要好好把握！我快速地整理茶几上的垃圾，試圖不去好奇有沒有配對成功。然而就在三秒鐘後，床上的手機響起一陣清脆悅耳的水晶鈴鐺聲，粉藍相間的字體浮現，大大地寫著：

You're Right - It's a Match!

✿

「不要再看了啦！再看他也不會回訊息啦！」

芮娜將我的手機搶去，把熱呼呼的豆漿和燒餅塞到我面前，我心虛地咬下酥酥脆脆的燒餅，思緒再度飄回我的小世界。

她呼呼地吹走豆漿的熱氣，老神在在地說：「男人沒有回妳訊息，妳就去過妳的日子啊！他想回就會回妳啦。」

「那妳覺得他為什麼不回我？他明明已讀了！」我放下手中燒餅，盯著芮娜問。

芮娜翻了翻白眼，「完了，妳又開始了。我哪知道？而且也不重要。重點就是他、沒、回。」

她一口吃掉生煎包，難得休假的早晨我們坐在熱鬧的豆漿店，她從昨晚在夜店一路玩到今天清晨，早上六點接到電話的我只好硬生生離開被窩，睡眼惺忪地陪她吃早餐，沒辦法，誰叫她是我最好的朋友。

「他就是交友軟體上的陌生人，你們才聊了幾天，沒回訊息很正常吧。」

我歪著頭，懊惱地看著手機，「但我們明明前幾天都還很熱烈聊天的……是不是他覺得我太煩了？」

「我都覺得妳煩了！孫慢慢，妳有點志氣好不好？才不到一個月，妳已經開始拿這個男的來煩我了。不過就是晚回個訊息，妳幹嘛這麼緊張。妳又給我暈船了？」她一掌打上我的後腦勺，還好我防守的快，晃頭晃腦的閃過。

「我才沒有暈！我只是怕好不容易出現的天菜又溜走了啊！」

「溜個屁，是妳的就是妳的。不是妳的，妳傳再多訊息都是白費力氣。」

我癟了嘴，不打算繼續聽芮娜碎念，神不知鬼不覺拿起手機。

「孫慢慢，妳不准再主動傳訊息！等他回！」

我滑開「Make it Right」，看著我們連續幾天一來一往的對話，雖然只是有一搭沒一搭的閒聊和問候，然而從在軟體上配對的那個晚上開始，每一天我們都會說上幾句話，分享天氣、分享彼此的興趣、分享午餐、晚餐吃了什麼，沒有目的性明確的露骨對話，也沒有不小心越界刺探到對方隱私，兩個人淺淺地聊著無傷大雅的日常小事，一點一滴地將真實生活的細瑣氣息滲透進彼此生活中，在同一座城市中感受著一位陌生人的日常風景，忽遠忽近倒也是挺難得的美好。

他知道我每天早上起床都要先喝半杯咖啡拿鐵不加糖，我也看到他在午休時間吃便當，從公司眺望出去的台北101風景；他知道我最忙碌的週三會吃肉鬆御飯糰和一顆蘋果當午餐，我也從每一次簡單的晚安猜到他會在十二點前睡覺。

「難得在交友軟體上，有人可以這樣聊好幾天的嘛⋯⋯」我擺出可憐兮兮的表情，看著芮娜。

「我認識妳十年，妳這個人談戀愛的問題就是，什麼事都急著想要有個答案，最後亂槍打鳥把自己害慘。受不了⋯⋯虧妳爸媽還取名叫妳孫慢慢。妳就不能有一次戀愛是睜大眼睛好好看、慢慢來不要急嗎？」

芮娜斜眼盯著我蠢蠢欲動想發出訊息的手指，「妳想傳我也不會阻止妳啦。但我要是那位無名氏先生，我早就封鎖妳了。煩人的女人超不性感的！」

芮娜拿出手機，向我展示她滿滿的未讀訊息清單，「我告訴妳，男人呢就是要用好奇心來勾他們，沒有神祕感的女人，對他們來說就是兩個字：無、聊！妳要勾起他們的征服慾，一旦他們想征服妳，再爛的話題他們都會照三餐回妳。本小姐的遊戲規則就是，我想回的時候再回，我要是不想回訊息，這些男的連我是死是活都不知道！哈哈哈哈！」

我大笑，「要是我有妳的一半，不，只要10％的撩男功力，我現在早就結婚囉。」

從以前到現在，芮娜總是敢愛敢恨，談起戀愛來風風火火，而我總是太急躁，太害怕沒有把握的戀情，因此常常在曖昧階段就急著和對方確認關係，最後嚇跑一堆人。

「嘖，這跟撩男功力沒關係。我反倒覺得妳常常是在糞池裡想找黃金，撿到屎了還當寶貝！妳找不到好男人我也不意外。」

我差一點被燒餅噎死，咳了幾下，芮娜嘴毒歸毒，但一針見血的功力實在無人能敵。

「什麼叫我在糞池找黃金！人家在吃東西耶，不要把屎掛在嘴邊啦！」

「我的意思就是，妳不要再把希望和精力投注在交友軟體上，那些男人妳就當作玩玩、排遣寂寞用，但妳如果要找妳經常掛在嘴邊說的Mr. Right，妳多出來跟我玩、一起參加聚會，在真實世界中遇到優質男性的機會更高。」她邊說邊飛快傳著訊息，「好了！搞定！」

「搞定什麼？」

「今天晚上妳要跟我一起去朋友的生日派對！」

「啊？誰？這太突然了吧！」

「小敏啊！妳知道吧，以前我大學的室友，她這次要辦一場大的生日派對，在Sky Tower最新的屋頂酒吧，她說會有很多單身帥哥喔！妳給我回家好好認真打扮，晚上開開眼界，很快妳就忘掉App上的那位無名氏帥哥了。還有，記住，不要回他訊息，煩人的女人，not sexy！」

上一次踩著細跟高跟鞋、穿著緊身黑色洋裝，在震耳欲聾嘈雜的酒吧盡情跳舞，享受與陌生男子若有似無的肌膚之親，已經是三年前我的婚前單身派對，沒錯，至少我以為自己真的從那天開始就能正式告別單身，一腳踏入婚姻當個家庭主婦。只可惜在結婚前夕，無意間撞見我的未婚夫，帶著他的前女友回到我們的房間享受最後的溫存，我當天興高采烈搬回來的訂製婚紗就躺在床邊的地板上，完美呈現對婚姻最荒誕的嘲諷。

最氣人的是，那傢伙真的和前女友結婚了，兩個人過著幸福美滿的日子，而我呢？一氣之下開了一間婚紗工作室，為別人的幸福努力著，而自己的感情卻還是一片空白。

在擠進中央的舞池前，我已經一連喝了三杯香檳和兩輪的Shot，芮娜在吧檯和認識的調酒師聊開，酒酣耳熱之際我和小敏帶來一同慶生的幾位男孩攀談起來，下一秒回過神已身在擁擠熱鬧的酒吧中央隨音樂舞動。

眼前將近一米九高大年輕的男子，穿的白色襯衫顯得過度緊繃，被他的汗水滲透成半透明的狀態，順著音樂他將雙手扶到我的腰上，「像妳這樣的女生，怎麼可能到現在還單身？」語氣中帶著曖昧和一點迷人的挑釁。

我恍惚地笑開，「那像你這樣的男生，為什麼還單身？」

他露出輕蔑的微笑，手臂一個悄悄用力，將我拉得更靠近他的胸膛，低下頭在我耳邊輕輕說：「誰跟妳說我是單身了？」便接著將雙唇壓到我的臉上。

我清醒般地彈開，狠狠地瞪著他，「你噁不噁心啊！」

他雙手一攤，滿不在意地說：「妳反應這麼大幹嘛？出來玩大家不都一樣嗎？這樣才刺激啊。」

他將手扶上我的肩膀，「來嘛。」我拍掉他的手，「離我遠一點，噁心！」

我都還沒離開，他已經轉過身貼到其他女生的背後，我感到煩躁無比，寸步難行地試圖穿過擁擠的人潮，好不容易終於來到酒吧的戶外天台，本想換個空氣，這邊卻也熱鬧無比，年輕男女在各桌暢飲談天、親暱地摟抱與親熱。

我隻身擠到天台的角落，微微靠在陽台的欄杆，台北市精華地段的夜景一覽無遺，望著腳底下的閃爍燈火，「唉。」

我大大地嘆了一口氣，從包包裡拿出手機，有些無聊地滑著社群軟體，已經結婚生子的大學朋友曬著剛滿月的女兒、前同事一連發了好幾則她答應男友求婚的現場驚喜照、交往多年的情侶們分享著日常的煮飯食譜、芮娜的限時動態貼出和壽星小敏的火辣合照。靠近三十大關，一瞬間身邊所有人都找到了詮釋幸福的方式，我好像動物大遷徙中途中被落下的迷途羔羊，一邊告訴自己沒有：「妳並沒有迷路！只是在享受單身風景」為自己壯壯膽，一邊看著大家一步步找到旅途的歸宿，好生羨慕。

我點進「Make it Right」的訊息清單，看著毫無動靜的對話框，猶疑了幾秒鐘，我送出訊息。只是隨意問候，沒什麼大不了。他不回也沒關係。反正他本來就還沒回。

我關掉手機螢幕，繼續將注意力放回眼前的百萬夜景，手掌心卻不自覺一直注意是否有新進訊息的震動，沒有任何回音和動靜，一股失落感悄悄襲來。

「哈真是的……我到底在幹嘛。」想到自己都花一個小時精心打扮出門了，面對滿屋子的熱鬧和機會，我卻躲在寂寞的天台角落，窩囊地等著交友軟體上的陌生人回訊息，我忍不住失笑，鼻頭也不知道為什麼酸酸的，為自己感到悲哀。

湯以凡

「嗚呼！恭喜陶珊！恭喜！」

「恭喜！我們的準新娘！」

「恭喜陶珊，今天要好好享受！」

「陶珊，今天妳怎麼玩，我們都會幫妳保密！」

香檳杯彼此碰撞，發出清脆爽耳的聲響，金色的氣球和滿桌的香檳與酒精氣派地一字排開，全場笑聲不斷，每個人都興高采烈地談天和跟著音樂舞動身體，十幾個女生聚在一起，這分貝量真不是開玩笑的。

「湯以凡！看你一副宅男樣，沒想到你還滿會辦派對的嘛！不錯喔！居然還辦在Sky Tower，訂的到位子算你厲害！」從高中開始就很愛扯著喉嚨尖叫的茱蒂，在我耳邊大叫。

我摀著耳朵，忍住想翻白眼的衝動，拉開嗓門回她：「茱蒂，我不是宅男！」但她根本沒在聽我說話，像隻花蝴蝶一樣在席間到處飛舞。

「湯以凡為了陶珊，訂個位子算什麼？就算辦在月球他都有辦法喔！你說是不是呀？來，我敬你。」陶珊的閨蜜Jenny穿著閃亮亮的亮片短裙，拿著酒杯晃過來，硬是碰撞了我手中的空酒杯。

Jenny前年嫁了個科技富豪，不到一年就閃電離婚，拿到一筆可觀的贍養費，那天起就把工作辭了，從此過著單身的富貴生活，是十足的勢利女。

「妳不要亂說。陶珊是我的好朋友，我才答應幫她辦單身派對的。」

Jenny冷哼一聲，「哇，當你的好朋友太幸福了吧！你會幫每一個好朋友辦單身派對嗎？」

要不是Jenny是陶珊近幾年來的好閨蜜，我跟這講話刻薄又咄咄逼人的女人，彼此絕對不會多說一句話。

「隨便妳怎麼說，不要跟陶珊亂說就好。」

「不用你擔心，我多期待陶珊趕快嫁給威廉哥啊！他們的婚禮一定很棒！」Jenny說，「還是說，乾脆你來幫陶珊辦婚禮就好！哈哈哈哈，反正你都陪她去挑婚紗、看場地了！」她一口豪飲手中的香檳，笑盈盈地舉手叫服務生過來。

我懶得搭理她，將目光和心思放回到坐在中央的陶珊，她穿著白色緞面的平口背心，下半身搭著俐落的白西裝褲和高跟鞋，手上的鑽戒在黑夜裡發亮，她綁著好看的馬尾、帶有亮粉的粉色唇膏讓她的雙唇看起來更豐滿，她笑著與姊妹淘拍著一張張的合照，酒吧戶外天台五光十色、霓虹閃爍的夜景，讓她成為全場最漂亮的焦點。我為自己添了半杯白酒，想起身活動一下，陶珊敲了敲酒杯，走過來握住了我的手，我的心跳毫無防備地漏了一拍。

「大家大家，請給我幾分鐘！」她大聲說，女孩們鼓起掌來，放下手邊進行到一半的自拍活動，興奮地盯著陶珊。「謝謝妳們今天來我的告別單身派對，我很開心、很感動，很難相信我就要結婚了！」

「我想要藉著這個機會，特別感謝我人生中最好的朋友，湯以凡！」她舉起我的手，女孩們歡呼著我的名字，我感覺到自己的臉頰在急速升溫發燙中。

「謝謝湯以凡幫我辦了一個這麼棒的單身派對……」她轉向我，大眼睛笑意滿溢地看著我，好漂亮。我的臉一定正在冒煙、心臟已經準備要爆炸了。

陶珊繼續說：「……更要謝謝他，讓我遇見我的真命天子。」

女孩們又興奮地尖叫鼓掌，我下意識地堆起微笑，說了幾聲恭喜。此時此刻我雖然看不見自己，但我希望自己看起來很自然、很真誠，不要看起來像個被潑冷水的輸家。

「要不是湯以凡鼓勵我試試看用Make it Right，我可能永遠不會相信有人能在交友軟體上找到真愛，那個人還是我！」陶珊激動地提高音量，「以後要是有人跟妳們說，交友軟體上沒有真愛，那是騙人的！」她放開我的手，舉起桌上的酒杯：「Cheers！敬湯以凡，敬Make it Right，敬真愛！」

我苦澀地舉起酒杯，一飲而盡，仍然不忘掛著好朋友的祝福微笑。

「湯以凡，你也趕快找到真愛，等到那時候，換我來幫你辦單身派對！」陶珊拍拍我的臉頰，「來一起去跳舞吧！快點快點……」她被Jenny和茱蒂等一群女生拖向裡頭的舞池，我揮揮手示意她玩得開心，一屁股坐回空蕩蕩的座位。

「唉。」好悶啊！有時候我真的很氣她，到底是真的什麼都不懂，還是我從頭到尾都不是她心中那個對的人。

我為自己再倒了一杯酒，放在口袋的手機一連震動了好幾回，我才終於有心思拿出來看訊息。

第一則訊息是Matt傳來的：派對都搞定了吧？就跟你說Sky Tower的經理很罩吧！要是有漂亮的妹記得介紹，報答我唷！

猶記當陶珊撒著嬌請我幫她辦婚前單身派對時，那股願意為她的快樂赴湯蹈火的使命感，真的差一點把我自己搞死了。人生沒去過幾次派對，更別說我要張羅一個讓她面子裡子都足的夢幻派對了，好在有天下第一玩咖Matt的即時救援，幾通電話就讓各方義氣相挺，夠罩！

Matt不只在現實生活罩，連在虛擬世界都能走路有風，我雖然自認長相乾淨端正、也還算斯文老實，但站在Matt旁邊就瞬間變得不起眼，要身高有身高、要長相有長相，整個人幽默風趣，還很會討女生開心，就連我這個直男都要為他動心，更別說在外表優先決勝的交友軟體上，他會有多麼受歡迎了。

晚安Nobody，有5個新緣分、20條心動訊息等著你喔！

「Make it Right」的每日通知在螢幕上方閃爍，通常我的原則是不使用測試帳號和陌生人聊天，一來是我從未打從心底相信交友軟體，二來則是我用的畢竟是Matt的照片，總覺得用他的臉四處和女生聊天，也挺沒道德的，雖然他本人可能完全不在意。因為他曾經發下豪語：「只有真實世界找不到愛人，才會上交友軟體找希望。我本人呢，不需要交友軟體。」

唯一讓我偷偷打破原則的，是半個月前在軟體上頭配對的「Slow」，婚紗店的那位孫慢慢。

當然了，我一點都不意外，她也無法抗拒Matt帥氣照片的誘惑，回想起當初她在婚紗工作室問我那一句：「所以，你會把我向右滑嗎？」雖然我搞不懂她當下是隨口說說還是有幾分認真的拷問，但會這麼在意自己有沒有被一個陌生人向右滑，這種想被選擇的得失心，不知道為什麼我還挺能理解的。

每一天她總會捎來一兩句分享自己日常的輕鬆問候：早安，希望今天你有美好的一天！、發現了一款好喝的咖啡豆，你喜歡喝咖啡嗎？、今天早上錯過了一班公車，所以我就散步了一公里，天氣很好哦！

有時候還會附上一張拍糊的照片，連續幾個早上我都忍不住在工程師例會上偷看，會心一笑。

您有一則新訊息，來自Slow。別讓她等太久，小心愛情溜走。

「什麼啊……這個更新的系統訊息，太肉麻了吧！」我搖頭，下星期一開會一定要反映給文案企劃。

Slow：Happy Saturday！你的週末過得如何呢？希望你的星期六夜晚很棒！

我正想著該如何回答我的週末，再加上我先前還沒回覆她的訊息，遲遲無法下手打字，Slow又傳來新訊息。是一則照片訊息。

我點開，「哈，果然。」又是沒有好好對焦的模糊照片。黑夜中城市燈火閃爍，看起來是從高樓俯瞰下去的高樓風景，繁華熱鬧的市中心。

Slow：和你分享台北市的百萬夜景！這間酒吧夜景超棒的，下次有機會一起來吧！

我猛一抬頭，點開剛才那張模糊的夜景照片，和我此刻抬頭所見的夜景比對。同樣的玻璃帷幕，同樣的天台欄杆，同樣的辦公大樓一閃一閃的霓虹燈光……她也在Sky Tower嗎？

「不會吧，這世界這麼小……」

還好我根本不需要擔心，因為她不可能知道我就是Nobody，就算我站在她面前，她也不會知道。

Nobody：原來台北市有這種地方，妳好好享受週末夜晚，我也正在和朋友聚會。

Slow：我和朋友玩得正開心呢哈哈，回家再聊囉！也祝你玩得開心！

我站起來伸了懶腰，轉身望向裡頭的舞池，看見陶珊和一大群女生們正忘我地跳舞，酒吧內形形色色的男女穿梭，肢體不協調也很少來酒吧和夜店的我，頓時有點格格不入，不知道此時該做什麼才能顯得自在一些。

「啊！湯先生！好巧啊！」一個明亮爽朗的聲音從背後傳來，我回過頭，看見孫慢慢穿著緊身黑色洋裝和高跟鞋，露出她的纖細腰身和細長的雙腿，一頭褐色的長髮像瀑布一樣散在肩上，一時間還無法反應過來。和她在婚紗店溫柔優雅的樣子判若兩人，但兩種樣子都……很好看。

「我是婚紗店的孫慢慢。還記得我吧？你前兩天才來店裡拿乾洗好的褲子……哦，原來你今天也穿那件褲子。」她掃視著我的下半身，我尷尬地拿起桌上的空酒杯，往嘴裡倒了一口。前一分鐘還在用交友軟體的身分和她聊天，沒想到下一秒就被本人逮到，欺瞞她的心虛讓我慌了手腳，以至於做出這種拿空酒杯裝忙的蠢事。

她也注意到了我的怪異舉動，揚起眉毛說：「我正要去吧台再點一杯酒，如果你也需要，我可以幫你點一杯。」

「咳，不用了，我跟妳一起去。我剛好……剛好也要去吧台。」

我連忙藏住撒謊心虛的表情，便跟著她一起從戶外天台走進人聲鼎沸的酒吧，擠在熱鬧的吧台前。

她向前將身體靠在吧台的大理石桌面上，大聲地對調酒師喊：「我要一杯Long Island！」調酒師點頭，接著看著我，「湯先生，你要喝什麼？我請客！」她試圖加大音量，好不被震耳欲聾的舞曲蓋過。

「我跟她一樣！」我說，孫慢慢聽到後顯然有點詫異，隨後漾開笑容，「湯先生，不錯喔！」

「Cheers！」我和孫慢慢手裡拿著兩大杯Long Island，再度回到戶外天台區，靠在欄杆看著夜景在眼前攤開，各自喝了一大口。我咳了幾聲，這酒吧真是不手軟，好濃！

「湯先生，沒想到能在這裡遇到你，是不是很有緣！」

「我叫湯以凡，你叫我名字就好，不用叫我湯先生。」

「哈哈，那我就不客氣了。湯以凡，我叫孫慢慢。大家都叫我慢慢。」她繼續喝著手中的長島冰茶，我忍不住說：「慢慢，我可以問妳一個問題嗎？」

她放下嘴裡的吸管，「請問。」

「妳為什麼一個人在這裡點這麼濃的酒喝？妳的朋友呢？」

她放下飲料，睜大眼睛看著我：「你怎麼知道我跟朋友來？」

該死，湯以凡，你蠢嗎？別這麼快就露出馬腳。

「呃……」

「難道你偷偷跟蹤我們？」她擺出狐疑的表情和銳利的眼神。

「才沒有！我……我亂猜的啦。」

她鬆開眉頭，「哈哈哈，我開玩笑的啦，你這麼緊張幹嘛。你猜對了，我朋友在那邊！婚紗店的芮娜也在唷！她們都去和男生跳舞了。」她再度咬著吸管，「但我實在沒心情。就在這邊喝Long Island看能不能忘掉煩惱囉！」

我挑眉，再次喝了一口手中的調酒。還是好濃。她到底怎麼有辦法喝這麼快？轉眼間她手中的長島冰茶已剩下半杯。她的臉頰也比剛才更紅。

「湯以凡，其實我覺得你也需要多喝幾杯。」她盯著我，再看著我手中幾乎全滿的杯子。

「啊？」

她意味深長的看著我，「你的煩惱應該也挺多的吧。」接著她翻了個身，背倚靠在欄杆上，看著裡頭的舞池。

我順著她的眼神方向望去，看見了仍在裡頭和Jenny牽著手跳舞的陶珊。

我像是心事被一個陌生人看穿一般的心虛，「我沒什麼煩惱。我不知道妳在說什麼。」

「哈哈，你明明就知道。」

「妳根本就不認識我，也不了解我，少在那瞎猜。」

「那種眼神，只要看過一次就知道。陌生人都看得出來。」她悠悠地說。

「什麼眼神？」

孫慢慢帶著得意的笑，「你看你好朋友的眼神啊。在婚紗店我看過一次，今天晚上我也有看到喔！」

「今天晚上？妳什麼時候……？」

「嗯……大概是她高舉你的手乾杯的時候吧。哈哈！」

她居然這麼早就在戶外天台了，還默默看到了這麼多，可惡！

我隨意打發她：「妳要怎麼想是妳的自由，但我覺得妳想太多了。我和她就是好朋友。」

孫慢慢聳了聳肩，一邊用吸管玩著杯裡的冰塊，「……我要是你的話，就不會躲在好朋友這個名義背後，默默看別人把她搶走。」她低聲咕噥。

被一個只見過幾次面的陌生人，一針見血地戳中我的心事，讓我一時間語塞，反駁的話太過違心，想承認又沒有勇氣。

「不過老實說，我其實挺羨慕你的。」她說

我苦笑，「少挖苦我，我不覺得這有什麼好羨慕的。」

她抿著雙唇，若有所思地沉默幾秒，「不是每個人都這麼幸運，能遇到真心很喜歡的對象啊。」

「哈，但也不是每個人都很幸運，能有好的結果。」

「有時候沒有走到最後，也是一種命運最好的安排，誰知道呢？」她輕輕搖晃著幾乎空掉的杯子，只剩冰塊漸漸化成水，「我在婚紗工作室的這幾年，看過各式各樣的組合，有的人一臉幸福洋溢，你可以很明顯就感受到他們之間的快樂，他們讓我相信真的有所謂的命中註定，我也真心相信世界上絕對有Mr. Right的存在。但有更多時候，我看著新人恩愛進門、吵著出去，甚至到最後打電話取消婚紗、撕破臉連婚都索性不結的大有人在，彼此眼中已經沒有那種對未來的期待和珍惜，只有冷漠和不在意，明明準備結婚就是一件這麼幸福與令人興奮的事情啊。我常常在想，也許沒有走到最後這一步的情侶，反而是一種老天眷顧，彼此之間的愛和情感逃過了生活中茶米油鹽醬醋茶的消磨。」

「妳這樣不是自相矛盾嗎？」

孫慢慢笑了幾聲：「我話還沒說完嘛。我想說的是，不管最後是好是壞，至少他們對彼此的愛很誠實，現在相愛也好、曾經愛過也好，他們都有讓對方知道自己是被愛著或相愛過的。要遇到能讓自己心動的人已經這麼難了，居然還不把愛說出口，未免太浪費了。你不覺得被愛的那一方，也有資格知道自己正被某個人深深珍惜著嗎？」

「唉。」我深深地嘆了一口氣，「要是有這麼簡單就好了。」

舞池裡的陶珊閃閃發亮，她也許永遠不會聽到我的真心話。我們都已經做朋友這麼多年，如果我們真的是對的人，怎麼又會演變成今天這個局面呢？

「湯以凡，沒有你想的這麼難，你的命運早就掌握在你手裡了好嗎？還有很多人根本連這種煩惱都沒有呢，連喜歡的人都還沒一個影，那才叫難。」她抽掉吸管，仰頭將杯子裡僅存的酒水和冰塊倒進嘴裡。

「那妳呢？妳是屬於哪一種？」孫慢慢看起來沒預料到我會反問她，臉上雖然仍掛著微笑，一絲絲的苦澀卻不小心流露出來，她連忙低下頭，陷入沉默，酒吧越晚越熱鬧，換了個新ＤＪ上台放起迷幻的電子音樂，剛才滔滔不絕的她遲遲沒有回答，我可能根本不該問她這一個問題。

我的腦海閃過她在「Make it Right」軟體上笑得燦爛的照片，平易近人的自我介紹與積極的聊天對話。她從沒談過自己想透過「Make it Right」找尋什麼，也從不提及對感情的期待與想法，我曾經想過也許孫慢慢是抱著玩玩心態使用交友軟體的那種用戶，但從她臉上閃逝而過的落寞，我想她更接近那種說服自己把感情看得很淡，其實心底一直默默期待有一天能在軟體上遇到真愛的人。

「嗯很不幸的，我是屬於還沒找到的那一種人。」她配著很勉強的笑容，悠悠從口中吐出回答

「哎，孫慢慢。」我頓了幾秒，講出我並不是全然有自信的回應：「妳會找到的。對的人如果輕

輕鬆鬆就出現了，好像也怪怪的啊。」

孫慢慢噗哧一笑，拍了我的背，「你是不是不太會安慰人？」她的雙頰已經泛起紅暈，眼神迷茫。

「這不是安慰，我是真心這樣覺得的。雖然很難，但我相信妳會找到的。嗯……我相信他也會找到妳的。」

在我沒注意到時，她早已經喝完手裡的酒，彷彿突然被開啟了感性的開關，她顯然已經醉意上頭，雙眼泛著淚光，「我真的找得到嗎？」她抓著我的肩膀，一邊問一邊晃呀晃的。

「真、的。」

「如果他真的也在找我，為什麼我找他找的這麼辛苦？」

她一雙閃閃淚光的眼睛看著我，讓我開始不知所措，不僅後悔自己開錯了話題，還得偏偏在她開始產生醉意時觸發了她的淚腺。

「我明明很努力在找了，但還是永遠都遇到錯的人，為什麼大家都能找到，我就這麼難……」她抽動著鼻子咕噥，「這世界上單身的人這麼多，我只是想找一個，就一個……有這麼難嗎？」

孫慢慢竟一邊說一邊開始流下眼淚，「我有這麼難找嗎？他為什麼找不到我！」她將頭別過去，揉著眼睛，刻意不想讓我看見她的眼淚。

「孫慢慢，我覺得妳喝太多了，我幫妳叫一杯水吧。」

她擺擺手，「我差不多……我該回家了。」她一往前踏步，身體搖搖晃晃無法踩穩重心，我輕輕拉住她的手臂，「欸妳先待在這邊不要動，我去找妳的朋友。」

我試著將她的身體穩住，放眼望去附近擠滿了人，沒有空的椅子能讓她先坐下。

「我沒開玩笑，現在真的得回家……」

「好，我知道，我找妳朋友帶妳回家。妳先站好啦！」我一邊扶住搖頭晃腦的她，眼神同時在擠滿人的舞池中搜索芮娜的身影。

孫慢慢又從我的手臂掙脫往反方向走，「喂，出口不是那邊！」

我用力擠過兩三個陌生人的隙縫，才得以將她拉回身邊，她踩著高跟鞋的雙腳踉蹌，在人群推擠下幾乎跌進我的懷裡，「湯以凡，我現在就得……嘔……」她的頭狠狠撞上我的肩膀，所有事情都發生在混亂的一瞬間，下一秒以迅雷不急掩耳的速度，她已經吐滿了我的全身，包含前幾天才從她工作室裡拿回來的同一件褲子。

03 那一個想愛的人

孫慢慢

「妳他媽是瘋了吧！孫慢慢，整個酒吧那麼多人，妳偏偏要吐在我們的客戶身上！我真的會被妳氣死耶！」

大夢初醒般的宿醉早晨，漲痛的太陽穴、酸痛的筋骨、窗外照進刺眼的陽光，當然還有芮娜的高分貝咒罵，逼得我從床上坐起來，接過她遞來的解酒藥和白開水。我環顧四周，看來是芮娜把我扛回她家了。

「什麼意思？我吐在誰身上……天啊，我頭痛死了……」

芮娜她雙手叉腰瞪著我，「妳真的不記得？」從她眉頭緊皺，嚴肅中帶著憤怒的表情，我這次闖的禍一定不小，「我只記得昨晚一開始喝了很多Shot，後來我又自己點了幾杯Long Island……」

「嗯哼，然後呢？」她挑眉。

「然後……沒有然後了啊。」

「妳給我認真回想！」

「我只記得……」我努力在抽痛的腦袋中翻找昨晚的記憶，喝酒的時候我記得我不是自己一個人，身邊還有一個稱不上朋友、也不算初次見面的陌生人……「啊……不會吧！」我背脊發麻，深深抽了一大口氣，腦海中的畫面慢慢清晰。

「天啊，拜託告訴我，我不是吐在湯以凡身上！」我瞪大眼睛看著芮娜，她翻了一記白眼，「對！妳就是吐在那個姓湯的身上！把人家吐得全身都是。」

「喔我的老天啊，天啊，我怎麼會這麼蠢！我怎麼會做出這種事？」宿醉的渾身不適馬上一掃而去，整個人只剩懊惱和窘迫，我簡直想一頭撞暈自己。

「我哪知道，欸孫慢慢，妳都要三十歲了，我拜託妳克制一下自己好不好？怎麼會自己在酒吧喝到吐啦！而且，為什麼妳會和那個姓湯的一起喝酒？」

「當然是在酒吧巧遇才會一起啊，他和我們的新娘陶珊，昨天也在那邊辦單身派對。」

「她以後還是不是我們的新娘，我真不敢說喔。昨天陶珊看到妳倒在她的護花使者身上，還吐得亂七八糟時，她臉都綠了。」芮娜雙手一攤，收走我手上的水杯，酸溜溜地說

「她居然也看到了？老天……」

「何止她，全世界都看到了。湯先生渾身狼狽地抱著早就斷片的妳，在往廁所走去的路上，被我們和陶珊遇到，妳都不知道當下我有多想放生妳，太丟臉了！」

我洩氣地躺回被窩，氣自己真是一蹋糊塗，頭才碰到枕頭沒幾秒，芮娜便狠狠地往我的頭呼了一掌，「妳還睡！我要是妳的話，一定會馬上打給湯先生道歉。除非妳不想要陶珊這個客戶了。快點起

床，我等等要出門了。」

「好嘛，我會自己收拾這個爛攤子的。」我閉上眼回想昨晚的總總，頭腦一清醒，和湯以凡的交心對話一字一句開始在耳邊重播，我不該插手他的暗戀，更不該鼓勵他向我們的準新娘客戶告白，別說最後我那番輕熟女寂寞真心話，聽起來有多讓人覺得悲哀了。

「唉，我到底在幹嘛。」

嘆了一口氣，爬到床邊抓起手機，在一長串的App通知之中，一則「Make It Right」的訊息通知抓住了我的目光：

您有一則新訊息，來自Nobody。別讓他等太久，小心愛情溜走。

看見寄件者，我的心跳緩慢地加速，手指猶疑著下一步該如何行動，一邊心不在焉地先點開了其他應用程式，查看信箱收件夾、滑著臉書新動態、回覆IG和通訊軟體的私訊，眼神偷偷注意著時鐘，原來才過了五分鐘。我將所有的通知都查看了一遍，最後才點進了「Make It Right」的訊息盒子，Nobody在今早凌晨五點半傳了一則訊息。

Nobody：希望妳和朋友玩得開心，有安全到家。星期天好好休息吧。

簡單的一句回覆，卻讓我的嘴角不自覺上揚，他捎來的一句關心，是否代表我也被他小小地惦記著呢？想馬上回覆，內心的理智與無以名狀的自尊卻拉住我被喜悅沖上心頭的衝動，晚一點再回吧，這種簡單的問候不過是人之常情，不是什麼值得開心的事，他只是一個交友軟體上的陌生人，不需要我這麼上心，我沒有暈船，我不會暈船的。

「妳居然還在床上！妳在偷笑什麼？」芮娜打開房門，我連忙關掉手機螢幕，從床上跳起來，「沒什麼。」轉過頭伸了個懶腰，將我難以掩藏的好心情試圖避開她的火眼金睛。

✿

我站在這間獨具風格的「浪吧」咖啡店前方等待，提早十分鐘到了，左手握著出門前精心插的黃玫瑰和滿天星點綴的小花束，心裡有些忐忑，這種明明像是初次約會的場景，怎麼樣都不應該發生在宿醉的星期天下午，要怪就只能怪自己昨天酒力不勝，還選錯一個倒楣鬼把他吐得亂七八糟，誰知道最後倒大楣的還是自己。

唉，該面對的還是要面對。來吧。

我看見不遠處的前方，湯以凡停好機車，脫下安全帽，準備朝咖啡店的方向走來。

「嗨！」相較於我的窘迫，湯以凡顯然非常自在，穿著白色亞麻襯衫和深藍色的牛仔褲，今天的他又戴上那副斯文的眼鏡，然而他卻露出輕鬆的微笑向我揮手，顯然他也對於眼下這個情況感到荒唐吧。我這次道歉一定要表現得盡善盡美，絕對不能再搞砸第三次。

我忍著隱隱作痛的太陽穴，掛上精神抖擻的微笑，「昨天真的很對不起！謝謝你願意出來讓我賠罪，希望你能原諒我。」我彎腰鞠了個躬，一同將手中的花束遞給他，「這束花是我的一點小心意，希望表達我的歉意。」

湯以凡發出尷尬的乾笑，接過花束：「謝……謝謝。妳不要這麼嚴肅，我原諒妳。」

我抬起頭，不小心笑出來，「啊？這麼快，我都還沒請你喝咖啡耶。」

他有點難為情又不知所措拿著花的樣子，一時之間沒料到我的回答，「那我收回我原諒妳這句……」

「不要不要，我開玩笑的，謝謝你原諒我。」我連忙揮揮手，「但請你喝咖啡還是一定要的！我們進去吧。」

「我今天特別為妳穿了深色牛仔褲，應該不會再有意外了吧。」他打趣地糗了我一下，「我用生命保證，絕對不會！」我拍拍自己胸膛，對他發下豪語。

他推開門，示意讓我先請，熟門熟路地和吧台的咖啡師打招呼，我們在浪吧的窗邊角落坐下。

店裡白色的石磚牆和褐色的漂流木，暖黃的掛燈和高高低低的仙人掌，加上悠閒的客人與輕快的音樂，踏進「浪吧」就像來到夏日時光的海灘小屋，緊繃的心情也不自覺放鬆了幾分，沒想到湯以凡選咖啡店的品味還挺好的嘛。

「我不知道原來有這麼棒的咖啡店，還離我的工作室這麼近！」

湯以凡隨意翻著菜單，順著我環顧的眼光，看向面窗的吧台雙人座位，「這是陶珊帶我來的，以前我們常來這邊喝咖啡。」

「哦……原來如此。你們真的是很好的朋友呢。」我咕噥，看他馬上露出心虛的表情，加上店裡的服務生正往我們這桌走來，我便將話題轉回菜單上：「今天你想喝什麼、吃什麼，我請客。說好的賠罪！」

「我要一杯耶加雪菲日曬，和一份小份的雞肉三明治，謝謝。」

「嗯……我要一杯冰拿鐵，跟一塊紅絲絨蛋糕。」服務生向我們點頭，隨即轉身離去。

沁涼的冰拿鐵在初夏的午後，喝起來特別暢快，稍微沖淡宿醉的疲憊不堪。湯以凡則細細品嚐他的熱手沖咖啡，有幾分鐘我們兩人都沒有說話，直到我的紅絲絨蛋糕上桌，典雅氣派的深紅色蛋糕夾著層層的奶油餡，我忍不住發出興奮的驚嘆。

「所以妳現在感覺怎麼樣？」湯以凡看著我，一派輕鬆地將手交叉在胸前。

「當然是感覺很愧疚呀，好不容易把乾洗完的褲子還給你，昨晚居然又吐得你全身都是，我真的不知道該怎麼補償你才好。真的很對不起你！」

他笑出來，「……我是在問妳有沒有宿醉啦。感覺清醒一點了嗎？」

「噢。我可以說實話嗎？」

「當然啊。」

我揉揉左邊持續抽痛的太陽穴，「老實說，我還在宿醉哈哈哈！頭又暈又痛的，真的是老了。」

「我想也是，昨天妳可是長島冰茶一杯接一杯，不醉才怪。」
「你也喝了不少呀，你都完全沒有喝醉嗎？」
他聳肩，「我喔，本來有點醉，結果被吐了一身回家還得洗褲子，酒都醒了。」
沒料到他又馬上挖苦我，我趕緊繃起太過放鬆的神經，「對不起，對不起，我的錯。」
「哈哈，不要再跟我道歉了。老實說更生氣的人是陶珊，早上還差一點要打電話取消婚紗。」
我倒抽一口氣，天啊，差點忘了我的客戶新娘本人，看到我把她最好的朋友吐得一身狼狽，更別說是在她的單身派對那一天，她會怎麼想？
湯以凡淺淺一笑，「說真的，我也是第一次看到她為了我這麼生氣，氣到甚至要放棄她的婚紗。」
我很快推敲出這番話背後的情緒，是湯以凡因為被陶珊在乎而暗自竊喜，而他也馬上發現自己沒有藏好他的暗戀心情，尷尬地喝了一口熱咖啡。
「怎麼辦，我是不是應該趕在她打電話取消前，親自去向她道歉，送上一點小禮物讓她消消氣。」
「妳放心，她不會取消的。我成功說服她了。」湯以凡老神在在地說。
「你認真的嗎？天啊，太謝謝你了！」我合掌，鬆了一口氣，心臟差一點停了。
「沒什麼。我是真心認為只有妳能給她最棒的婚紗。我們看了很多家，最後很幸運在妳的工作室找到她的夢幻婚紗，怎麼能因為這種事就放棄。」
「她能有你這個好朋友，真的很幸運。」我看著他，陶珊啊陶珊，有個癡情又老實的男子這樣愛著妳，妳到底知不知道呀。
湯以凡顯然心情很好，難為情地抓抓頭，「應該是我比較幸運，能當她的好朋友吧！」

我托著腮幫子，終於擋不住好奇心發問：「我真的很好奇，陶珊是什麼樣的女生，能讓你給出這麼高的評價？不要誤會喔，她很漂亮、人也很親切，我只是想知道她一定有什麼特別的地方。」

湯以凡像是永遠只刷同一題考古題的好學生，終於在考卷上看到這條等待已久的題目，不假思索，自信滿滿地細數：「她啊，就是一個很特別的人。嗯……特別有主見，什麼事都有自己的想法。特別善良，總是很照顧身邊的人。特別愛笑，老是跟我說愛笑的人不會有太壞的事情發生，特別天真浪漫，有時候我都很怕她被騙。但偏偏又特別勇敢……」

我面帶微笑地喝著冰拿鐵，偶爾點點頭，聽著眼前這位男子用幸福的口氣形容著他心目中最特別的人，近乎到了忘我的境界，甚至忘記我們連點頭之交都還稱不上，突然有一股羨慕之情緩緩湧了上來……我也好想成為這樣的人，好想成為某個人心中那個特別的人，能讓他在陌生人面前幸福地滔滔不絕的人。

我也好想被一個人這樣深深從心底珍惜著。

湯以凡

一個不小心講到太忘我了嗎？

每一次講到陶珊，我就是停不下來，但這次可是在她的婚紗策畫師面前，我這樣表露無遺地展現出我對陶珊的情感，是不是一個錯誤？尤其她昨晚在酒吧的那番話，一下子將我內心的祕密看破，她袋揮之不去。

的那一句：**「你不覺得被愛的那一方，也有資格知道自己正被某個人深深珍惜著嗎？」**整晚在我的腦

「哈囉，孫慢慢！」她雖然帶著微笑，時不時點頭，但眼神卻有點茫然，我在她眼前揮揮手，試圖將她的注意力拉回來。

「啊？我有在聽啊。」她眨了眨眼，微微伸了懶腰，再將注意力放回眼前的蛋糕。

「不說陶珊了。妳……記得任何昨晚妳跟我說的話嗎？」

孫慢慢的表情很微妙，一副想裝傻卻又心虛的模樣，「大……概……記得？我應該沒有說很荒謬的話吧。」

「嗯……真要說的話，就是妳最後大吼，為什麼他找不到妳！」

她瞬間漲紅了雙頰，顯然她宿醉的腦袋中是缺了這段記憶，「我真的這樣說？他是誰？」

「Mr. Right。」

孫慢慢頓了幾秒，忍不住放聲大笑，「哈哈哈哈，抱歉，這聽起來太胡說八道了。」我一時沒預料到她會是這個反應，好像我才是喝醉亂說的人。

「真的，妳說妳找不到喜歡的人。我說他一定也在找妳，結果妳就大吼為什麼他找不到妳。」

她無奈地聳肩，嘟嘴說：「雖然我不記得這段話，但我說的也沒錯啊。喜歡的人很難找嘛。」

陽光斜斜地從窗外穿進來，照亮了她右半邊臉，孫慢慢今天紮著鬆軟的馬尾，戴著一副小巧鑲著

金邊的小雛菊耳環，她雖然不像陶珊那樣奪目耀眼，但笑起來像彎月的眼睛，裝載著小小梨渦的乾淨臉龐，皮膚很白，雙頰一泛紅就很明顯，是越看越舒心、讓人越相處越輕鬆的類型。這樣的女生，如果會為找不到喜歡的人所苦，只有兩種可能：她在錯的地方找對的人，或總愛上對的人旁邊那些錯的人。

「妳喜歡什麼樣的人？」

孫慢慢像是一直以來就每天苦讀這一道課題，將答案時不時在心裡默念、背得滾瓜爛熟的勤奮好學生，一被問起就興奮地倒背如流。

「我喜歡誠實的人。」我原本預期她會說出更天真浪漫的答案，沒想到卻是如此實際又令人摸不著頭緒的回應。

「啊？沒有人會特別喜歡不誠實的對象吧。」

她笑起來，連忙解釋：「不是那種誠實啦。當然不說謊是最基本的，我說的誠實……嗯……更像是很誠實面對自己跟另一半的人，例如說誠實地看清自己真實的想法、誠實地向彼此說出真心話、誠實地面對兩人之間的問題……那種誠實。我以前啊，老是幻想那個對的人要幽默風趣、溫柔體貼，最好還要是個高富帥，後來發現要找這樣的人其實不難。可是要找到一個能誠實面對彼此的人，真的太難了。」

我腦中再一次浮現「Make it Right」上她的檔案，如果孫慢慢真的想找一個誠實的人，怎麼會將希望寄託在交友軟體上呢？雖然「Make it Right」上已經過濾掉許多詐騙或是假帳號，但在一個以秒速為單位來快速辨別一個人的平台上，等於是把尋找幸福當作一種賭注，全然交給一個指尖的決定，她又該如何確保自己能找到一個真誠的人，尤其是這種無法被量化或肉眼衡量的基準。

不過，身為見證過許多成功配對的專案工程師，我有信心「Make it Right」或任何交友軟體，是有機會讓人找到最大成功機率的另一半，畢竟背後有我們一群大腦在為此努力著，但仍取決於她是否有技巧地使用這個軟體。

「但妳工作這麼忙，應該很難有時間認識新的人吧。」

她再次露出有點不好意思的表情，「所以啊，我只能靠交友軟體來碰碰運氣，有緣份的話搞不好就被我遇到囉。我知道聽起來有點蠢，想在交友軟體上找認真的對象……所以我也只是無聊的時候滑一滑啦哈哈！沒有抱太多希望啦。」我發現，孫慢慢心虛的時候，總會配上一股傻笑。

「妳真的相信交友軟體上能靠緣分找到真愛啊？」我問。

她露出自信笑容，「那當然！不靠緣分，靠什麼？而且你自己不也有用？上次還在我的工作室滑Make it Right，還說我。而且你一定沒有右滑我齁，因為我都沒滑到你！」

躲在Nobody的帳號和Matt的帥哥照片背後，我差一點忘記她曾經在工作室看見我本人出於好奇，正在滑她的檔案，幸好她從不知道我就是Nobody。

她才剛說完自己有多重視誠實這個特質，顯然這個小小的謊言此時並不適合破壞現在的和諧，我硬生生胡謅另一個理由：「哦，我刪掉了啦。我只是好奇下載來玩玩而已。後來發現不太適合我。」

「哼，那是因為你心裡早就有對的人了，才會不相信交友軟體。」

看她再度暗指陶珊，我見風轉舵將話題再度轉移到她身上。

「孫慢慢，那妳介意借我看妳的交友軟體嗎？」大膽的提問顯然讓她嚇了一跳，正猶豫著是否拒絕。

「妳放心，我不是要看妳的照片和自介啦！我可以告訴妳，怎麼樣區分上面滑到的這些男生。」

她仍然狐疑地看著我，手緊緊抓住手機，「真的嗎？你又怎麼會這麼清楚？」

我吞了口水，試圖裝鎮定，「我是男生啊！而且我有好朋友剛好在Make it Right上班，他告訴我的。很準，真的，你相信我。」

孫慢慢顯然有點動搖，抿起嘴唇思考了幾秒鐘，緩緩滑開她的手機，「不要偷看我的照片喔！」

「在婚紗店時早就看過了。」

「你很煩，手機還我！」

「開玩笑的啦！」

打開Make it Right，第一位出現在推薦頁面上的男生，我向她展示這一個我們精心設計的推薦專區。

「根據我在裡面工作的好朋友說，每一次妳打開軟體時會不定期出現一、兩位對象，這是系統根據妳的興趣和自介關鍵字等等，幫妳找出最符合妳的對象，連同照片中如果有出現剛好符合妳興趣描述的場景或活動，都有機會出現在這裡。也就是說，這個推薦專區的對象，是現實生活中最有機會成為妳的對象的人。」

孫慢慢瞪大眼睛看著照片裡那張穿著Polo衫品酒的男士，厭惡地搖搖頭，「我不喜歡他的髮型……」

「好，沒關係。接下來才是重點，要怎麼從男生的照片和檔案來簡單辨別，首先如果妳看到他的名字右下角有一個綠勾勾，代表他是經過系統安全機制認證的會員，不會是釣魚帳號。」

「再來，最理想的男生照片組合，是有一張半身照能看到全臉、一張全身照、兩三張能看出他興趣的生活照或工作照，像這個Shawn……放上他去爬山、拿著相機在攝影棚工作、海灘衝浪的照片就還不錯。自介也寫得很認真，點出自己想在軟體上尋找什麼關係、興趣、簡單的性格特質，和想找的女生……這個連我男生都覺得很不錯，妳可以右滑他。」

孫慢慢百無聊賴地將他左滑掉，「下一個。」

「這個不要？真的嗎？好吧。」

下一位，肌肉男Robin。

「這個嘛……有寵物，是很多人愛用的招數，女生通常喜歡愛護小動物的男人。不過如果看到這種連續好幾張對著鏡子秀肌肉的自拍照，可能就要考慮一下。也不是說他們一定不好，但可能……」

她食指輕輕一顫，左滑，「下一個。」

「再來，如果妳看到這種臉根本不清楚，或是放了一堆朋友團體照，認不出來哪個才是他的，通常可以直接滑掉了。只有一張照片的，自介只寫了身高體重，和一些令人摸不著頭緒的話，建議妳也不要浪費時間。」

左滑，左滑，孫慢慢近乎機械式地不停將照片向左滑掉，「孫慢慢，這麼多對象，妳都沒有一個看順眼的嗎？」

她拿回手機，支支吾吾：「……老實說……我想請你看一眼，這個人的檔案。」

她切換到訊息夾，長長一列頭像清單唰地展開，不愧是可愛的女生，交友軟體上無往不利，人氣滿滿。

她將手機推回我面前，我瞳孔一震，完全沒料到眼前出現的是Matt陽光燦爛的帥氣臉龐，以及那熟悉到不能再熟悉的用戶名稱。

「什麼？他……」第一眼我沒有及時藏住我的驚訝，「妳對這個人有興趣嗎？」

「你幫我看一下這個人，他看起來像是渣男或是騙子嗎？我知道他叫Nobody這點很奇怪，但……」她有些苦惱，苦惱中卻又參雜著一些期待，「不過，我也沒有到喜歡他啦，就是純粹好奇，畢竟還沒見過面。剛好最近比較常聊天，所以有點在意。你覺得呢？」

孫慢慢講起Nobody顯得慌亂，心虛地做了許多的解釋。

原來Nobody會讓孫慢慢微微上心，或至少在意起他的幾分真假，我心裡一股複雜的感覺油然而生，既有一種說不出來的成就感，罪惡感卻又排山倒海襲來。

我該如何告訴她這一切都不是她想像的那樣呢？現在是不是最好的坦白時機？知道真相後，她會不會馬上對我翻臉走人？

湯以凡，鎮定！

我倏地站起身，清清喉嚨故作鎮定，「我去趟廁所。」

「啊？太突然了吧。」

「抱歉，我忍很久了哈哈！」我順勢摸摸口袋裡的手機，一溜煙地往廁所方向邁步走去。

我將廁所上鎖，才終於鬆了一口氣，該怎麼處理眼前這種狀況才好呢？最好的辦法就是再也不要回她，將她解除配對，這個帳號背後的真相永遠不會被揭穿。我滑開「Make it Right」，對話清單裡頭最上方是孫慢慢的頭像，最後的對話停留在我清晨洗完褲子，終於躺在床上後，傳過去的訊息。

我坐在馬桶上瀏覽過去這幾個星期的日常問候與閒聊，她傳來的各種生活瑣碎日常照片、以及偶爾吐露出的真心話。我躲在Nobody的身分背後，參與了孫慢慢的每一天，雖然是無心之過，卻也挺開心的，然而為了彼此好、為了陶珊的夢幻婚紗，理智告訴我得在這個謊言越滾越大之前終結這件事。

「抱歉了孫慢慢……」我準備按下解除配對的選項，手機卻震了一下。

Slow：嗨！星期天好嗎？我有安全到家。老實說昨晚心情很沮喪，不小心喝醉，真是糗大了。

Slow：有你的關心真好，謝謝你。

想著孫慢慢獨自坐在咖啡廳裡頭，趁著空檔回覆了交友軟體，陌生人的一句關心竟能讓她有如此感受，腦海中再一次浮現了她昨晚眼淚滴滴答答掉下來，嚷著自己找不到愛的模樣，我突然不確定自己是否要剝奪她將希望寄託在交友軟體上的權力，我將孫慢慢的帳號與對話清單中封存，洗了把臉回到座位。一方面我仍舊無法相信交友軟體上有真正的緣分存在，一方面我卻希望她能證明我一直以來對交友軟體的看法都是錯的。

一回到座位，她便急著要我好好審視一下這個帳號，於是我配合著她，端詳著手機裡Nobody的頁面，看著那幾張Matt的迷人照片，我假裝安靜了幾秒後開口：「我覺得這個人不行。光是名字叫做Nobody就有詐。」

孫慢慢像是早就料到我會這麼說，隨即想了個理由說服自己：「也有可能只是他不想講真名吧？但看他的照片，都很像真人啊……」

「你看，抱著哈士奇在草地的照片。是不是很陽光？愛護小動物的人，不會太差吧！」

我記得那隻哈士奇是老闆有一天帶來上班，午休拜託我和Matt帶牠去草地散步拍的照片，Matt是完全的貓派，整趟除了跟哈士奇拍了幾張照片，其餘的牽繩、撿大便都是我做。

孫慢慢不放棄地滑到下一張：「再來這張他在做義大利麵的照片，他說過喜歡下廚，這夠真實了吧。」

我眉頭緊皺，去年的跨年派對，一群人擠在我的公寓分組料理競賽，我好巧不巧和Matt分在一隊，他唯一幫上的忙就是將羅勒葉丟進料理機，剩下的青醬義大利麵全是我一手包辦。

說到最後，Matt本人根本不用交友軟體，在情場上早就殺敵無數，更別說真實世界有多少女生上了賊船，一路暈到現在，他也從沒看作是自己的問題。

「孫慢慢，以我男生的直覺，這種男生在交友軟體上一定不是認真的啦。第一，他長這麼帥，哪需要用交友軟體找認真戀愛？第二，如果現實生活中沒有見過面，那是真是假都很難說。妳不要太認真了。」我試圖讓她打消對Nobody的興趣，半真半假地潑了一桶冷水，最好是她先放棄，我們就讓這個祕密逐漸消散。

她苦笑，「哈，大家都叫我不要太認真。老是說，妳這麼認真就輸了呀。我就問，到底為什麼認真就輸了？我如果要找對的人，我不認真要怎麼找？」

其實她說的一點也沒錯，我沉思半晌。

「應該是怕妳受傷吧。要是在錯的人身上太過認真，到頭來還是一場空，妳會很失望的，當妳有一天遇到對的人，妳就不敢認真了。」

「可是我很害怕，萬一我的一次不認真，剛好遇上那個對的人，是不是就會錯過了？」

她吃掉最後一口紅絲絨蛋糕，刮著盤子上的奶油，「還有……我該怎麼知道，那個人是對的人呢？」

「等那個人出現在妳面前時，妳會知道的。」我看著她，發現她也剛好看著我，幾秒鐘的沉默讓我們一瞬間都感覺到一股奇妙的氛圍。我連忙清清喉嚨：「孫慢慢。」

「嗯？」她睜大眼睛盯著我。

「妳嘴巴上沾到奶油了。」

04 你我她的幸福機會

孫慢慢

一個月又五天，已讀，仍然沒有回我訊息。

果然我不應該問他，想不想要見面。

「他是被我嚇跑了嗎？」我下意識地點開我和Nobody的對話，瀏覽著我們過去的日常對話，試圖從中找到任何蛛絲馬跡，拼湊出他停止回覆我訊息的原因。

芮娜氣呼呼地走過來，搶走我的手機，「孫慢慢，妳給我有點志氣。一個陌生人沒回訊息，就把妳搞得茶不思飯不想，妳是怎麼了？」

「我搞不懂發生什麼事了呀！明明對話都好好的，突然有一天就消失不見了。他應該沒事吧？」

「我告訴妳，他在某個地方活得好好的！男人很簡單，沒回妳就是沒興趣了，懂嗎？不要這麼執著。」

「我只是覺得可惜……好不容易遇到一個合得來的人。」

「合個頭啦，你們根本沒見過面，他是圓是扁是人是鬼妳都不知道。妳如果再這麼容易暈船，真的不適合玩交友軟體。」

「唉，我真的以為這次可能有那麼一點希望，看來是我太蠢了，相信交友軟體上有真愛存在。」

我已經心情低落了好幾天，工作室的日子依然忙碌，一有空檔便忍不住點開「Make it Right」，內心懷著小小的期待，可惜Nobody的對話宛如一灘死水，毫無動靜。

我拉開落地窗簾，才早上七點半，外頭天空烏雲密布，看著心頭更是沉悶。

芮娜嘆了一口氣，走到我旁邊輕輕拍著我的背，「慢慢，相信有真愛存在並不蠢。只是妳的緣分還沒到而已。我只是不想看妳受傷，尤其還是因為一個陌生人。」

「問題是，我不覺得他是陌生人而已。至少我們聊天的那段時間，他讓我覺得自己好特別，有一種……被在乎的感覺，被理解的感覺。」

「但有時候緣分就是這樣呀。說來就來，說走就走，有的長、有的短，妳看我們那麼多客戶，愛情故事曲折離奇，認識一星期閃婚的也有。誰知道呢？你們要是真的有緣，搞不好就會再遇到呀！」

她拿起我的手機，切換到「Make it Right」的滑動頁面，「而且妳看，交友軟體上還有這麼多男人，不要為了一棵樹，放棄前面一整片森林啊！哇啊，妳的交友軟體素質有進步耶！」

她興奮地滑著，「這個男的好優質！哎，這個也很不錯！怎麼搞的，今天良率很高欸，歪瓜劣棗都走了。」芮娜一連幫我右滑了好幾個男人，「而且通通配對！孫慢慢，妳的春天要到了啦，打起精神，滑、起、來！」

我看著平常嫌交友軟體嫌得要命的芮娜，居然樂此不疲地替我挑選優質男人，忍不住加入她的行列，將賞心悅目的潛在對象們通通右滑，也許她和湯以凡說得都對，對的人不是不存在，而是他正在路上。

時序愈接近六月，工作室的業務就越來越忙，再過一小時陶珊會來試穿修改過後的婚紗，我和芮娜聯手將她的重達將近十公斤的長尾白紗掛上試衣間，整理好一層層蓬鬆華麗的紗尾，距離婚禮只剩下一星期，我們為了能讓她穿上心目中最完美的婚紗，來來回回和裁縫師修改了好幾次，希望這次試穿能安全過關。

外頭下起傾盆大雨，陶珊獨自抵達時全身有一半都被淋溼了，她的瀏海也因為淋雨而顯得雜亂，眼眶和鼻頭都紅紅的，明顯剛剛哭過。

我連忙拿了毛巾讓她擦乾頭髮和身體，為她泡了一杯熱花茶，她坐在休息區的沙發不發一語。

「突然下了好大的雨呀。一切都還好嗎？」我小心翼翼地詢問。

她連忙堆上微笑，點點頭，「沒事，沒事。讓我休息個五分鐘，等等就能試穿婚紗了。」

「沒關係，妳想休息多久都可以。不急。今天早上剛好沒有其他客人。」我笑笑，試圖給她一點喘息的時間，於是走回電腦前準備繼續安排接下來一週的客人業務。

陶珊突然有點怯生生地開口：「……來這邊的客人，都是很幸福、很認定彼此的嗎？」

我抬頭看她，她有點難為情的表情。

「嗯……幸不幸福、認不認定，應該只有他們兩個人最清楚。」

「那有過結婚前夕，卻突然很害怕的人嗎？」

「婚前焦慮嗎？有呀。這是很正常的狀態。」

她若有所思，「好像也不是焦慮。應該更像是……嗯……不確定他是不是那個人吧。明明就符合所有理想條件，心裡卻還是有點不踏實。」

我這時才意識到，對於陶珊這個人的認識，大多是來自於湯以凡的描述，像眼前這樣突如其來的展現的脆弱與不安，反而讓這個人更有真實感，她並不是完美，她也有煩惱。

「怎麼說呢？」

「在籌備婚禮的過程，我常常覺得好像只有我想結婚。當然他很忙，對我也很信任跟大方，說只要是我喜歡的錢不是問題……」

「很多新娘都會有同樣的煩惱喔！有時候也許女生就是比較投入在婚禮的準備上嘛。」

「從挑婚紗、選場地、準備喜帖、選菜色，都是我猜想他會喜歡的款式和選擇，自己從頭到尾在準備。」

「他很幸運有妳這麼貼心的另一半呢。他一定能感受到妳的用心。」

「哈，也許吧。還好還有湯以凡陪我跑東跑西，不然我一個人一定做不到。哦對了，謝謝妳上次送我的道歉花束。黃色玫瑰花好有氣質，我很喜歡。」

「啊？」我一時沒意會過來，她在指我送給湯以凡的那束花。

原來那束花最後轉送給陶珊了啊。

「不客氣。上次真的是我不好，謝謝妳願意給我機會繼續服務妳。」

「我原本真的滿生氣的，要謝就謝湯以凡吧。一直幫妳說好話，我都有點吃醋了呢。」我點頭，不好意思告訴她，湯以凡是為了她的夢幻婚紗才拚命幫我說話的。

「他還說妳正在等待對的人出現哦。」

「這也告訴妳，他這個大嘴巴！」

陶珊咯咯笑了起來，「他在我面前藏不住任何祕密啦。不要怪他。」

我在內心翻了白眼，妳要嘛就是不夠了解妳的紅粉知己，藏著一個明眼人一看就知道的暗戀祕密；要嘛就是明知道他愛著妳還裝傻。

「哈哈，要是我能像妳一樣，最後找到對的人就太好了。我要趕緊加油。」我掛上專業的微笑，她反而悠悠地嘆了一口氣：「要怎麼知道自己是嫁給對的人呢？」

「我常常請客人在試穿婚紗時，閉上眼睛想像一下，那個看到自己穿上婚紗而感到幸福的人的表情。如果妳也喜歡他因為妳的存在而感到幸福，我想應該就算是對的人了吧。」

她終於露出稍稍放鬆的笑容，「也對，我想我準備好試穿婚紗了。」

陶珊確實是個迷人的女生，我站在背後與她一同看著鏡子，優雅夢幻的婚紗裙擺，漂亮的臉龐，她是小女孩會幻想自己成為的那種完美新娘，有幾秒鐘她閉上了雙眼，輕輕抿著嘴唇，眉頭微微緊繃。

我靜靜地看著，妳心裡想的那個人、張開眼看到妳穿婚紗而面露幸福的人、妳想成為他幸福的來源的人，是同一個人嗎？

✿

雖然從未見過陶珊的老公，但聽湯以凡說是來頭不小的家族，因此婚禮排場當然十足氣派，直接包下了著名海灘旁的度假村，讓賓客參加婚禮順便來場海灘假期。正式婚禮在星期六中午，我在星期五下午便開著車扛著婚紗提前和造型師入住，房間看出去一整片的海景，悠閒的熱帶風情，五星級的度假村和婚禮場地，看來陶珊的確找到一戶好人家。

「慢慢，五點半我們會開始婚禮彩排，所有的工作人員和伴郎、伴娘都會在海灘旁的玻璃屋宴會廳集合，雖然等等不用換上婚紗，但妳和造型師也一起吧！之後八點我們有迎賓晚餐和派對，主要是我們兩邊比較重要的家人和朋友，威廉哥也邀請妳們一起來玩。」陶珊穿著輕便的繞頸白色小洋裝，看起來心情非常雀躍，跟我們簡單介紹完今晚的流程後，便匆匆接起電話，離開去接待另一組人。

我花了一些時間在房間將婚紗和配件先打理好，和芮娜簡單對了一下這幾天的工作項目，眼看離彩排只剩三十分鐘，便匆匆踏出房門熟悉一下環境，芮娜在電話那頭大聲說：「妳好好把握，在婚禮上找個富家公子哥，下一個有海灘婚禮的人就是妳了。」

整個度假村比想像中的要大，走在往海灘玻璃屋宴會廳的渡假小徑，工作人員正逐一放上粉紅色的緞帶與雞蛋花，另一旁的池畔餐廳和酒吧服務生忙進忙出，顯然正在為晚上的派對做準備，規模盛大的程度，讓我越來越好奇陶珊老公的真面目。

婚禮儀式明天會在海灘旁的玻璃屋宴會廳舉行，全透明的圓頂玻璃屋，抬頭望就是整片天空，證婚台的透明落地窗後就是一整片蔚藍的大海，走道布置了鮮花、緞帶和粉色汽球，一群年輕男女站在門口等待，我看見了湯以凡的身影。

「嗨！」我主動向他打招呼，湯以凡穿著米白色亞麻襯衫和短褲，剪了頭髮，看起來神清氣爽。

「嗨，孫慢慢！」

「你是伴郎還是伴娘？」

湯以凡翻了白眼，「少挖苦我了。當然是伴郎。」

「你準備好了嗎？」我低聲問。

「準備什麼？不就彩排嘛。」

「我是說你的心情。明天他們就要結婚了。」

「我心情很好，不用妳擔心。」

「這個婚禮的排場真的很大耶。應該是我參加過最豪華的一次。」

「男方家族邀請的都是政商名流，還有一大票親戚從美國特別飛回來，排場不大怎麼行？陶珊為此壓力很大。」

「嫁入豪門真不容易。」我咕噥之時，湯以凡推推我的手臂，「噓，威廉哥他們來了。」

威廉哥整個人比我想像中的更魁梧，白色襯衫前那兩顆故意沒扣上的鈕扣，V字型開襟，露出了他壯碩的胸肌和挺拔身材，威廉哥梳著俐落的油頭，美式口音配上他標緻的五官，笑起來剛好露出一排整齊的牙齒，要說完美老公，這人在外型上還真是無可挑剔。

他挽著他媽媽的手，兩人有說有笑，陶珊則掛著乖巧的微笑跟在後頭，一邊和伴娘們打招呼。

「那請新人們各就各位，我們準備彩排囉！」婚禮主持人指令一下，伴郎和伴娘們先行入場，湯以凡牽著陶珊的好姊妹，些微僵硬地走進會場，另外兩對伴郎與伴娘魚貫而入，威廉哥牽著媽媽緩緩走到前方。

會場響起小提琴的結婚樂曲，陶珊勾著她爸爸的手臂正準備走進場，威廉哥突然出聲打斷了樂隊：「我不是說不要這種太老套的曲子嗎？」

陶珊一瞬間驚慌失措，鬆開了爸爸的手腕，走到威廉哥旁邊想低聲討論，他卻顯然按捺不住脾氣：「都說幾次我不喜歡這種音樂了，妳還不了解我嗎？」

「……好，那……不好意思，樂隊老師我們等等可以討論一下嗎？我們先繼續彩排……」陶珊連忙跟小提琴樂手鞠了個躬，擠出微笑再度走回爸爸身邊，臉上笑容有些委屈和勉強。

婚禮彩排繼續進行著，當陶爸爸將她的手交給威廉哥時，雖然只是彩排，我仍能看出陶珊眼中有著激動的欣喜，他們攜手走上證婚台，湯以凡作為主伴郎，負責奉上交換戒指給新人。

他笑容誠懇地將戒台獻上，陶珊和威廉哥順利完成了交換戒指的彩排，整個彩排過程我都在觀眾席默默觀察湯以凡的表情，他始終面帶微笑，看著威廉哥和陶珊的一切，究竟是什麼心情呢？

這次甚至連我都分不清楚湯以凡的笑容是心甘情願還是硬著頭皮逞強。如果湯以凡是強顏歡笑，那他此時此刻還真是一個好演員。

✿

迎賓派對在熱鬧的夏夜晚風與樂隊演奏中揭開序幕，各種異國料理、新鮮海鮮與烤肉作為Buffet豪華擺開，賓客也陸陸續續抵達，陶珊穿著我替她準備好的另一套衣服，玫瑰粉的魚尾禮服配上正面的V型剪裁，把她的好身材以非常優雅甜美的方式展現地恰如其分，她不時張羅著派對現場的大小事，威廉哥穿著時髦的淺卡其色西裝，正忙著與從各地前來的家人們敘舊。除了造型師和湯以凡以外，誰都不認識我仍有些不自在，手裡拿著一杯香檳，隨意穿梭在派對現場，看著各式各樣時髦高雅的人士酒酣耳熱，發現了另一頭獨自坐在戶外池畔酒吧高腳椅上的湯以凡。

「嗨！我幫你偷拿了一份小甜點來。」我突然在他背後出現，湯以凡並沒有太驚訝，只是回頭笑笑，有點微醺潮紅的雙頰，以及桌面上幾乎要空了的威士忌杯，顯然已經坐在這邊一陣子。

「謝謝。」

我輕輕躍上旁邊的椅子，「還好天氣很棒，沒有下雨。」

他比平常要更安靜，沒有接話。一口乾掉最後的威士忌，對著調酒師說：「再來一杯威士忌，謝謝。」

真是的，幾個小時前還一派輕鬆地說自己心情很好，現在婚禮還沒到來，他已經開始喝悶酒了。

「Cheers。」我輕碰他的酒杯，喝了一小口香檳，他卻又喝了好大一口。

我正想著如何劃破這種低迷的沉默，他突然開口了：「我常常在想，如果我當初沒有介紹她用交友軟體，她就不會遇到威廉哥，今天的結果是不是就會不一樣？」

「誰知道呢？搞不好她還是會在其他地方遇到威廉哥呀。如果他們真的是一對，會遇到就是會遇到吧。原來他們是在交友軟體上遇到的呀……。」

他嘆氣苦笑著：「我當初就是想著交友軟體沒那麼容易找到真愛，才隨口介紹她用的。沒想到還真的被她遇到了。」

「果然做人還是不能太嘴硬齁。下次呀，如果出現喜歡的女生，就不要再隨便亂介紹給別人啦。」我笑笑地喝掉手中的香檳，聽到派對現場的中心出現歡呼聲，我們一同順著聲音望去，看見陶珊正笑容滿懷地躲在威廉哥的臂彎裡，兩個人在眾人的鼓譟下一連接了幾次吻。

「湯以凡，想不想跟我一起去沙灘散步？」

他的眉頭緊皺著凝望著他們，我碰了一下他的手肘，「走嘛。偶爾逃避一下，沒關係的。」

湯以凡在我的半推半就下，跟著我穿過熱鬧的派對，向著度假村沙灘走去，熱鬧嘈雜的聲音漸漸在夜空中變得微弱，耳邊慢慢地只剩下海浪的聲音，月光溫柔地映在漆黑的海上。

「偶爾的逃避也不差吧？」我們步伐十分緩慢，肩並肩沿著沙灘走，周遭變得很安靜。

「嗯。」他依舊低落的情緒，沒有太多回應。

「……說到逃避，你記得上次我給你看過的交友軟體對象嗎？那個叫做Nobody的帥哥。」我清清喉嚨，找了個話題。

「記得啊。怎麼了？」

「哈哈，他也逃跑哦。從一個月前開始就再也沒回過我訊息了。人間蒸發。」我雙手一攤，有些無奈，希望能用我的苦澀給他一些同理的安慰。

他安靜了一下，「那就算了啊。代表他不是那個人。」

「我知道啦……但，有時候還是會忍不住想起他，好奇他過得好嗎？是我說錯話了嗎？為什麼就這樣突然不見了呢？」

「交友軟體不就這樣……況且他有這麼好嗎？妳根本沒見過他吧。」

「不知道耶，我總感覺他是一個很懂得傾聽別人，很為別人想的人。我真的一度以為我們可能有機會，至少現實生活中能當個朋友，好可惜，可能被我嚇跑了。我太容易暈船了哈哈。」

「交友軟體上還有那麼多的機會等著妳，一定還有更好的，妳就別傻傻執著了。」

「喂，這倒是真的！自從他消失後，我的軟體突然滑到好多優質天菜，看來老天爺是聽到我的心聲了，想要好好補償我！」

他笑了幾聲，這是今晚第一次聽到他終於放鬆地笑出聲：「妳看吧。我之前是不是就說妳會遇到。搞不好這次裡面就有真愛。」

我聳肩，「哎呀，靠緣分再看看囉！我覺得我還需要一點時間，才能從暈船中走出來。」

「哈，我甚至不知道自己需要多少時間，才能走出來囉。」他苦笑，雙手瀟灑地插在口袋。

「你有沒有想過，搞不好你從來不想走出來？」我咕噥。

「什麼？」

「某種程度上，我覺得你害怕承認陶珊並不是那個對的人。你也害怕沒有喜歡著陶珊的日子，所以捨不得放手。」

我並沒有意識到湯以凡倏地停下腳步，所以仍自顧自地繼續說著：「我只是猜……你一直覺得陶珊是你的真命天女，這麼多年卻都沒有採取行動，會不會其實只是你一廂情願認為她是那個對的人，但可能不是……」

「孫慢慢。」他突然沉下臉色，「妳說完了嗎？」

我回頭望向他，湯以凡的表情在月光夜色下顯得沉重，我這才發現自己可能多嘴了，他皺起眉頭冷冷說道：「老實說，妳根本不明白我和陶珊之間的事情，也完全不知道我們一起經歷了什麼。到底憑什麼這樣說？」

「……我是不懂你們沒錯，可是每一次看到你勉強自己要祝福她的樣子，明明不開心卻又逼自己笑的樣子，我就替你感到可惜。」

「妳不要以為自己很了解我。」

「我才沒有，你勉強自己假裝不愛她、假裝祝福她，有眼睛的人都看的出來，根本不需要懂你。」

「我什麼時候勉強了？我要怎麼樣處理我的感情，是我的事情，妳管太多了。」

「……我只是作為朋友關心你。陶珊總是讓你這麼難過，她卻什麼都不知道。」

「她不需要知道這些事。我們就是好朋友。」

「這算什麼好朋友？況且，會讓你愛的這麼痛苦的人，根本就不是真正的愛，她不值得你這樣付出你的愛。」

在我嘴裡吐出這句不經大腦的話的那一刻，我已經開始反悔。

一股無以名狀的複雜情緒湧上心頭，也許是因為羨慕，也許是因為嫉妒，陶珊是如此幸運被這樣的人默默愛著，她卻絲毫不珍惜，這樣的愛一再地被浪費，而為什麼像我這樣想尋找愛的人卻只能苦苦等待？

果不其然如我所恐懼，這句話狠狠踩在湯以凡的痛點上，他的表情從原先的煩躁轉為憤怒，音量隨之提高：「妳什麼都不懂！孫慢慢，我們根本就稱不上好朋友，妳說的一切都是妳自以為是的猜想，妳也不懂陶珊是多好的人，憑什麼這樣說她？再說，如果妳真的懂什麼叫真正的愛，就不會隨便便對交友軟體上的人暈船，不會一個人在酒吧大哭說找不到愛！妳找不到愛是因為妳根本就在錯的地方找愛，別人只是跟妳玩遊戲，妳卻像傻瓜一樣當成命中注定！」

他的一字一句彷彿一記沉重的拳頭，毫不留情地甩在我的臉上。我忍不住瞪大眼睛望著湯以凡，既震驚又受傷，胸口和腦袋都有如被轟天巨響的隕石重重砸落，我不敢相信這些話會從那天在酒吧溫柔安慰著我、在咖啡廳鼓勵著我尋找真愛的同一個人嘴裡說出，於是我的淚水在眼眶裡慢慢溢出來。

不行，我絕對不能哭，不准哭，孫慢慢。

湯以凡嘆了一大口氣，憤怒地手叉著腰，把頭別開望向大海，然而他的憤怒很快轉化成更深的沮喪與懊惱。

「你說的沒錯，我們不是朋友。抱歉，是我多管閒事了。」

我則氣得轉身往反方向的派對走去，留下他仍站在原地。

「孫慢慢……等一下。」他在背後叫住我，我沒有回應。

我脆弱的自尊心讓我頭也不回地低下頭快步往前逃跑，後方仍傳來湯以凡低沉的呼喊：「喂，孫慢慢！」

我不知道為什麼我對於湯以凡說的話，會感到如此的憤怒和傷心，是因為他所說的一切都是錯的，還是因為全部都被他說對了，我一句都無法反駁而惱羞成怒。

我好生氣，對說出這種話的湯以凡生氣，對無能為力反駁而無地自容逃開的自己更生氣。

「我要一杯Tequila Shot，謝謝。」

我氣沖沖地穿過人群，走回剛才的池畔酒吧，調酒師才一上酒，我便一口氣喝得精光，雖然明天早上一早就得上工，但這口氣我不吐不快。

「再一杯，謝謝。」

我氣力用盡地癱坐在高腳椅上，疲憊地望著成為舞池的派對中央，酒精催化下賓客們歡樂地隨著輕快熱情的森巴音樂搖擺，一雙短裙下的長腿踩著銀色高跟鞋，遠遠地朝酒吧的方向走來，威廉哥的親朋好友們真的每個看起來都時髦無比，長腿辣妹後方追上一位穿著淺藍色條紋襯衫的高大男子，說說笑笑地一起往我這邊前進。

「真好啊……」

我回過頭拿起另一杯Shot，再轉身，那位頭髮散漫地微捲，留著小鬍渣，擁有性感的下巴線條的男子的臉龐已經越來越清晰，我不知道這是幾杯烈酒下肚後的荒謬幻覺、還是我的戀愛腦讓我已經成為朝思暮想的瘋子了，但我似乎看見了「Make it Right」上消失的Mr. Nobody朝我的方向走來，派對的五彩霓虹燈光在他的背後閃爍，其他人群逐漸模糊，有一瞬間我朦朧的視線只剩下他的身影。

我總是想像著一場命中注定的邂逅，期待著有一天那個對的人來到眼前的瞬間，原來命中註定就是這種感覺，原來我不是被緣分放棄的人，原來相信真愛的人並不是傻瓜。

湯以凡，你錯了，我會證明你這次大錯特錯了！

湯以凡

我做不到。

我一直都以為我可以面對今天的到來，但看來是我太高估自己了。再過一小時就是證婚儀式了，伴郎該換上的西裝仍好好地掛在衣櫥裡，我看著鏡子裡的自己，一臉狼狽的模樣，這就是我膽小了十五年的結局，看著自己從小喜歡到大的女生嫁給別人。

手機訊息跳不停、電話響個不停，一通又一通催促著我快一點的訊息，我到浴室洗了把臉，試圖將思緒釐清，腦袋卻一片空白。

我既沒有勇氣告訴陶珊我愛著她，也沒有勇氣看著她結婚。我就這麼窩囊的待在房間裡，希望一切都是一場荒謬的鬧劇，希望我抬起頭醒來的時候，陶珊仍是那個坐在我前面座位，總是穿著一身熨燙得整齊制服白襯衫的全班第一名，偶爾回頭叫我趕快起床的十七歲女孩，而不是別人的新娘。

昨晚在沙灘上孫慢慢的一席話，我不知道為什麼我會這麼生氣，甚至生氣到對她說了那些不應該說出口的話。她說我害怕沒有喜歡陶珊的日子、說我害怕承認陶珊並不是對的人，她說對了嗎？

「不，孫慢慢，我要證明妳錯了。」我深吸一口氣站起身，抓起手機和房卡，今天就是時候了結，我要為自己的膽小負起責任，她究竟是不是對的人？這個問題我早已在心中質問過自己千百遍。

唯有得到一個答案，這件事情才能從今天開始成為過去，而她如果和我也有同樣的感覺，更不能讓這件事就這樣過去。

陶珊有資格知道這一切，而我也需要知道答案。

我看了手錶，離婚禮還有四十分鐘，還來得及，一切都還不算太晚。

我小跑步穿過長廊和渡假村大廳，繞到另一側走廊，最後一個房間正是陶珊的新娘房。

我鼓起勇氣向房間走去，房門突然地打開了，裡頭充滿歡樂的女孩笑聲，一個人走了出來，我們正巧看向了對方的眼睛。

是孫慢慢。

我們倆一時都沒說話，瀰漫著尷尬的氣氛，她顯然沒料到我會在這時候出現，直接避開我的眼神，臉上也沒有笑容，我知道她還在為昨晚的爭執生氣，畢竟我知道自己說得有點過火了，才準備開口想為昨晚道歉，她順手將房門帶上，揚起眉毛掃了我一眼，手插著腰激動地說：「湯以凡，現在都幾點了？你為什麼還沒換衣服？你在這裡幹什麼？」

「我有話想跟陶珊說。」

她似乎沒料到我的來意，皺起眉頭看了手錶：「有什麼話不能晚點說？不到一小時婚禮就要開始了，你是伴郎耶！再不快點就要遲到了！」

「是妳說過，被愛的人也有資格知道自己正被誰愛著吧？」

「啊？」她皺起困惑的眉頭。

「我要告訴陶珊。我要告訴她我喜歡……」

孫慢慢那雙溫柔的眼睛突然瞪得好大，她立即踱著我的手臂往房間外走去，「孫慢慢，妳幹嘛？放開我啦。」

她不顧我的抵抗，奮力地拉著我向外頭走，推開走向長廊後方小花園的玻璃門，一直到花園的最角落才放手。

「湯以凡，你到底哪根筋不對？」她破口大罵。

「妳才哪根筋有問題！一直鼓勵我跟她坦白的也是妳，現在罵我的也是妳，妳到底想怎樣？莫名其妙！」

她狠狠地瞪著我：「我沒有叫你在婚禮當天跟她告白！你是不是瘋了啊？」

「是妳一直說，要遇到能讓自己心動的人已經這麼難了，沒把愛說出口是一種浪費，我如果現在不講，就永遠沒有機會了！」

孫慢慢深吸一口氣，語重心長地說：「湯以凡，你已經沒有機會了。」

「誰說的？婚禮還沒開始，現在就是我最後的機會！十五年來我就只想告訴她這件事……」

她氣得跳腳，激動地抓著我的手臂晃啊晃。

「……你有過機會，過去十五年的每一天，你都有機會告訴她，每一天你都可以告訴她！偏偏就今天不行！你聽到沒？你有過，但你已經用掉你的機會了！……我很抱歉，湯以凡。你已經用掉了。」

她的聲音迴盪在早晨的小花園裡，我沒有回話，她也沒有再接下去。

一隻白色的蝴蝶飛過眼前，停在花叢上，我從沒想過這一種時刻竟然會讓人感到如此悲傷。

孫慢慢掐著我的手臂的力道漸漸放軟，我抿起乾燥的嘴唇，一股複雜的情緒從腹部湧了上來，我馬上低下頭，緊緊閉著眼睛思考，天旋地轉。

「今天不是你最後的機會，今天是陶珊的機會。今天是她終於可以幸福的機會，她好不容易才得到的。」

「湯以凡，不要連她的機會都奪走了。」

她的這一句話，像一記警鐘，將我從自以為的白日夢中打回現實。

「我如果現在不說，她永遠都不會知道了。這件事會成為我一輩子的遺憾。」

「但是你不能為了彌補自己的遺憾，而造成她的遺憾呀。如果你真的希望她的幸福，你要學著放手。」

因為想哭，又不能哭，我忍著不哭卻顫顫發抖，將眉頭皺得更緊，眼淚才能不掉下來，我竟然即將在孫慢慢前落淚，「可是我好後悔……我好害怕這一天的到來……放手好難……」

突然我的後背感覺到一雙溫柔的手覆上，輕輕拍撫著，我的下巴碰上了孫慢慢的肩膀和她柔軟的長髮，她將我拉進了她的懷抱裡，嬌小的身軀卻在這一瞬間像是一張承接住向下墜落的我的網，那樣的柔軟和令人心安。

「我知道，我知道……準備放開手的時候，真的很可怕對吧？……但是呀，你要放開她了。你要放開她，她才會幸福的。你也才能幸福。」

「湯以凡，你希望你們都能幸福的，對不對？」

孫慢慢在我的耳邊安慰著我，聲音卡在擁抱中聽起來悶悶的，卻讓人更想釋放所有心中的情緒。我感覺到自己的臉頰有兩道溫熱的淚水滑過，「對不起……我不應該哭的……昨晚也對不起……」

她笑了，「我原諒你。失戀的人最大。」她依然擁抱著我，那雙安撫我的手沒有停下來過，安靜地、穩穩地拍著我因為低聲啜泣而顫抖的背，我已經想不起上一次哭泣的時候了，卻怎麼樣也沒料到竟然會在孫慢慢這個嬌小女生的懷裡痛哭，「湯以凡，你可以放心哭哦。哭完了，婚禮要開開心心。」她微微用力，將我抱得更緊。

如果和陶珊告別終究是老天的安排，溫暖的孫慢慢就是此時此刻最珍貴的救贖。

✿

我緊張地吞了口水，猶疑不決的手舉了起來，終於鼓起勇氣在門上敲了兩下。

「請進！」

孫慢慢在旁邊揚起微笑，豎起大拇指，隨後輕輕推了我一把，用氣音說了：「婚禮現場見。」便輕巧地轉身離開。

映入眼簾的這一瞬間，我想我會永遠記在心裡，陶珊的白紗如一道夢幻的絲綢瀑布，優雅完美地垂落，頭戴著水晶皇冠頭紗，陽光灑落在整個房間，房間中央擺著一大束玫瑰花，她安靜地望向落地窗外的一片海洋，側臉美的令人屏息，幾秒鐘我看得出了神，孫慢慢說得一點都沒錯，今天是陶珊夢寐以求許久的日子，是她的機會。

「嗨。」她轉過身，掛上大大的笑容，「你終於來了。我就知道，你穿西裝很好看嘛！」

我緊張地手插在口袋，「嗯，我來了。一定要來祝福妳呀。」

「謝謝你，湯以凡。你的祝福對我來說很有意義。我很高興，我的婚禮你沒有缺席。」

「哈，當然。」我深怕自己說錯任何一句話，也有點尷尬地不知該如何是好。

「呼，你能相信就是今天了嗎？」她嘆了一口氣，一雙愛笑的眼睛看著我。

「不敢相信也得相信了呀。記得高中的時候，妳整天看那些新娘雜誌，一直問我意見。今天終於如願以償了。」

她忍不住笑出聲，「你居然還記得這種事呀？」

「怎麼可能忘記？妳看到雜誌上喜歡的婚紗，還會特地剪下來夾在妳的日記本。」

「也是齁，謝謝你陪我一起找到了我夢幻中的婚紗。」

「值得。你穿上這件婚紗很漂亮。妳是我這輩子看過最美的新娘。」

「哈，謝謝你。不過這句話呀，你要留給以後你的新娘。不然她知道了，可是會吃醋的哦！」

我淺淺一笑，陶珊的眼神非常溫柔，她朝我的領口伸出手，「伴郎，你的領結歪了。」

「啊？喔……」我回過神，急忙地轉身看向後方的梳妝鏡調整，陶珊的雙手卻輕輕地從背後環住了我，措手不及的擁抱讓我的心跳急速加快，想回過頭卻被她出聲阻止。

「湯以凡，不要回頭。一下下就好。」

我全身緊繃地愣在原地，動也不敢亂動，連呼吸都變得很輕，陶珊突如其來的擁抱，她頭靠在我的背上，緩慢又悠長地開口：「不知道以後你的新娘是誰，但我知道她一定是特別幸運的人。我很幸運，有你當我的好朋友和伴郎，我會努力幸福的，你也要繼續幸福的過日子哦。」

「以凡，謝謝你，真的謝謝你。」

她一定不知道我耗盡了多大的力氣，才能硬生生將原本又要奪眶而出的眼淚壓下去，我分不清楚這是因為什麼情緒而湧現的淚水，也許是傷心、也許是感動、也或許是過去十五年來濃縮而成的喜怒哀樂，我唯一明白的一件事是，這一刻是陶珊送給我的一場溫柔告別。

當我站在婚禮前台旁，看著陶珊步入禮堂，她的眼眶有滿滿的淚水，當父親將她的手交給威廉哥的那一刻，我看見她的淚水滑落。

他們十指緊扣，一步步慎重又小心翼翼地往證婚台向前行，我的呼吸也變得緊張。

我向前邁了一小步，將新人要交換的結婚戒指交到威廉哥手中，他用微微顫抖的手接過，低聲說了聲謝謝，我退回伴郎的位置，靜靜聽著他們朗讀了結婚誓言，在彼此的無名指套上戒指，正式成為了夫妻。

出乎意料地，這一刻我並不敢到害怕，反而有一種難以言喻地平靜與失落感攪在一起，一切真的都結束了。

我的眼神穿越過人群，碰巧看見了站在台下角落的孫慢慢，悄悄地擦拭了眼角的淚水。

Chapter 2 Mr. & Mrs. RIGHT

01 是命中注定還是精心算計？

湯以凡

婚禮晚宴已經開始入席，我循著座位表找到我的座位，各方賓客們也都熱鬧地寒暄起來，像一場大型的交際派對，我微笑地坐下，才剛滑開手機，馬上有個宏亮的聲音叫住了我，「湯哥！太巧了吧，我們坐同一桌！」

我抬頭猛一看，語氣中來不及掩飾我的驚訝：「Matt！你怎麼會在這裡？」

Matt隨即拉開我旁邊的椅子坐下，「我不是跟你說過，威廉哥是我以前在美國讀高中時的學長啊！他以前多照顧我啊？他的婚禮我一定要來祝福的。」

他像好哥們一樣搭住我的肩，「湯哥，你當伴郎超帥的耶！在台上的表情超級認真，看了我都被感動了！欸欸，而且跟你一起進場的伴娘是誰呀？Super Hot，介紹一下！」

我忍住翻白眼的衝動，「那是陶珊的表妹，我警告你，不要惹麻煩。」

Matt順手撥了他的微捲瀏海，爽朗又輕浮地扯開笑容。

「知道啦。不過昨晚派對妹真的很多，不愧是威廉哥，連好幾個在美國的前女友都特地來婚禮。」我差一點沒把喝下去的果汁吐出來，「你說真的嗎？」

他倒是一派輕鬆地大笑，「這又沒什麼。反正陶珊不知道就好啦，你別跟她亂說啊。」

「我真不敢相信她居然嫁給這種傢伙……」

Matt替我和他的高腳杯裡添了白酒，「哎呀，威廉哥已經為陶珊收斂很多了，我沒料到最後他們真的會結婚。祝福祝福。來，Cheers！」他和我敲杯，我們兩人將手中白酒一飲而盡。

「我也沒料到。」

樂隊演奏起輕快的結婚進行曲，全場賓客將目光投注在舞台前方，陶珊和威廉哥牽著手進場，她的緊身酒紅色晚宴禮服閃著細緻的光芒，加長版的魚尾裙襬讓她的步伐變得緩慢輕巧，我看見孫慢慢盡責地彎下腰跟在後面替她順著裙襬。

一旁的Matt拿起手機拍照和鼓掌，一直看到這兩個人同時出現在婚禮，我的腦袋這才終於想起什麼，我驚慌地立即轉向Matt，他卻搶先開口：「欸，後面那位幫忙順婚紗的女生，她很奇怪。」

「啊？什麼意思？」

「昨晚派對我和一個妹去池畔酒吧去點酒，她一個人坐在那邊喝Shot，一看到我突然眼睛瞪得好大，還跟我說什麼終於還是見面了。」他搔搔頭，「但不可能啊，所有我把過的妹，我雖然不會對她們負責，但至少我絕對不可能忘記……」

「……那你怎麼回她？」

Matt雙手一攤，好像我問了愚蠢的問題一樣：「女生主動跟我打招呼，我當然是笑笑啊！我旁邊當時還帶著一個妹，我能多說什麼？再說她也不是我的菜。幹嘛？你認識她啊？」

我完全沒料到孫慢慢和Matt會在現實生活中遇見，但為了不讓之前撒的謊被揭穿，我深呼吸，硬著頭皮拿出「Make it Right」放到他面前。

「那個，我必須跟你解釋一下。」

「啥？」

「你記得我之前辦了測試帳號吧？當時我不是跟你借用了你的照片來當Profile嗎？」

「記得啊。你不是已經用一陣子了。」

我滑開孫慢慢的帳號頁面，「這就是為什麼她看到你會那麼驚訝的原因。」

「所以呢？她跟你的測試帳號配對了，那又怎樣……」Matt露出好奇又耐人尋味的表情：「哦！等一下，湯哥！你……該不會仗著我的臉，偷偷把她吧。」

我再次忍住想翻白眼的衝動，「我才沒有，就只是出於好奇，和她聊了一陣子而已。後來我就沒繼續用你的帳號跟她聊天了。誰知道你們會在真實生活中遇到。」

「喔，那你怕什麼？交友軟體上配對，之後再遇到也不是不可能啊！台灣就這麼大，不然呢？」

「重點不是這個！是……」

「是什麼啦？讓你這麼難開口？」

「……我覺得她可能有點暈船了啦！」Matt愣了幾秒鐘，隨後哈哈大笑：「哈哈哈，什麼啊！你確定嗎？湯哥，你也真有一套，光是聊天就能讓人家暈船，不錯嘛。怎麼樣，我的照片好用吧？不用謝。」

「你不要搞錯重點了。總而言之，我就是不希望再給她錯誤的希望，所以再也沒有回她訊息了，想說只要她不知道你的存在，這件事就能過去了。」

「哎，處理暈船還不簡單？你就偷偷塞一些系統上的天菜給她啊？這種容易暈船的人，很快就暈下一個了啦。」

「你以為我沒有嗎？我還特別去看了她以前的配對資料，把所有她可能喜歡的型都塞給她的帳號了。結果好像還在暈。」

Matt聳聳肩，「她要繼續暈的話我也沒辦法。」

「但是萬一她從交友軟體上暈到現實世界，我們就麻煩大了。」

「湯哥，是你麻煩大了。這個可不干我的事喔哈哈。」Matt雙手一攤，一派輕鬆的模樣。

「我也知道，但她完全不知道你的照片背後，跟她聊天的都是我，孫慢慢就只認你這張臉，所以我勸你今天婚禮最好離她遠遠的，不要再被她遇到。」

Matt又露出痞痞的笑容，「你幹嘛那麼擔心她發現啊？直接跟她說實話就好了，何必自找麻煩……」

「……總之就是不行。要是她知道這一切都不是真的，她一定會很失望。」

他無所謂地聳肩，「我是不知道為了不讓對方失望，而選擇欺騙對方，這樣有比較好就是了。不過湯哥你放心，要是真的被她逮到了，我也很快會讓她死心的。畢竟你也知道我這個人，最怕麻煩的女人了哈哈！」

「喂，答應我，你不要對她來玩咖那一套喔！孫慢慢是一個善良的好人。」

「知道啦。就跟你說這種容易暈船的人，對我一點都沒有挑戰性，我才沒興趣。」

Matt嘻皮笑臉的樣子，讓我頭痛了起來，真的是搞不懂為什麼這樣的一級玩咖，還有那麼多女生傻傻地願意上鉤，偏偏還有一個相信真愛的傻瓜就是孫慢慢。我現在只希望孫慢慢當時喝得太醉了，根本沒把撞見Matt這件事情放在心上。

孫慢慢

從一大早一路忙到現在，先是全神貫注地完成了婚紗工作室份內的任務，中途還得阻止湯以凡衝動告白，直到現在陶珊換上最後一套禮服進場，我的腦袋終於有空閒好好地思索昨晚奇蹟般的巧遇。

「孫慢慢，我勸妳不要衝動。」我一邊聽著芮娜在電話那頭叨唸，視線已經忍不住遊走在婚宴會場中，尋找著他的身影。

「芮娜，老天第二次把他送到我面前了，我不趁現在把握機會，要趁什麼時候？」

「小姐，人家在交友軟體已經不要妳了，結果又在現實生活中遇到妳，躲都來不及了，妳覺得那位Nobody會想看到妳嗎？夜路走多了遇到鬼，說的就是妳這種。」

「什麼啊，我有這麼糟糕嗎？」

「誰像妳在交友軟體上這麼死纏爛打的。哎呀總之，我不覺得這是對的決定啦。」

「我會盡量表現得很自然的嘛……應該不會搞砸吧？」

「反正每次妳問我意見，也沒真的要聽我的話吧，妳心裡早就決定好了，我根本擋不住妳……隨便妳啦，到時候妳追愛失敗了，可別怪我沒提醒妳。我要去忙收店了，妳自己好自為之。」
「我這次不會失敗的。」
「啊最後，如果妳非得要去和他相認，千萬不要提到妳曾經和他在交友軟體上配對過！」
「那我要怎麼做？」
芮娜不耐煩地低吼了一聲：「笨耶！當然是裝作妳完全不認識他啊！除非妳想幫他回憶起他為什麼要封鎖妳的理由。記得喔，裝作一切都很自然！」
「好啦好啦，知道了。」
芮娜又一貫地嘮叨了幾句，便掛掉電話。

我的目光一路從會場的前方掃向另一端，這場氣派豪華的婚禮來了不少人，要在茫茫人海中找到真愛還真不是件容易的事，儘管各個賓客體面亮眼，不消幾分鐘我便很快地在右斜前方的圓桌，看見了讓我心心念念的那張側臉，他正好轉頭往我的方向看來，我們的眼神橫跨了整個婚宴會場交會，我的全身像是被微小的電流穿過一般，還來不及反應，他已經起身離開圓桌，往池畔旁的自助酒吧走去。

如果有人說對愛的執著與迷戀，會讓人鬼迷心竅，失去自我控制能力，我完全舉雙手贊成，在我的大腦尚未運轉完全，理智也還沒發揮100％的作用時，我的雙腳已經慢慢移動到自助酒吧旁，站在離他只有幾步之遙的右手邊，中間隔著一位顯然已經微醺，跟著音樂忘情搖擺的中年大叔。

「我要一杯Mojito，謝謝。」Nobody對著調酒師說，隨後低著頭滑著手機。

即便只是偷偷看著他，我的心跳已經隨著我絞盡腦汁思量著該如何和他搭話而飛快加速，該學他點一杯酒，趁著等待時閒聊幾句呢？還是該直接走到他身後直球對決？這樣會不會太刻意了？我要怎麼樣才能順利和他開啟對話呢……

老天，躲在交友軟體背後對話簡單多了，我從沒想過現實生活中要主動搭訕男生，原來是這麼需要技巧的一件事情。

「小姐，」突如其來在手臂的觸碰，讓我的全身震了一下，把我從自己腦海中的如意算盤猛烈地拉回現實世界，是隔壁的大叔。

「啊？」

「妳很漂亮耶，要不要跟我一起喝一杯啊？」

我反射性地將身體往後退了一步，躲開他試圖輕撫我的那雙手，堆出禮貌地微笑搖頭。

「沒關係，我只是要拿一杯酒回座位……」

他搖頭晃腦地咧開嘴笑，「哈哈哈，這麼急著回去幹嘛，大家都來參加婚禮的，有緣一起喝一杯嘛。」

他一邊說，一邊想將手中的威士忌酒杯遞給我，我試圖忍住皺眉的衝動，依然客套地回覆他：「不好意思，下次有機會的話……」

「哎！還等下次，我要遇到像妳這麼漂亮的小姐，沒有下次了啦！妳不要害羞嘛。來，要喝什麼大哥幫妳點……」

見他沒有要放棄的打算，我決定先行撤退，以防將自己困在一個難以解決的窘境，正想轉身離開，不料大叔卻直接伸出手一把抓住我的手臂，「喂妳好大的膽子敢拒絕我……」我嚇了好大一跳驚恐回頭，**死定了**。

「Sorry，她是跟我一起來的。有什麼事嗎？」一個低沉的男生聲音從大叔身後傳來，他壓著大叔的手腕，一邊面帶微笑地看著大叔，同時繞到我的一側，將大叔的手從我的身上移開，我抬起頭看向聲音的主人，是Nobody。

大叔見眼前已經沒戲唱，便搖搖頭將手中的酒杯甩在吧台上，撇嘴地叨唸幾句，悻悻然走向會場另一頭，留下我和Nobody。

「……謝謝。」我緊張地吞了口水，連忙向他道謝。

他聳肩，「像妳這種可愛的女生，要保護好自己啊，不要傻傻地被吃豆腐了。」

他剛才是誇了我可愛嗎？

我的臉瞬間發熱漲紅，心裡小鹿亂撞，一時之間說不出話。

「來帥哥，您的Mojito。」

他接過調酒師遞上的調酒，見我沒有接話，便揮揮手離去，「那，自己小心。Enjoy the wedding。」

「等……等一下！」我叫住他，他回頭盯著我。

該死，孫慢慢，快說點什麼，把他留住啊。

命運之神已經幫了我一把，我再搞砸的話就真的是有緣無份了。

「我……我叫孫慢慢。」

又一次，大腦跟不上嘴巴的速度。話一說出口，我就想掐死自己，我難道就不能擠出比較有意義的對話嗎？

他似乎沒料到我會拋出這句自我介紹，嘴角失笑了一下，轉過身一手插在口袋裡頭。

「慢慢，真可愛的名字。妳好啊，我叫Matt。」

明明只是如此簡單又短暫的一個瞬間，我卻彷彿感覺到，在我自己渺小的宇宙中，有一串小燈泡終於接上了電源，叮地一聲亮了起來，在一度漆黑的宇宙中開始發光。

「Matt。」我忍不住低聲嘟噥，帶著藏不住的笑意。

原來Nobody叫做Matt，從這一刻開始，這個人不再是交友軟體上誰也不是的Nobody，他是活生生站在我面前的人，是解救了我的男子，是Matt。

「那個，Matt……」我鼓起勇氣，「你想一起喝一杯嗎？」

他微笑，看了調酒師一眼，「再來一杯Mojito吧。」

我走在他右側，他比我整整高了兩個頭，我總偷偷觀察著他的側臉，真好看。

Dolce & Gabbana的夏日香水混在夏夜晚風中，海風將他原本梳的油頭吹得微微凌亂，他整個人散發出一種慵懶又狂野的氣息。

我們手裡握著沁涼清爽的Mojito，正想走回婚宴場中央的圓桌，Matt低頭看了一下震動的手機，隨即將手機放回口袋，清清喉嚨：「You know what?我們去海灘附近走一走吧？」

「現在嗎？」起先我對於他的提議感到一絲絲驚訝，但很快地心裡有了個念頭：這難道不是千載難逢，我等待已久的獨處機會嗎？

雖然從早一路工作到剛剛都沒休息，我的飢餓程度已經可以獨自吃掉一整桌菜，但真愛在即，甚至還是他主動提議的，我說什麼都不應該錯過這個天降大禮。

「婚宴太多人了，多無聊。」他說。

「說的也是。」

我們繞過婚宴會場，走回白天證婚時的玻璃教堂方向，暖黃的燈泡和月光暈照進透明的玻璃教堂，微微反射我們走在一起的身影，我們之間有些安靜，於是我率先打破沉默，儘管我心中有一百個對他的好奇，我仍在腦中縝密篩選破冰的話題。

「你是新娘的朋友，還是威廉哥的朋友？」

「威廉哥是我的美國高中學長，以前很照顧我。」

「原來如此，我不知道原來你在美國念書呀。」

「Yep，前幾年才回來工作的。妳呢?今天新娘應該沒有虐待妳吧？」

「啊?你怎麼知道我是來幫新娘工作的？」

Matt聳肩，好像一副我不應該感到訝異他知道一樣，「我有看到，妳整天都在陶珊後面幫她整理婚紗。」

我偷偷地忍住想綻放開來的笑意，故作鎮定，先不管他記不記得我就是「Make it Right」上面的人，也不管他有沒有記得我曾在「Make it Right」上聊過我的工作，Matt在婚禮現場有注意到我。

孫慢慢，Yes，得分！

「當然沒有，她是很棒的新娘。希望她結婚後能繼續幸福下去。」

「哈哈，祝她好運囉。我個人是覺得幸福跟結婚，沒什麼太大關係。」

Matt這番話，讓我心裡一瞬間揚起小小的失落。

「為什麼？」

他又出現那種「妳怎麼會如此訝異」的表情了，Matt喝了一口手裡的調酒，理所當然的態度說著：「要跟一個人綁在一起一輩子，光用想的就很恐怖，怎麼會幸福？」

「我有很多客戶以前是不婚主義，結果遇到了馬上閃婚，搞不好你只是還沒遇到那個想讓你結婚的對的人呀。」

「可能吧，反正我也不相信有對的人就是了。」

「有緣分就會遇到囉。」我笑笑，心裡還沒來得及消化Matt對婚姻的看法，他開口反問我：「妳好像很相信這種事情？」

「我嗎？可以說……是吧。畢竟會遇到誰、會愛上誰這種事情，很難解釋為什麼啊，不知道怎麼解釋的事情，應該就可以算成緣分吧？」

「就像我遇到妳一樣嗎？」Matt看著我微笑，他總是出奇不意地開撩，而我總是一次次落入他的招數之中。

不知道他心裡究竟記不記得我，到底這個人心裡在想什麼呢？明明之前那麼密集地分享了彼此的生活，我一直以為他本人會是個踏實的性格，原來他比我想像中的更複雜、更神祕，果然我當時的第六感沒錯，這個人絕對是高手中的高手。

如果我最後能征服他，能證明我們之間的緣份，芮娜、湯以凡，絕對會後悔當時那麼小看我！

我沉浸在自己的小劇場中，沒有注意到他正盯著我看，我躲開他的眼神，Matt露出清爽的笑聲：「妳很容易臉紅嘛。」

我快速地喝了一口Mojito，「是因為酒精。」

「是是是。」他聳肩，露出調皮的微笑。

我在腦袋中想像過各種與Nobody在現實生活中相見的方式，從我們開始透過「Make it Right」聊天，我便一直按捺著自己想開口的衝動，耐心地等待他主動約我見面，最後換來他的已讀不回，沒想到這段原本以為會石沉大海的緣分，竟然又以如此令人驚喜的方式延續下去，甚至比原本可能相見的方式還要更好，緣分這種事情真的難以預料，只能說老天爺真的沒有虧待我，是對的人就會遇到！

「每天替新娘工作是什麼感覺？」這是Matt第一次主動問起關於我的事情，我的內心忍不住竊喜，早已不管臉上藏不住的笑意，「很幸福啊！看到別人找到真愛的樣子，覺得自己像在做好事一樣哈哈！」

Matt笑了一聲，「哈，妳是真的很相信真愛存在耶。真可愛。」

他雖然嘴上說可愛，但我隱約聽出他口氣中的嘲諷，「我當然相信啊！因為是真的存在呀，如果你看到我爸媽的樣子，就知道什麼叫做真愛了！」

「哈哈，妳怎麼確定他們認定彼此就是真愛？錯的人，搞不好還是能繼續過日子啊。」

「唔，如果還能繼續過日子，那應該也不算錯得太離譜吧。」

他手插口袋，一派輕鬆地笑著看我：「看來妳也不一定要找100％對的人嘛。」

Matt突如其來的真愛辯論，和我腦海中想像的第一次面對面會有的對話和氛圍截然不同，真不浪漫，我別開頭低聲咕噥：「你什麼都不知道。」

「啊？妳說什麼？」

「沒事。那你呢？你是做什麼工作的？」

雖然在「Make it Right」上聊天時，他曾說過自己是個上班族，但從眼前Matt說話的方式和風格來看，我更加好奇他究竟從事什麼樣類型的工作。

「妳為什麼一定要知道？」他語帶保留地微笑。

什麼嘛，神祕兮兮的！

「你知道我做什麼工作，甚至看了我一整天工作的樣子，我也想知道你做什麼工作，這樣才公平啊！」我硬是胡謅了一番，Matt露出一副「虧你說得出這種話」的表情，充滿自信的模樣。

「哈哈哈，原來是為了公平呀，我以為是因為妳想更了解我。」

「啊？」

「我跟妳的工作類似，也是幫助人家幸福的。」

每一次他出奇不意地開撩，總是把我的心勾得癢癢的，明明有好多想問出口的問題：你不記得我了嗎？你認不出我了嗎？你為什麼再也沒回我訊息了呢？為什麼消失後一出現，還能如此輕易講出這些若無其事卻亂人思緒的玩笑話？

會場那端傳來鼓掌聲，一旁的沙灘上放起了煙火，絢爛的煙花在月光照映的海面上綻放開來，我們站在玻璃教堂門口，一起抬著頭凝望著煙花，我的種種疑問飄浮在空中。

「你是個藏著很多祕密的人呢。」我咕噥。

Matt仍然望著精采的夜空，在震耳欲聾的煙花聲中，聽到了我的牢騷，「以後可以慢慢告訴妳。」

我猛然看向他，沒來得及藏不住放大的瞳孔，和怎麼樣克制也管不住的上揚嘴角，他剛剛是說了以後嗎？

「你的意思是……我們會再見面嗎？」

Matt的目光從上頭移到我身上，深邃的眼睛彎成了非常溫柔的微笑曲線，「對呀，我想再見到妳，如果妳也想的話。」

我鬆開了原本因為緊張而繃住的拳頭，心中有一個結像是一瞬間被鬆開般舒坦，我輕輕地點頭，「好，說好了喔，再見面。」

「教堂前不說謊。我保證。」他露出非常迷人的微笑，我的世界因為他的一句話，正如被煙花綻放而照亮的海面，在黑暗中透著微亮又繽紛的光芒。

湯以凡

每一次手機螢幕亮了起來，跳出新的訊息通知，我總是先將視線緊緊盯著眼前電腦右下方的時間，第一次發現原來一分鐘比想像中更漫長。

距離陶珊的婚禮不知不覺已經三個星期過去了，她此時此刻正在義大利的卡布里島度蜜月，昨晚傳來一張卡布里島眺望出去的湛藍海灣，我始終沒有回覆。

婚禮當晚散場送客時，她難得一見地喝得滿臉微醺，眼神迷茫的時候看起來更加溫柔，笑成彎月一般，那襲金色薄紗的晚禮服，就像在黑夜中的點點星光，閃爍進我的眼裡，提醒著我這就是她幸福的模樣，而這就是我青春的終點。

我一直以來都不覺得自己是個多愁善感或是特別膽小的人，但唯獨面對任何與陶珊有關的事情時，我卻連想馬上點開訊息的平常心都沒有，甚至自欺欺人地假裝不在意，不想被任何人看穿我想火速抓起手機回覆她的衝動。

「湯哥，你還要繼續加班喔？這兩週末免太拼命了吧！」坐在斜前方的Matt背起背包，抓起車鑰匙，往我這邊走來，一股濃郁的Versace愛神香水撲鼻而來，每當他噴上這一瓶香水，就代表他又要出門約會了，每一個「Make it Right」辦公室裡的男同事，要和曖昧對象或另一半約會時，都會向Matt求借這瓶勝利香水。

他今天穿著水藍色條紋襯衫，一身胸肌將襯衫繃得無法喘息，再配上愛神香水，隨性亂抓的頭髮，他甩著那副敞篷保時捷的車鑰匙得意的模樣，我都無法想像今晚究竟是哪一位幸運的女孩會坐進副駕。

我伸了個懶腰，撇見手機上的時間，再十分鐘就八點了，這兩週我總是下意識地避免著太早回家，免得自己陷入一片空洞卻又無意義的思念中。

「我應該還要再處理一下新上線的功能，有一些小問題。你呢？今天又要和誰去約會？」

Matt的神情突然閃過一秒的心虛，以往我們問起他的約會行程，話都還沒說完，這傢伙早就急著把對方的社群帳號和照片全部拿出來跟我們炫耀了，今天竟然頭一次有所保留的模樣。

「幹嘛？這題有這麼難回答嗎？你平常這時候早該把照片拿出來了吧。」

「沒什麼啦，就最近聊得不錯的朋友啊。」

「少來，朋友需要你動用那瓶香水？而且你竟然第一次稱呼約會對象為朋友，而不是妹來妹去的。她哪一點讓你動心了？」

他聳聳肩，「我不能有認真的時候嗎哈哈？」Matt試圖用幾聲乾笑，隱藏他不小心展露出來的不自在，結果沒管住他誠實的嘴，認識他這些年來我第一次聽到「認真」兩個字從他嘴裡說出，這下事情真的有趣了，不只我更加好奇，連一旁的業務助理凱西都從文件堆中抬起頭來。

她當然在意了，從實習生時期跟在呼風喚雨的資深業務Matt旁，全公司都看得出這少女對Matt的崇拜和愛慕，敢愛不敢言。

「天啊，我有沒有聽錯？我們的情聖，剛剛是說了，他要認真嗎？」另一頭的產品設計總監艾咪直接站起來，抓著手裡的百香綠茶，吃瓜群眾般地湊了過來。

凱西的神情也從偷偷竊聽，轉為驚慌失措般的表情。

Matt一邊飛速地回覆手機上的訊息，悠悠地說：「你們幹嘛那麼驚訝？我又不是渣男，我只是一直沒遇到值得認真的人，不然我認真起來，連自己都會怕喔！」他揮揮手，大搖大擺地踏出辦公室，凱西落寞的神情再度跟著她的目光沉潛進文件堆中。

艾咪翻了一記大白眼，闔上筆電，嘴裡嘟囔著：「呿，如果你這樣還不算渣男，天底下就沒有那麼多暈船的男女了囉！我也要閃人了，大家別太晚走啊。」

她經過我的座位旁時，丟了幾塊巧克力在我桌上，「去年七夕情人節收到太多了，還沒過期前分給你一些。我說阿湯，你可別太晚下班啊，要忘記情傷最好的方式，就是出去外面多認識不同的人啊！這麼賣命公司也不會感謝你的啦。」

「知道了啦，我等等就走。掰！」我苦笑，揮揮手和她道別，便將注意力回到手機螢幕上。

我深吸了一口氣，點開陶珊傳來的訊息。她發送了兩張照片，分別是西西里檸檬圖樣與海洋風格的咖啡杯套組，問我比較想要哪一個顏色，我還是忍不住微笑，被她惦記著的感覺真好，但也因為她仍是如此溫柔以待，讓我更加難以抽身。

有時候我想起陶珊，甚至還會有些生氣，她究竟知不知道我得費多大的力氣，才能讓自己往前走，而她卻這樣一個動作、一個問候，就又把我拖回原點，重新來過。

幸虧最近公司要新上線的功能與活動不少，工作開始忙碌起來，剛好讓我有機會將時間和心力轉移到工作上。

為了補足交友軟體上因為失之毫里差之千里，一手滑成千古恨的用戶遺憾，公司開發團隊正如火如茶地開發新功能，希望能夠把所有可能遇見真愛的機會一網打盡，不論是在軟體上或是真實世界，「Make it Right」都誓言要幫用戶找到真命天子，而我負責的其中一項功能便是用戶曾經配對過或是按過喜歡，卻沒有收到對方回應的對象在附近時，軟體會自動送出通知，當彼此就在身邊方圓一百公尺內時，軟體會送出一連串的配對提醒，告訴用戶別錯過遠在天邊近在眼前的那個他與她。

即便此功能立意良善，讓用戶相信這一切都是命運使然，卻忘記了程式背後只要一個數值設定不同，他們遇到的對象組合也會全然不同，說到底這所謂的真愛，仍然是一場科學與人為的算計啊。不過那又如何？愛情的廣大信徒仍然會持續相信著Make it Right背後的真愛魔法。

上一個我遇到如此相信命運與真愛的信徒，非孫慢慢莫屬。命中注定、真命天子、邂逅真愛……這些字眼彷彿發著微光的小小水晶球，將她的內心一點一滴點亮，充滿了希望，好似擁有這些希望她就能找到自己正在尋找的愛情，而我這種煞風景的人竟然在沙灘上用我自己的想法，有如毒針一樣一擊破她的泡泡，她隔天還在我最無助與迷惘的時候，出手拯救了我犯下傻事。

✿

大概是陶珊婚禮後的一週，在她準備搭上蜜月班機前的下午，打電話要我幫忙將她預定的蛋糕禮盒送過去給「慢慢幸福」工作室的團隊，表達她的感謝之情。

「湯以凡，你幫我這個忙嘛！我好不容易預定到這個超熱門的手工芋頭蛋糕，結果竟然只能等到我去蜜月的那個週六去取貨。」

「唉，真拿妳沒辦法。」

「剛好你也算認識孫慢慢嘛，你是最佳不二人選。」陶珊用撒嬌的口氣說道，我試圖用理智克制住那股願意為她做任何事的那個自己

「好啦。妳的蜜月旅行玩的開心點呀！注意安全！」

「你最棒了，謝謝！我會帶紀念品回來給你的。」她隨即掛上電話，我輕聲嘆了口氣，看來要脫離陶珊這個暗戀暴風圈，革命尚未成功，同志仍須努力。

七月週六下午高溫來到三十六度高溫，我提著剛從冰箱領出來的芋頭蛋糕，騎著機車用最快的速度抵達「慢慢幸福」，以防蛋糕中的冰淇淋夾心在豔陽下融化，當我滲著汗快步踏進「慢慢幸福」工作室時，一陣熟悉的玫瑰清香和輕柔音樂一瞬間包圍住我，柔軟承接我的狼狽。我看見芮娜正在後方陪伴新娘客人挑選婚紗，而孫慢慢並沒有出現，只有正巧講完電話的工作室助理。

「我來幫人送禮物給老闆，她今天在嗎？」我稍微抹去汗水，在這樣充滿粉紅氣息的空間裡，我在高溫豔陽下橫衝直撞的模樣顯得格格不入。

「慢慢姊她正在試衣間跟客人視訊，您有跟她約時間嗎？」助理問我，貼心地遞了張紙巾給我。

「我有先打電話跟她說……」我回神才發現手裡還提著蛋糕，「啊，這個是要送給你們的芋頭蛋糕。應該先冰起來……」

助理接過我手中的蛋糕盒，禮貌地道謝幾聲，卻稍稍面露尷尬：「啊……芋頭啊。」

「怎麼了？」

她發現自己沒藏好表情，連忙搖頭解釋：「沒事沒事。謝謝你的蛋糕！我先把它冰起來，您在這

邊稍等一下慢慢姊，她應該快好了。」
我無聊的好奇心讓我移動腳步跟在她後方，「那個……請問芋頭怎麼了？」
她將蛋糕妥妥地放進冰箱的最裡邊，被我突如其來的追問嚇了一跳，堆起微笑擺擺手：「沒什麼啦，只是慢慢姊她不敢吃芋頭，超級害怕芋頭的味道，所以我們工作室裡從來沒有出現過芋頭。不過我們都很喜歡，所以請放心！」
原來如此，她應該把這點寫上交友軟體的自我介紹，防止別人踩雷。
我莞爾，腦袋靈機一動，「我大概十五分鐘後回來，她等等應該還有空吧？」
她看了一下手錶，嘟嘴點點頭，「下一位客人應該一個小時後才會來，沒有問題的……需要我跟她說嗎？」
「不用不用，我去去就回。」
我轉身離開工作室，迎來外頭刺眼的陽光，差點睜不開眼睛，我戴上安全帽跳上機車，往工作室反方向駛去，就當作是為了沙灘上魯莽的失言賠罪吧！
二十分鐘後，我再度回到「慢慢幸福」的大廳，這次相比先前從容了許多，助理示意我直接往最裡邊的試衣間走去，「慢慢姊她剛結束跟客人的諮詢，您可以直接進去找她。」我提著手中的小盒子，準備給她一個簡單的驚喜，開了門踏進這個熟悉的試衣間，幾個月前我曾站在這邊看著陶珊穿上她的夢幻婚紗，如今她已經在離我好遠的地方了。
我的回憶硬生生地被「唰」一聲截斷，巨大的米白色柔軟布幔倏地拉開，像極了舞台上打亮的聚光燈，一片寂靜中闖進視野的閃亮，眼前的孫慢慢的輪廓逐漸清晰，她穿著一套手織蕾絲既古典又優雅的白色婚紗，頭上甚至還披著白紗，她的一頭長髮扎成簡單的公主頭，幾根髮絲凌亂地垂在耳邊，眼前既不真實又美好的畫面，一時之間讓我看出了神。

我在作夢嗎？我一度聽到腦海中的聲音試圖喚醒自己，直到她對我揚起微笑：「你來了啊！好久不見！」

「湯以凡！你發什麼呆啊？」她一邊拔下頭上的白紗，張大手臂對我胡亂飛舞。

我這才打起精神，故作鎮定清清喉嚨。

「嗨！妳今天是客人還是老闆啊？」

她癟了嘴一笑，「你覺得呢？本來預計要來試穿的客人臨時得出差，只好派身高體重與她差不多的我先上陣，視訊給她看穿起來的效果。」

她露出可愛又充滿自信的微笑，雙手順著婚紗裙擺一攤，半開玩笑地搖晃身體：「怎麼樣？這套婚紗漂亮嗎？」

我不敢再直視她，連忙將目光移到手中的小盒子，「滿不錯的。」

她大笑，「才不錯而已。躺，因為你心中已經有最美的新娘了吧。」

「少挖苦我了啦。諾，這是陶珊要給妳的蛋糕，感謝妳們在她婚禮上的幫忙。」

孫慢慢接過蛋糕，從盒子的隙縫中悄悄瞥了一眼：「哇，是我最喜歡的紅絲絨蛋糕！幫我謝謝她，她太客氣了。」

「等她蜜月回來我會轉告她的。」

她將蛋糕放在一旁的桌子，明明還穿著婚紗，卻像個大姊頭一樣叉著腰，一派輕鬆地看著我：「所以呢？你過得還好吧？」

我不知道她是意有所指地詢問，還是純粹想閒聊，所以隨意回答，「還可以囉。我其實……也想跟妳道歉。」

「哈，為什麼道歉？」她爽朗地笑的時候，眼睛像一片彎月，露出小梨渦。

「原來妳都忘記了啊？那當我沒說……」

「騙你的，我才沒有忘記呢，我記性可是很好的。」

「我在沙灘上說了很蠢的話，那些都是氣話，我並沒有真心那樣認為妳在錯的地方尋找真愛，對不起。」

孫慢慢若有所思地聽著我說，隨後打斷我的話：「湯以凡，我早就原諒你了，畢竟你那天說的話也有道理。」她大嘆一口氣，雙手合拍：「……所以，我已經不用交友軟體了。」

我揚起眉頭，「啊？」

她露出莫名自信的微笑，整個人看起來煥然一新，「我把Make it Right刪除啦！你說的對，我不該在錯誤的地方找真愛，就像芮娜說的，如果是命中註定的人，現實生活中也會遇到。」

我對於她突如其來的轉變感到有些驚奇，聽到她刪除Make it Right的時候，心底突然悄悄升起一股難以言喻的複雜心情，雖然她並不知道Nobody背後與她聊天的人就是我，但既然她決定刪除交友軟體，就代表著她連同放下了所有發生在交友軟體上的一切，包含我們的生活曾經交會的微小片段，都跟著她的離開塵封起來。

但這對她何嘗不是一件好事？孫慢慢能夠換個方式尋找適合她的人，也許她即將在生活中遇到，又或許她已經遇到了，才讓她決定從虛擬世界中離開往前走。

「那很好啊，希望妳可以順利找到那個人。」

「我要是有好消息，會讓你知道的！」她的工作手機響起，她接起電話前對我露出不好意思的表情，向我道別：「湯以凡，等我好消息嘿。」我點點頭微笑，對她豎起大拇指，讓她回到工作狀態裡，懷著仍讓我疑惑的思緒離開了工作室。

✿

會員狀態：用戶App已於15天前卸載。暫無活動資料。

我的螢幕停留在會員系統後台，孫慢慢的Slow帳號活動已經被暫停，看來她是說真的。

「湯哥，我要走了喔！給你關燈嘿！」業務助理凱西的聲音嚇了我一跳，「凱西，妳怎麼還在這裡？」她將筆電和桌上凌亂的筆記收進後背包，「Matt哥明天下午要和客戶提案，我在幫他做最後的附件整理。一不小心就這麼晚了。」

我看了下手錶，竟然已經要十點半了，「妳吃了沒？要不要一起去附近吃點東西？」

「湯哥你如果能順便載我的話，那就太好了！」

「那有什麼問題？」

我們在附近的小吃攤隨意吃了簡單的涼麵，我看著對面這位不過二十二歲的社會新鮮人，甘願為了Matt加班餓肚子到十點半，殊不知Matt早就興高采烈地在外逍遙，實在按捺不住詢問：「凱西，妳為什麼會喜歡Matt？」

凱西似乎沒料到公司前輩這麼一問，差一點噎住了麵條，「好突然的問題……」

「妳不想回答也沒關係，我只是好奇。」

她用衛生紙擦了嘴角，「嗯……我猜也不是真的喜歡。可能因為他看起來從來不會動心吧。」

「因為從不動心，所以妳決定喜歡他嗎？」

「與其說他從不動心，不如說……想試試看能不能成為那個能讓他動搖的人。」

「哈，女生都這麼好勝嗎？」

「不只女生吧，男生也會啊。談戀愛本來就像在拔河，看誰動搖的多，誰就輸囉。大家都想成為贏家吧！」

「哈哈，妳說的沒錯。」我這位年過三十的男子，竟然會被眼前一位二十二歲的年輕女生的一席話說動，深深反省自己過去十五年來都是愛情輸家的每一天，慚愧啊。

我和凱西兩個餓得一蹋糊塗的上班族，不消半小時就飽餐一頓，周遭的酒吧也隨著夜色漸深熱鬧起來，時髦男女魚貫而入，有的人索性直接站在巷口外喝著啤酒，我們來到機車前準備戴上安全帽，大馬路對街的行人燈號轉換成紅燈，我的視線落在了熟悉的身影上，身旁的凱西更是比我早先一步認出來。

「是Matt哥耶，他果然在約會，哈。」她說，語氣中有些落寞。

「我們正好逮到他那位神祕的約會對象，妳趁機觀察一下情敵啊。」

我瞇起眼睛，試圖看得更清楚。

出現在視線前方的，是那頭鬆軟的低馬尾、笑起來彎彎的眼睛和遠處看不見的梨渦，穿著白色削肩背心和寬牛仔褲的女孩，正巧也抬頭將目光直勾勾地望向我們。

我想知道孫慢慢看見我時，臉上的那抹起初驚訝，轉為像是在說「你看吧！」的微笑是什麼含意。Matt看見我時毫不避諱的自信，讓我心中充滿困惑，而我還來不及想像自己此時此刻的表情，便不自覺倉皇地發動機車，在他們過馬路之前離開了現場。這難道就是孫慢慢刪除交友軟體的原因？如果是的話，我和Matt必須在他惹出更大麻煩之前好好談一談。

02 37%後的那個人

孫慢慢

芮娜手托著下巴，一臉困惑地盯著我，好像我在講一個她無法理解的語言。

「我真的不懂妳耶，孫慢慢。我真的不懂。」

我皺起眉頭，喝了一口咖啡，盯著窗外的街道。熱浪來襲的日子總是讓人懶洋洋，今天的客人只有一組，我和芮娜兩人來工作室處理一些例行行政公事，難得的悠哉讓我們倆人終於有時間好好坐下來聊天。

「所以妳是在告訴我，妳終於跟妳的夢中情人第一次約會了，卻一點感覺都沒有？」

「也不是沒有感覺。嗯……好難以形容，妳有沒有過一種看包裝買回家，拆開後卻發現跟想像中口味不一樣的經驗？」

芮娜精神抖擻起來，從椅子上跳起來掌聲鼓勵，「妳這麼說，那就是做了嘛！不愧是，我們的孫慢慢！」

「不是啦！搞什麼……妳冷靜一點，沒有做！什麼事都沒、發、生！」

我拉著她坐下，芮娜翻了白眼，「什麼啊，那妳那樣形容，我還以為是褲子脫了發現跟想像中的不一樣呢哈哈！」

「受不了妳，不要什麼事情都往那裡想好嗎？我是想找真愛，不是一夜情。」

她聳肩，「這兩件事又不一定互相不成立。」

「哎，總之一切都很好，他本人很帥、身材很好、講話很風趣、晚餐和晚餐後去的酒吧也都很棒……但就是感覺……差了一點東西。我不知道是什麼。」

「我知道我知道！」

「是什麼問題？」我向前傾，希望她以局外人幫我解答。

「他沒問題，就妳眼光有問題！之前老是對這個Nobody先生魂牽夢縈，老天現在把他送到妳眼前，還讓妳跟他順利約會了，現在好了，妳竟然開始說對他沒感覺。妳是要氣死老天爺？」

我洩氣地趴在桌上，玩著咖啡杯，回想起昨晚我和Matt的第一次約會，一切都如夢似幻一般，到底是哪裡出了問題呢？

當Matt開著他的跑車來到工作室前，以偶像劇男主角的磅礡氣勢和高調姿態出現在我面前時，我一時之間詫異又心動，隨即就被害臊的心情取代。他帶我到了市中心最熱門的義式無菜單料理，和他走在一起我能夠隨時感覺到旁人關注的目光，他在人群中是如此的耀眼，昨天他穿的那件水藍色條紋襯衫再一次嶄露了他的好身材，能夠和Matt這樣的天菜級對象約會，還不是詐騙，絕對是交友軟體上的成功案例頂端。

當晚餐的第一道主餐白松露義大利麵上桌時，撲鼻而來的香氣與彈牙的麵條口感，我還沒來得及開口，Matt悠悠地說道：「上一次我來這裡時，他們的燉飯比義大利麵更好吃。我個人更喜歡。」讓我硬生生收回原本要說出口的稱讚。

Matt紳士地替我倒了香檳，並舉杯輕輕敲杯：「Cheers！能遇見妳真好。」

他的眼神深邃不見底，講話的時候會直勾勾地凝視著我，迷人卻相當炙熱，讓我好幾次不知所措，臉頰混著酒精的催化而發燙了起來。

他與我分享他小時候在美國長大的生活日常，他喜歡的足球明星、週末和美國舊識朋友的聚會活動，聽著他洋溢著自信又熱情的分享，我對眼前的這個人的好奇感與陌生感同步增生，明明我們曾經在交友軟體上平凡地分享著日常瑣事，又怎麼會覺得對這個人的生活輪廓一無所知？

芮娜再一次打岔反駁我的疑惑：「這本來就很正常吧！在交友軟體上妳只能認識一個人生活的一小部分，見到面了本人才是真實啊。也許他跟妳說的那些分享，才是真正的他呀。」

「也是，但他竟然真的表現出一副完全認不出我的樣子耶。」

「哎呀，像他這種等級的菜喔，妳搞不好只是他一長串聊天名單中的其中一個人，願意出來約會就該偷笑了，把握現實世界的他才是真贏家啦。」

「妳覺得我只是他的其中一條線嗎？」我問

「嘖，我是怎麼教妳的孫慢慢！是不是其中一條線不重要，重要的是妳要讓他有想收竿的慾望。」

「我要怎麼做？」

芮娜笑笑地拍拍我的頭，「做自己就好了啊！我們孫慢慢這麼可愛，誰錯過誰可惜。」

「芮娜，每次妳對我一下好一下又嘴賤，搞得我好亂啊哈哈！」

她霸氣地叉著腰，「我告訴妳，妳對待男人也要這樣。把他們的心搞得越亂越好！」

「我只想好好談戀愛啦。」我嘟囔，都要三十了，實在沒本錢再把心力放在把男人暈得團團轉上。

昨晚Matt在十二點前將我送到家，我們在家門前駐足了將近十分鐘，是整夜彼此最靠近的時候。在酒吧時我們並肩坐在吧台，他和我各自點了一杯雞尾酒，酒酣耳熱之際，隨著店內變得擁擠的空間，我們倆的距離也變得更加靠近。但我的思緒始終被進去酒吧前偶然撞見的一幕街景擾亂，我看見了湯以凡帶著一位年輕女孩，兩個人跳上機車，他鐵定也看見我和Matt在一起了，不知道他會不會記得這張我曾經在交友軟體上分享給他的臉，我本想等到和Matt發展更進一步時，再好好向湯以凡炫耀一番，證明他在沙灘上說的那些話大錯特錯。

「妳在想什麼？」Matt低沉的嗓音在我耳邊傳來，讓我回了神。

我微笑搖搖頭，「沒什麼。有時候覺得世界好小，充滿了各種不期而遇。」

「是在說我們嗎？」

「哈哈是呀，如果沒有那位婚禮上的奇怪大叔，我們就不會在這裡了。」

「是嗎？我倒覺得像妳這樣可愛的女生，就算沒有他，我也還是會來找妳講話。」

Matt字字句句都充分展現了他在情場上的無往不利，每一句話都能隱諱地直中要害，聽的人要是意志不夠堅定，很快就淪陷了。以前的我可能早就墜入情網，但這次我不想搞砸，因此更想小心翼翼，如履薄冰般地慢慢發展。

「再說，越是毫不費力的相遇，就越可能相愛的筋疲力盡。」他喝掉了酒杯裡的最後一口。

「你是詩人嗎？講話這麼文藝。」

Matt大笑，「我不是，我前女友是。分手後還特別出了一本詩集罵我呢。」

我噗哧一笑，一點都不會感到意外。

他將他的車停在酒吧外頭，我們一路從鬧區散步回我家，夏天即便入夜仍然瀰漫著惱人的黏膩感，我們慢慢走了半小時，他陪我到家門口，有一度我們倆人之間只剩下安靜的呼吸聲。他低著頭看著我的眼睛，我的心臟撲通撲通地跳，感受到臉頰有一顆汗水滑落。

他抿著嘴唇，躊躇著開口，「我想再見到妳，如果妳也有同樣想法的話。」

「這句話有被寫進前女友的詩集裡嗎？」我沒來由地問，似乎逗笑了Matt，他露出今晚最真誠又放鬆的笑容：「哈哈，我回去找一找，下次可以唸晚安詩給妳。」

我也被他的自在坦然逗樂，兩個人都忍不住放聲大笑。

「晚安，孫慢慢。」

我留意到他猶豫著該如何與我道別，我不想這一切都發生的太快，於是悄悄向後退了一步。聰明的他當然注意到了，最後Matt舉起他的右手，輕柔地拍了我的頭兩下，瀟灑地微笑說晚安。

還記得愛情的37％法則嗎？在能夠遇見的約會對象中，前37％的人都是觀察的樣本，在跨過37％後遇見的第一個人，有很大的機率會是最佳伴侶。那麼第二個問題就來了，究竟什麼才是最佳伴侶呢？最佳伴侶和真愛，是畫上等號的存在嗎？

我第一次開始對「真愛」這兩個字產生好奇，是十五歲時讀完《簡愛》的那段青春期，故事的主人翁在困境中追求保有完整自尊與自由的愛，面對深愛的人處在身不由己的婚姻，她雖然對莊園男主人羅切斯特先生有無盡的愛慕與期待，仍然選擇了真誠地面對彼此、真誠地面對自己對愛的渴望，她想愛得有尊嚴，她想踏進只有真愛的婚姻。她對真愛抱持著永不放棄的希望，愛得不卑不亢、愛得簡單與坦蕩忠貞。

真愛存在嗎？它難道不是因為人們對愛情需要希望，所以被創造出來的一個虛幻想像嗎？如果真愛確實存在，它卻殘忍地無影無蹤，逼得人們在碎石子路上摸黑前行，走了幾回錯路，希望就越渺茫，對真愛的信仰也像流掉的眼淚一樣蒸發散去。

當我第一次在Make it Right上看見Nobody的模樣時，我的腦海中千真萬確地閃過一道光芒，如果說每個人都曾想像過自己真命天子的模樣，他的容貌和氣息完全就是按照我的想像復刻而生的。每一天的日常問候和分享，都讓我心中的小花園一點一點繽紛起來，芮娜叫我暈船女王，我也毫不在意，因為每一次和Nobody的交談都讓我很快樂。

認識Matt本人後，他比交友軟體上的樣子更加耀眼，就像是輸入所有白馬王子必要條件的設定值，打造出了一個真人版那樣無可挑剔的完美。他明明就那麼符合我所想要的一切，我心底卻有一塊的惴惴不安擾得我不得安寧，是因為他太過完美嗎？是因為我太過挑剔？抑或是，他也許根本不是我所需要的最佳伴侶？

✿

「妳哦，連身體都在提醒妳老大不小了，再拖下去別說生孩子，連找個對象都難！」中年婦女一貫的咆哮嗓音和嘮叨，如連珠炮一樣從手機擴音裡傳出來。

「媽，我只是落枕，妳也能扯到結婚去！」我一邊摸著因為落枕僵硬疼痛不已的右頸，皺著眉頭回覆國外婚紗廠商價格談不攏的信件，還得同時應付遠方那唸個不停，一心想趕緊當奶奶的老媽。

晚上九點，外頭竟然開始下雨了，不知道到南部出婚禮任務的芮娜和助理今天結束工作沒有，希望她們的行程沒有被雨天打擾，明天還有另一場婚禮硬戰。

「我當然要提醒妳啊！妳看妳的朋友們該結的都結了，孩子也生了，就妳落後啦！我跟妳說，那天隔壁林老師的姪子來……人家在投資銀行上班，一表人才耶！聽說剛跟女朋友分手……」

我的脖子雖然不能動，白眼倒是能翻得很靈活，「媽，不准幫我安排相親，聽到沒？我不要！」

「唉唷，妳這小孩子怎麼這麼嘴硬啦！」

突然打斷的嘟嘟聲，顯示Matt的來電，救星駕到，來的正是時候。

「媽，我有其他電話進來，先不說了啦。妳真的不要安排相親喔！」

「我是為妳好耶！孫慢慢……」

「就這樣就這樣，媽我要掛電話了，下禮拜再打給妳！掰！」
我火速掛掉與她的通話，悄悄深吸一口氣後，接起Matt的電話。
「嗨Matt，怎麼啦？」
電話那頭的他聽起來相當疑惑，「我才要問妳吧。妳到餐廳附近了嗎？」
「餐廳？哪個餐廳？」
「我們今天不是約好吃晚餐嗎？」
我心頭一驚，是今天嗎？
「什麼？我們不是約好星期五八點嗎？」
Matt露出爽朗的笑聲，「慢慢，今天就是星期五呀！」
我急忙查看電腦上的日期，倒抽一口氣，脖子因為用力抽痛了一下。
「天啊，對不起，我沒注意到今天竟然已經星期五了。你在餐廳等那麼久了嗎？可是我現在可能還要一下子才能趕過去……」我視線瞥向一旁衣架上堆得老高的婚紗禮服，我還必須在明天營業前將它們整理回婚紗室才行。
Matt沉默了幾秒，「嗯……妳還在工作室嗎？」
「對啊，這幾天太多事情要處理，一不小心就忘記日子了。抱歉，是我的不好！」
「沒關係，那妳先繼續忙。」
「真的很對不起，下次我請客賠罪。」
「不要介意。Take it easy。」

從他的平穩語氣裡，我無法分辨他憤怒的情緒有幾分，但若他之後對我興趣全消，我也只能摸摸鼻子認了。

我將注意力放回這封令人煩躁的廠商信件中，好不容易回完信，又連續處理了好幾封客人的諮詢來信和即將舉辦的活動細節，直到工作室的電鈴響起，打斷了我的節奏。

難道是芮娜她們漏了什麼得跑回台北拿？

我站起身，脖子連同整個背部都因為忙碌了一整天而僵硬痠痛，我走到接待櫃台起身按下對講機按鈕，透過對講機螢幕看到的聲音主人卻令人詫異。

「嗨，Surprise！」Matt他提著大包小包，對著螢幕微笑。

「……Matt！」

我連忙幫他開門，他穿著筆挺的灰色西裝，甚至還打著深色領帶，非常正式體面的模樣，和手上提滿的餐廳紙袋呈現強烈對比。

他的前額垂下一小搓因雨水溼掉的頭髮，西裝外套也因為雨天而斑駁，比起第一次約會的那天，他今天並不是那一位完美先生，看起來多了幾分真實感。

「你怎麼會來工作室？我以為我們取消了。」我望向牆上的時鐘，竟然已經晚上十點半了。

他晃晃手中滿滿的提袋，走向大廳的接待區，「因為還是很想跟妳一起吃晚餐。如果妳也想的話。」我幫忙接過這些外帶餐盒，驚訝地看著他：「噗，那你也外帶太多了吧？」

「不知道妳會喜歡哪一道，所以我就都打包過來了。至少會有一道菜命中的吧哈哈！」

「真是的……謝謝你。對不起害你餓肚子，還得多跑一趟到我這裡。」我連忙簡單地鋪上桌巾，將餐盒拿出來擺開，這傢伙竟然把牛排、烤雞腿和燉菜這種大菜通通帶來了。

「其實你真的不用這麼客氣，我們可以下次再……」

Matt打開他的後背包，在身後叫了我一聲，「慢慢。」

我回頭，一瞬間落枕的疼痛偷襲：「噢！」

還來不及意識到落枕的威力，他拿了一束綁著粉紅色緞帶的桃紅色玫瑰花，「七夕快樂。」

「啊？今天原來是七夕了。謝……謝謝。」

我受寵若驚，我們才剛認識不久，甚至只約會了幾次，他竟然還特意準備了這些，我接過玫瑰花，許久沒受到這樣的對待，一時之間心裡十分感動。

「好漂亮的玫瑰花……」我不自覺低下頭聞花，脖子難以忍受的酸楚再一次刺痛了我。

「啊……痛死我了。」

「妳怎麼了？脖子受傷了嗎？」

我有些難為情地撐著脖子，「對啊，今天早上起床時落枕了，Google說上了年紀就更容易這樣哈哈！」

Matt露出抱歉的表情，我擺擺手，「沒辦法，年紀這件事老天是公平的嘛。你要不先吃吧？我得先把那些禮服歸位，我怕吃完後再放會弄到太晚。」

他跟著我的視線望向那堆禮服，「我來幫忙吧！妳都脖子痛了，還是多休息。」

他隨即一個邁步向前，幫忙拿起禮服：吃驚地說：「哇……這好重啊！新娘居然都是穿著這麼重的禮服結婚嗎？」

「哈哈，所以啊，婚姻的起點就是負重前行啊！不能開玩笑的。」我手裡拿著比較輕巧的禮服，Matt一次攬起三大件婚紗，跟著我一起走向存放婚紗的小房間。

我食指一個順手扳開燈的開關，噠的一聲，婚紗室內仍然一片黑暗，「奇怪……燈泡壞了嗎？」我再反覆地來來回回扳了幾次開關，依舊沒有任何反應，簡直屋漏偏逢連夜雨，燈泡偏偏要在這時候壞掉。

「唉，燈泡居然壞了！」

Matt大笑，「看來我真是選對時機了。我來換燈泡吧！」

我一臉愧疚地看著他，「對不起，你真的是太不幸運了。」

「My pleasure。」

壞掉的主燈泡在婚紗室的走道中央，左右兩排的巨大婚紗裙襬讓這裡成為了最柔軟蓬鬆的小小舞台，「除了婚禮，我從沒來過結婚氣息這麼強烈的地方。」

「哈哈，對新娘來說可是天堂呢。對男生來說很嚇人吧！」

「的確是滿可怕的。」他笑著眨眨右眼。

我拿著手電筒走進婚紗儲藏室，Matt將人字梯妥妥放到中央，他左右扯鬆領帶，鬆開領口的釦子，把襯衫袖子捲起到手臂上方，露出了結實又充滿線條的手臂，我不自覺地盯著他性感的手臂，差一點就沒聽到他在叫我。

我馬上將自己胡亂飄移的心思收好，看著Matt手抓燈泡站上梯子最高點，我凝於脖子往上抬的角度有限，只能直勾勾地看著旁邊，避免直視令人尷尬的高度。

「給妳，舊燈泡。」他取下燒壞的老舊燈泡，將新的燈泡旋轉上去。

「應該沒問題了。等等開燈試試看。我要下去了喔。」

我手扶著人字梯，幫他穩住重心，「好，小心點喔。謝謝你！」

他跨下梯子，剛好擋在了我面前，我的視線落在他的肩膀高度上，在手電筒昏黃的燈光下，他白色襯衫底下露出的肩膀線條顯得清晰，鬆掉的領帶和領口露出他的鎖骨，因為淋雨而有些溼潤透明的襯衫，貼著他的胸膛平穩地起伏。

有一秒的瞬間，我們之間的距離是如此靠近，甚至感受得到他的氣息。

「我……我去開燈。」我劃破沉默，有點緊張地說。

雖然話已說出口，我的腳步卻還沒有離開原地，就連我自己也不清楚我仍等待在原地的原因。

他彷彿也在躊躇，在我準備緩慢轉身時，他終於輕輕攬住了我的肩膀，將我朝他拉近，用低沉的嗓音說：「也許，晚一點再開燈。」

我清楚地聽見了我的心臟正在用力地鼓動著，噗通噗通，我想知道他此時此刻的表情，也想就跟著感覺走，什麼都不要看。

我慢慢地閉上眼睛，他的食指很溫柔地抬起我的下巴，該死，那緊繃的脖子肌肉疼痛硬生生打斷了這美好的一刻！

「噢！」被那細小卻難以忽視的疼痛，讓我不得不叫了出來。

「怎麼了？」

我有點難為情的看著他，「脖子……」

Matt噗哧一笑，似乎從沒料想到這一刻會以這種情況發生。

「……也不是沒有辦法。」

他輕巧地抓住我的手臂，將我微微一抬，讓我踏上人字梯的第一層階梯，此時此刻他原來是掛著這樣的表情，不知道是手電筒微黃的燈光讓他的微笑和眼神看起來特別溫暖，還是因為他對我展露了他的另一面，我的心中那份說不清楚的不安感和困惑悄悄散去。

他低頭看了我手中的手電筒一眼，開玩笑地說：「要把燈關掉嗎？」

我笑出來，「晚一點再開燈也可以。」

我閉上眼睛，他的手掌覆上我的臉頰，聞起來有非常乾淨的肥皂香味，他今天沒有噴上那罐濃烈的香水，真好。

我們的第一個吻非常溫暖、非常緩慢卻美好，外頭一片雨聲及一整間的夢幻婚紗包圍對比下，在黑夜中顯得更加真實。

我想，老天終於讓我找到他了，是Nobody，是Matt，是《簡愛》命中注定的的羅切斯特先生，是37％後的第一個人，是我在虛擬與真實中都注定相遇的人。

湯以凡

公司每週一的例行早會，我不由自主地注視著Nobody帳號的對話清單，只有一個帳戶的對話紀錄，用戶狀態仍顯示離線，最後一次對話停留在三個半月前的見面邀約，曾經有過短暫的一個月，例會快結束的時候我都會收到一張照片的早晨問候，有時候是剛泡好的咖啡、有時候是隨手一拍模糊的街景。

我將視線抽離手機，抬頭看向前方顯示著用戶數據報告的螢幕，行銷企劃部正在簡報接下來即將進行的異業合作。Matt坐在我斜前方，正滑著手機，不時露出微笑後又裝作若無其事。非常反常，這讓我有了不好的預感。

會議結束後我叫住了他，「Matt，借一步說話？」

Matt看了手錶一眼，「湯哥，十五分鐘夠嗎？我大概十一點半要去拜訪客戶。」

「沒問題，到公司咖啡廳？」

他似乎不明白我想談論什麼，隨意聳聳肩，「As you want。」

我手裡拿著一杯熱咖啡，Matt則從冰箱拿了一罐綠茶，「是新上線的功能有什麼問題嗎？」他倚靠著吧台，一派輕鬆的模樣。

「你最近是不是談戀愛了？」

他怎麼樣也沒預料到我會丟出這道問題，事實上連我自己也都不敢相信，有一天我會對Matt說這句話。他差一點嗆了一口綠茶，笑了出來，「談戀愛？哈哈哈！說談戀愛太誇張了啦。但我最近的確遇到一個很喜歡的人。」

聽到他說出喜歡，我心中的警鈴已經大響，所有認識Matt的人，一聽都知道這件事絕對非同小可。

我沉住氣，很害怕聽到答案，但還是得問出口，才能搞清楚事情究竟已經發展到什麼階段。

「那個人，不會是婚紗工作室的那個孫慢慢吧？」

「Bingo。湯哥，你猜得真準。」

完了。我試著耐住性子，但口氣卻沒控制好：「你不是說孫慢慢不是你的菜嗎？」

「她的確不是我的菜啊。她跟以前的那些女人都不一樣，反而讓我更想靠近她。」

「我不是跟你說不要去傷害她嗎？」

他放下手裡的綠茶罐，神情認真地看著我，「湯哥，我沒有要傷害她，我也不想傷害她。事實上，我還很害怕她會受傷，所以我也很小心。我跟你說了，我很喜歡她。」

我對於Matt和孫慢慢之間是如何走到今天這一步，完全一無所知，且絲毫沒有線索可循。他們之間究竟怎麼搭上線的，孫慢慢是如何讓天下情聖Matt墜入情網，說出我認識他這些年從沒聽過的一句：「我很喜歡她」，我是不是打從一開始就犯下錯誤，如今演變成亂七八糟的局面。

儘管我的腦袋中有無數問題宛如海嘯一樣襲來，我仍試圖釐清最急迫的問題。

「你跟她說了交友軟體上測試帳號的事了嗎？」

Matt搖頭，「沒有，我不知道怎麼開口，她也從沒問過。況且，欺騙她的人是你不是我，現在我還得對我喜歡的人隱瞞你撒的謊。」

「Matt，你是認真喜歡孫慢慢嗎？」

「我是啊。You know what？湯哥，你應該要擔心的人不是我。現在最有可能讓她受傷的人，就是當初對她撒謊，假冒我身分的你。」

Matt的一番話讓我一時之間無法反應，而最諷刺的是這一切竟然是由這一位看似最無情場道德的人說出來。

如果孫慢慢一心認為她一直有所期待的Nobody，在現實生活中也給予了她回應，她也許從來就不需要知道背後的真相，正如電影《黑暗騎士》所言，有時候真相不夠好，人們需要希望才能繼續往前走下去。

「Matt，孫慢慢她真的是個好人。你如果真的打算繼續和她發展下去，能不能就一起保守這個祕密？至少她不會因為真相而受傷。」

他難得的嚴肅神情，讓我開始相信這次Matt真的收起玩心，他非常篤定地看著我，「我會保守這個祕密。不過你要知道，我是為了孫慢慢，不是為了你。」

「我知道，謝謝。」

業務助理凱西在一旁探頭探腦，示意Matt該出發拜訪客戶，他捏扁綠茶罐子丟進垃圾桶。

「Matt！」我叫住他，「……孫慢慢把Make it Right刪掉了。她應該也是真心想好好發展。」

他本來準備離開的背影轉了回來，「我知道，我也跟你一樣，從後台看到了。」

我聽出他的話中有話，打算讓對話就此打住，他卻又悠悠說了一句補充：「湯哥，你問了我很多問題，卻沒有問我她哪一點讓我動心了。」

「啊？嗯……喔……我是沒問。」

他輕蔑地笑了一聲，隨後又補上瀟灑自信的口氣，「我想是因為你也知道她的好吧。」

Matt的最後這句話，就像是這次對話的最後一拳，輕輕鬆鬆擊中要害，甚至在一個我沒有發覺的弱點上。他快步地抓起筆電包離開辦公室，留下我一個人在公司咖啡廳，久久不能消化這一個早晨。

✿

陶珊曬黑了，她從義大利度蜜月回來後，原本白皙的她竟然也曬出一身古銅色，上週末她提著大包小包的零食和禮物不請自來地到訪我的公寓，自豪在義大利和當地飯店主廚學了幾把手藝，要我當她的第一位客人。

我坐在餐桌邊看著她興奮地將義大利扛回來的巴薩米克醋、橄欖油、各式義大利麵在我的廚房一字擺開，她熟門熟路地從左下方的櫥櫃拿出鍋子，又打開了我的冰箱，把她剛買來的鮭魚冰進去。

「我說妳啊，都結婚的人了，這樣跑來我家煮飯好嗎？妳是別人的太太耶。」

我半開玩笑地說，很明智地先幫自己畫出一道安全的距離。

她賊賊地回頭笑，「我結婚前不也常來你家吃飯嗎？」

「情況不一樣了。我猜，威廉哥他又出差啦？」

「對呀，度完蜜月後他就直接飛到美國了。我還是自己從義大利飛回來的呢。」她盛滿一大鍋水，轉開了瓦斯爐幾次卻都點不起火。

「哈，真是的。還說要煮義大利麵給我吃呢，火都不會開。」我起身，走到她身旁一個順手幫她啟動瓦斯爐。

「唉，看來我離完美嬌妻還有很漫長的路要走呢哈哈！」

她接著開始清洗著蘆筍，嘩地一聲打開水龍頭，手裡一邊忙碌著，一邊開口：「湯以凡，你有幫我把芋頭蛋糕送過去給慢慢嗎？」

「當然有啊，那天我可是在太陽下大汗淋漓，護送蛋糕過去的耶。」

她面帶微笑地瀝乾蘆筍，又忙著拿出鮭魚開始備料。

「你還買了其他東西嗎？」

「其他東西？什麼東西？」

「嗯……像是慢慢喜歡吃的蛋糕呀。」

這下我才恍然大悟，陶珊在問我什麼事情。

「哦，你說那塊紅絲絨蛋糕呀。是因為我把芋頭蛋糕送過去後，她的同事卻說她慢慢不太敢吃芋頭，所以我想說另外買了一塊蛋糕給她。」

她將鮭魚慢條斯理地切成碎片，「哦……你很貼心呢。」嘴裡嘟囔著。

「妳怎麼會知道？她告訴妳的呀？」

「我那天送了一些義大利的巧克力給她，她很興奮地向我道謝，說我竟然知道她最愛的蛋糕就是紅絲絨，大肆稱讚了一發呢。」

「哈，那傢伙。」我忍不住笑出來，我還記得她當時收到蛋糕的幸福表情，以及……她穿著婚紗的樣子。

陶珊再一次熟悉地在我家的櫥櫃中找出平底鍋，淋上義大利的橄欖油，我很有默契地幫她開了火，她將蘆筍放下去開始生疏地拿起鍋鏟炒熱。

我在旁邊盯著她，不知道她為什麼突然這樣認真做菜，「看來一趟義大利之旅，有人學了不少哦。」

她看了我一眼，露出可愛的自滿表情，「沒辦法，以前來這裡只要吃你煮的就好。以後我要自己學做菜囉。」

我想起以前她經常在週末時來我家，老是指定自己愛吃的料理，有一陣子她非常愛吃煙燻鮭魚義大利麵，我的拿手菜就是這樣被她一點一滴訓練培養的。

「你知道那天我跟慢慢還聊了天，她跟我說了很多事。」

我手叉著口袋，倚在廚房邊看她將鮭魚丟下鍋，等著她繼續說下去。

她突然抬頭看著我，水汪汪的大眼睛盯著我，「你想知道嗎？」

我被她沒來由地反應搞得一臉糊塗，聳肩回答：「可以啊。」

「她還說……她好像喜歡上你了。」

「啊？啊！」我一時驚嚇，不小心踉蹌了一下，差一點就碰翻那鍋正在燒滾的水，「她真的那樣說？」

陶珊揪著眉頭，一副正經八百的模樣，一句話都不說，定格了好幾秒，才突然爆出笑聲。

「哈哈哈，嚇到你了吧。開玩笑的啦。看你嚇成這樣。」

「喂，不要隨便亂嚇人好不好？」

她抓了一把粗鹽丟進煮麵水中，再將直麵放進鍋中，「計時十分鐘開始。」

「不過她的確是在談戀愛哦！」她悠悠地說。

這番話接在剛才的玩笑話後，竟然讓我的心中產生了一種複雜的情緒，她真的在談戀愛嗎？

她認真地在和Matt發展嗎？

我清清喉嚨，故作自然。

「這樣很好。希望她會遇到對的人。」

「那你呢？」

「什麼？」

「你也有遇到對的人嗎？」她低頭看似心不在焉的提問，但我知道每當她這樣下意識地低著頭講話時，都是她最認真卻又想裝作不在意的時候。我不明白陶珊這個時間點提問，希望聽到什麼答案，但我必須做出對的事情，為了我自己好，也為了她好。

「嗯……我希望以後會遇到囉。就像妳找到威廉哥一樣，我應該也可以找到對的人吧！」我說，她點點頭，「嗯。」她轉過身，盯著那鍋煮麵水持續沸騰，我看著她的背影，此時此刻心裡竟然遠比我想像中的還要平靜。

陶珊一路待到了晚上十點半，我們將餐桌碗盤收拾完後，我一身疲憊，洗完澡後便慵懶地躺上床，抓起手機打開了Make it Right，百無聊賴地用測試帳號繼續滑著軟體，我滑過一個又一個不同的男女，就像是有一百種生活的縮影和面孔在我眼前這個小小的螢幕裡一閃而過。

「真的有人會在上面找到對的人嗎……」我喃喃自語，對於這個交友軟體背後的運算，我再清楚不過，我在上頭短暫邂逅的每一個使用者檔案，都是精密算計後的安排，當然遇見孫慢慢也是。

然而，孫慢慢卻在我的生活中留了下來，我們雖然藏在手機背後分享日常，但每一次問候、每一個交談和心情的分享，是如此的真實又充滿了期待。

陶珊晚上隨意開的玩笑話，竟然在我心中掀起這麼大的波瀾，以一種我自己都沒預料過的方式到來，我從來沒有預期自己和孫慢慢之間有任何可能，甚至在陶珊婚禮前，我的眼中完全沒有看見任何其他人。

會不會孫慢慢在沙灘上說對了呢？我一直覺得陶珊是對的人，太想相信、太過執著於這個想法，以至於我從來沒有想過考慮過其他可能性。

諷刺的是，我竟然在十五年後，才開始好好反省自己的感覺。

我點進「慢慢幸福」工作室的社群帳號，一片婚紗與婚禮活動紀錄的內容排開，我認出其中一張玫瑰鮮花的照片，她那天興高采烈地在一大清早便傳來這張照片給Nobody的帳號，說是很難得才買到的品種，花市老闆特別幫她留的，高興了一整天。

我看見上個星期的貼文，她的手握著一束包裝精美的桃紅色玫瑰，內容寫著「**慢慢幸福中。**」而我馬上認出了這束眼熟的花與包裝。

那是業務助理凱西在公司附近轉角，在下班前十分鐘時受Matt之託買回來的，當時她這傻女孩甚至以為這是Matt要送給她的花，看來主人是誰已經真相大白。

Matt到底和孫慢慢是什麼關係？

我心中的焦慮感混雜了各種情緒，背後沒說出口的真相、對孫慢慢若有似無的在意、Matt難以克制的玩心、我不得而知的他倆的互動，讓我一陣煩躁難耐。

我看見「慢慢幸福」的限時動態中在前二十分鐘前仍在婚禮現場，直播著新娘送客的晚宴打扮，都這麼晚了，這份工作還真是不容易啊。

陶珊的訊息跳了出來：我到家了，下次再一起吃晚餐吧。

我飛快地回覆她，近乎有些敷衍似地，心中卻蹦出了另一條疑問，不知道孫慢慢工作結束後到家都幾點了。

我察覺了自己的心思，這也是第一次我意識到，原來有個比陶珊更讓我在意的人悄悄地出現了。

雖然很想關心她，卻完全沒有理由和適當的身分。

「唉，完了。我煩惱這些幹什麼。」

我關掉網路，設定好鬧鐘，準備為新的一週做好準備。

✿

孫慢慢在我和Matt談話後的一週後，突然打了電話給我，我才剛進到會議室準備等等的簡報，看見手機來電出現了她的名字，便抓著手機快步離開會議室。

「喂湯哥，會議五分鐘就要開始了。」助理在後方喊道。

「我馬上回來！」

我的腳步和我的興奮程度一樣隨之加快，我衝到公司的咖啡區，深吸一口氣，**湯以凡，平常心，沒什麼好緊張的。**

「嗨。孫慢慢。」

我深吸一口氣，接起電話。

電話那頭的她聲音開朗，聽到我接起電話後，略顯驚訝口氣：「哇，原來你有存我的電話號碼呀。」

「開玩笑，當然。以防妳又要還我乾洗的褲子。」

「齁，真是的，你很會記仇。你今天午休有沒有空呀？」

「今天應該沒事。幹嘛？你要約我吃飯嗎？」

「是呀！願意賞臉嗎？我知道一間很好吃的咖啡廳。」

「為什麼突然對我這麼好，妳在打什麼主意？」我忍不住滿溢上來的好心情，卻試圖抿住嘴，以防有人看見我一個人對著前方傻笑。

「我要跟你分享一件好事！」她一定也在微笑，從她輕盈又雀躍的口氣，我卻漸漸失了笑意。

上一次我聽見有人告訴我這句話，我失去了握在手中十幾年的希望。

抵達咖啡廳前，我在心中默默祈禱，拜託不要在今天把Matt介紹給我，那就會是最尷尬的場面之一。
所幸當我走進去，只看見孫慢慢紮著一顆清爽的丸子頭，穿著淡藍色的無袖條紋洋裝，早已經坐在最裡邊的位子等待。
「嗨，好久不見！」她對我揮手微笑，一陣淡淡的青檸花香氣隨著她的一舉一動隱約傳來。好適合她的香水。
「嗨，我接到妳電話時嚇了一跳。」
她眼裡有藏不住的笑意，今天刷了粉嫩色的腮紅還閃耀著微微的珠光，她看起來像是在夏天綻放的杏桃花。
「真的很突然對吧？其實是我想請你吃飯，想謝謝你。」
「哈，謝什麼？需要這麼客氣。」
「想謝謝你特地為了我跑去買紅絲絨蛋糕。那天陶珊來工作室，我從她驚訝的表情中猜到，那塊蛋糕不是她送的。你應該是聽說了我不敢吃芋頭蛋糕，又自己跑去買蛋糕。」
買了一塊紅絲絨蛋糕，竟然一連被陶珊和孫慢慢稱讚，搞得我有些難為情。
「沒什麼啦，這點微不足道的小事。」
「就是這點微不足道的貼心，我才想謝謝你呀。能被放在心上，被惦記著，是一件很幸運的事情喔。」她心滿意足地笑著，心情飛揚。
她翻開菜單，「這裡的燻鮭魚義大利麵很好吃喔！陶珊說是你的最愛。」
我倏地抬起頭，完全沒料到她會特別選了這道菜，也沒想到陶珊竟然跟她說了這麼多這些小事。

「哈，其實，燻鮭魚義大利麵是她的最愛。」

「啊……這樣啊。」

她對我出乎意料的回答感到微微錯愕，沉思了半餉，隨即換上她可愛的笑容：「他們家其他義大利麵也很好吃，青醬也很新鮮，是現做的喔！」

「哈哈，好。我就給青醬一個機會吧！」

她再一次笑眼彎彎，將注意力回到自己的菜單上。

我們點完餐後，她一副神祕兮兮地看著我，迫不及待地樣子，「湯以凡，我在電話中說要跟你分享好消息。」

我吞了口水，這一刻還是要來了。

「我遇到他了。我遇到他了。你敢相信嗎？」

顯然她在心中藏著這個令她興奮的祕密很久了，一進入正題，她的口氣彷彿在講述一個魔法童話故事般的開場，甚至她沒注意地輕輕抓住我放在桌上的手，等待著我作為完美聽眾代表的反應。

我明知故問，「妳遇到誰？」

「就是那位呀，曾經消失的那位Nobody先生。就是不久前你在市區對街看到的人呀！我知道你看到我們了。你忘記了嗎？我也有看到你和一個可愛的女生走在一起哦……她是誰呀？」

我馬上回想起她見到我和凱西的那一晚，她和Matt看似親暱地走在一起，還與我對望了一眼卻什麼話都沒說。

「她就是普通同事啦。不過那天……我忘記妳身邊的人長什麼樣子了。」我下意識地裝傻。我當然沒忘，我更訝異她竟然至始至終都沒打算將Nobody遺忘，甚至還深深地往心裡去了。

她繼續陶醉在她的魔法故事，「我們在陶珊婚禮上遇到了。真的還好有你介紹陶珊到我的工作室，我才有機會在她的婚禮上遇到他。」

她胸有成竹地說道：「你還說交友軟體上遇不到，這次你得承認你錯了吧！」

我向來相信數據與事實，而交友軟體上能夠遇到命中注定的另外一半，靠的是緣分這件事，從來無法真正的說服我。

然而，在經歷了親手將陶珊送上交友軟體，找到她的人生伴侶後，我不僅沒有學到教訓，甚至再一次將自己推入同樣情況的火坑。

這不只是錯了，而且是大錯特錯。

正在興頭上的孫慢慢顯然完全沒有意識到我的雜亂思緒，服務生在此時將我們的餐點送上桌，青醬羅勒的濃郁香氣撲鼻而來，眼前的這盤青醬義大利麵份量驚人，恰如其分地沾滿了墨綠色的青醬與小松子仁，明明來到餐廳前我的肚子餓得發慌，此刻我卻食慾全無。

孫慢慢咬了一口芝麻葉火腿帕尼尼，爽脆的麵包聲在她嘴裡炸開，她開心到不顧形象，和我分享她的所有戀愛心情。

「湯以凡，這次我真的有信心，他會是一個能好好發展下去的對象。你覺得呢？」

「看妳想朝哪個方向發展呀。妳有想過嗎？」

「如果可以，我想認真定下來啊！說不定呀，這次我有機會當自己工作室的客人了。」

盯著她認真的神情，我實在忍不住笑了一聲。

她狐疑地瞪著我，「你幹嘛？我說了什麼好笑的話嗎？」

「沒有。」

「明明就有，誠實招來。」

「……妳一直都這樣嗎？才剛開始就已經想到結婚。我覺得很可愛。」

「才不是一直都這樣好嗎！他不一樣，我也是最近才開始想這些的。」

聽到孫慢慢十足把握的樣子，再想起另一頭的Matt同樣認真的態度，也許我當初一個無心的隱瞞和好奇心，意外促成了一對真正的緣分產生，苦苦等待真愛來臨的女孩，回頭是岸的情場浪子，因為一個不相信緣分的人所堆出來的祕密，在最後終於迎來了奇蹟般的相愛，還有什麼比這種故事更像是童話成真呢？

她和Matt，都同步用了「不一樣」形容彼此。

「他怎麼個不一樣？」

我好奇地問，我想知道孫慢慢眼中的Matt，以及在孫慢慢面前的Matt，是什麼我沒注意到的因素讓她為之所動。

她像是個早已準備好回答這題的認真好學生，卻佯裝成一派苦惱地彷彿第一次被問到這個問題，她撐著頭歪向右邊，眼神游移到餐廳的另一端。

「第一次看到他，覺得他真的好完美，完美到無可挑剔。一開始我總覺得有些說不上來的……嗯……距離感嗎？他因為這麼完美，所以好難靠近。但有一天他淋了雨、還幫我換燈泡。」

「啊？」孫慢慢的呢喃沒頭沒尾，我聽完後感覺更加難以理解。

「所以他淋雨，換燈泡，妳就愛上他了，因為很性感？」

她淺淺一笑，露出了一邊的梨渦，「才不是呢。可能那一刻，我覺得他很真實吧。原本那麼完美的一個人，有點狼狽的淋溼頭髮，站在梯子上換燈泡，手上還沾了灰塵，我突然發現他也跟我一樣，就是個普通人，我好像……可以想像和他一起生活的樣子。」

我的確同意Matt是我身邊所見過最完美的人之一，醫生世家背景優渥、人長得帥，隨時都打扮得很得體，身上噴著香水，襯衫燙得平整，每一個動作、每一個講出來的話，都像是精心盤算過的結果，因此當孫慢慢描述著Matt是如何狼狽地換燈泡，我一時簡直無法想像那就是Matt，但她卻意外地動心了。

若孫慢慢像其他女人一樣，形容著Matt有多麼完美，我絲毫不會動搖，然而她如數家珍般地描述Matt那些不為人知，也不輕易顯露的不完美的一面，我的心底有一股莫名的失落和微微的憤怒，是忌妒嗎？我該忌妒Matt嗎？明明當初與她在交友軟體上一來一往分享日常的人，就坐在她的面前，她卻因為Matt足夠「真實」而墜入情網，多麼諷刺。

「湯以凡，飯後要來杯咖啡嗎？」她的聲音打斷了我腦中交纏在一起的雜訊，她和服務生正等著我回答。

「啊？現在幾點了？」我看了一眼手錶，還有二十分鐘，「好，麻煩來杯熱美式。」

「天氣這麼熱，你還要喝熱的呀？」她狐疑，馬上轉頭向服務生幫自己點了一杯冰拿鐵。

我擺擺手，「我討厭冰咖啡。熱的就好，謝謝。」我對服務生說，他重複了我們點的飯後飲品後便離去。

「湯以凡，等我和他正式交往了，再介紹他給你認識。」她依然笑眼迷人，笑起來真的非常溫暖。孫慢慢此時此刻和當初在酒吧那晚哭喪著臉，對愛情感到沮喪與迷惘的模樣判若兩人。

我必須承認，Matt的出現真的讓她非常開心。

孫慢慢呀孫慢慢，如果有一天妳真的和Matt走上紅毯的那一端，我會把這些不夠好的真相藏得好好的，所以妳能夠驕傲地和別人分享你們命中注定般的相遇，希望妳可以理解我的膽小，也能夠原諒我此時此刻的不夠坦白。

03 真相還不夠好

孫慢慢

只要想到今天晚上，我就不由得心跳加速，在腦中反覆演練著我想講的話，沙盤推演著可能出現的對話，做好萬全準備。

我一直以來都是保守型的乖乖牌，想做任何事之前都一定要有個Plan B，才能幫自己壯膽，偏偏談起戀愛，卻丟失了這份聰明，一遇到喜歡的對象便一頭栽進去，三年前當我的前男友在大庭廣眾下給了我一場高調又夢寐以求的求婚驚喜，我一度以為我是如此幸運，唯一一件不需要Plan B的竟然是我的愛情，老天果然眷顧了像我這樣有勇無謀的戀愛傻瓜。

所以當我打開房門，撞見他和另一位女人在我們的床上耳鬢廝磨，我的婚紗像是彼此間的承諾一樣被扔在地上，如此的可笑又愚蠢，她的臉上甚至沒有一絲愧疚感，那一瞬間我永遠無法忘懷。

當天晚上我便永遠道別了那間屋子，諷刺的是那麼愛準備Plan B的我，從沒有料想到竟會需要為這樣的時刻擬定好一個「逃生計畫」，是芮娜在那個風雨交加的夜晚接住了向下墜落的我，才讓我不至於成為失婚又無家可歸的輸家。

「小姐，妳真的要想清楚耶！主動問一個男人這些等於在告訴他：我很絕望！」芮娜一邊說，手裡抓著新買的蕾絲酒紅色性感睡衣，一邊在自己身上比劃，隨後丟進凌亂的行李箱中。

她難得的請了幾天連假，在半年前老早就訂好機票，和男友飛去峇里島慶祝她的三十歲生日，我知道這趟旅行對芮娜而言有多重要，因此儘管工作室這陣子的預約行程滿檔，我還是叫她放心地去好好享受。

「哪有妳說的這麼誇張？我只是覺得是時候了，他如果對我也是認真的，那我們更應該好好聊一聊。問他想不想以結婚為前提交往，很過分嗎？」

芮娜故作發抖的模樣，戲謔地搓了搓手臂，「別說他，我聽到都要嚇死了，以結婚為前提交往……我求妳千萬不要說出這句話。沒有男人喜歡聽到這句話。」

「妳就沒想過和何栩結婚嗎？少來。」

芮娜在幾個月前某一場客戶的婚禮上，遇上了當時作為伴郎的何栩，兩個人宛如失散已久的兩極，個性雖然南轅北轍，芮娜像火焰一樣熱情兇猛，何栩像一座冰山一樣冷靜固執，奇蹟似地卻走在一起，談起戀愛如膠似漆，自此之後火速金盆洗手，穩定交往到了現在。

「我想過呀，但我的原則就是，他要是想娶我就會娶我，要是不想，我多問一次都是自我掉價。何必自討沒趣？你也知道男人嘛，聽到結婚就像一個地雷，什麼時候爆掉都不知道。所以啊，我勸妳還是謹慎為妙，如果妳真的喜歡這個什麼Matt的。」

「談個戀愛為什麼要這麼累呀。要小心這個、小心那個的，最重要的就是兩個人喜歡彼此，然後透過討論得出對未來的共識嘛……」我癟嘴，百無聊賴地吃著手中的田園沙拉，為了晚上能夠將自己擠進那件買來從未穿過的緊身連身裙，我現在就得開始備戰，為了要在約會時完美登場已經這麼累人了，談戀愛還要多少心思，放過我吧。

「哎，都不知道怎麼說妳了，做婚紗這麼久、看這麼多新人，妳對愛情還有這樣天真的想法，也好啦……孫慢慢，妳傻人有傻福，祝妳今天晚上談的順利，我在峇里島等妳好消息。」

「哈，妳等著吧！」

芮娜妳等著，湯以凡你也等著，當他們已經逐漸對命中注定的愛情失去信心時，我會用自己的幸福證明給你們看，這世界上仍然有許多難得的幸福，始於那些一開始看似不可思議、不被看好的相遇。

✿

Matt老早在兩週前就奇蹟似地預訂好這家極度難訂到位子，有錢也不一定排得到的米其林餐廳，我今天比平常格外緊張，甚至提早了十幾分鐘到了餐廳門口，裝做漫不經心地左顧右盼，今晚餐廳依然是滿席狀態，不愧是一位難求的頂級餐廳，打扮時髦，穿著高級時裝的賓客們魚貫抵達，週五晚上多以情侶客人居多，好幾位豔麗又身材姣好的女子，挽著手與男伴說說笑笑地進到餐廳。

我依然在腦中反覆排練著今晚的談話重點，一不留心沒注意到Matt已經來到眼前，他看起來簡直太過分的迷人，他穿著深藍色的成套西裝，腳上發亮的牛津鞋令人難以忽視，手裡握著一束淡粉色玫瑰花，我可以感受到連接待的服務生都對我投以了「妳真幸運」的眼光，微笑地對我倆說了：「歡迎光臨」。

「You look amazing！這束花是給妳的。」他掛著性感的笑容前來，我的胸口一瞬間變得更緊，明明已經不是第一次約會，每一次他準確地走向我的時候，我都仍會想起在陶珊婚禮那天泳池酒吧看見他的魔幻感受，一種夢中情人走出手機成為現實的不真實感，我的心總是會浮在空中一秒，接著在他擁抱我時紮實落地，他靠近我時我又聞到了那股難以忽略濃烈冶豔的香水味。

「謝謝，好漂亮。」

「妳等很久了嗎？」

「沒有，是我提早到了。」

他順勢牽起我的手，服務生領著我們入座，我們的座位被安排在落地窗邊，從三十幾樓的窗外望去，整片台北市的夜景閃爍在眼底，餐廳內的燈光昏暗，宛如星點般的燭光優雅地點亮桌面。點完餐後，他凝視著我，就只是這樣看著我微笑，我也予微笑以報。

我不禁在想，Matt心裡是如何看待我們之間的關係呢？現在和未來，他也和我一樣想過嗎？

我們頻繁地見面、經常吃飯，他不是一個經常回訊息的人，喜歡講電話或直接見面，他總說非常喜歡我，卻很少提起未來的事情。他對我而言充滿了神祕感，現實中是那麼的完美無缺，看不出一點破綻，在工作室的那個下雨天，是他唯一一次的狼狽；在先前的交友軟體上，對話卻又是如此的充滿生活感，我們開始約會後總是來高級餐廳或酒吧，完全無法想像他是平日午餐會吃著雞腿便當的上班族，而他也很少主動好奇問我的事情，我很想開口將心中憋得難受的疑惑全盤托出，他為什麼當時就這樣從軟體上銷聲匿跡？為什麼遇見我後卻好像完全不記得我？

我們明明曾經那麼靠近對方，卻又像是不曾真正了解對方一樣。

「慢慢，我好想知道妳在想什麼。」他低聲說話的時候，像夜晚照著月光的海洋，沉穩又悠遠，讓人忍不住向下緩緩墜落。

「嗯……想很多事情呀。」我考慮著什麼時候才是最好開口的時機，等幾杯香檳下肚後再說？還是先放鬆吃飯，甜點時再不經意地提到？

「我最近也有想一些事情。包含我們。」他說，我心頭一震。

我發誓這樣的談話開場白，不在我的演練範圍，甚至完全打亂了我所有的談話計畫，我慌張了幾秒，Matt竟然先發制人，主動提起了我們。

鎮定，孫慢慢，敵不動我不動。

我壓抑著心裡的期待和驚喜，試圖不讓任何情緒顯露在我的臉上，「我們？」

他似乎也顯得有些躊躇，不自覺地將目光飄向了水杯，我默默觀察著他的表情，試圖拼湊出一些線索。

「我們……最近很頻繁地見面和約會，我也跟妳說過我喜歡妳。」

我必須用全身力量克制自己緊張發抖的衝動，輕輕揚起眉毛，裝作很平靜的模樣，內心早已波濤洶湧，**然後呢？然後呢？快把話說完**。

Matt出人意料地，竟然不像平常一副自信滿滿的態度，眼神甚至沒看著我，這下讓我有點心慌。

「我以前跟不少女生約過會，現在也才二十六歲，不過我真的很喜歡跟妳相處的感覺，妳很……特別。」

特別？什麼跟什麼啊。

這無非是一種內心煎熬，他的每一句話都不在我的盤算及預料之中，因此他每拋出一句話，我的大腦都得重新計算下一步的可能。

他特別和我強調自己二十六歲，意思是想告訴我他還年輕嗎？

他又說了他很喜歡跟我相處，我很特別，這代表什麼意思？

「我最近也有在思考我們之間的事……嗯，該怎麼說呢？」

我抿著嘴，仍在默默地逼自己的臉部肌肉放鬆，**深呼吸，放鬆，微笑，深呼吸，放鬆**。

「有一件事情，我必須跟妳坦承。」他吐了一口氣，終於將眼神聚焦回我的身上。

坦承。這代表，有事情是我還不知道的。

坦承，代表著謊言、欺瞞，在一段尚未誕生的關係裡，當他使用了這個詞來接續要講出來的話，我的潛意識告訴我，做好最壞的心理準備。

他似乎也在自我掙扎，在一陣沉默中躊躇，Matt還沒來得及開口，服務生巧妙地打斷了尷尬，宛如從老遠的廚房感受到了這桌客人深陷困難的對話泥沼之中，立即用精緻華麗的主餐營救親愛的客人們。

「先吃飯吧，吃完再聊。」他說，我感受得到我們彼此都默默鬆了一口氣。

我們將話題拉回眼前的法式料理，他說著自己在巴黎旅遊的經驗、分享著眼前的法式油封鴨，我滿腦子已經被這幾個難以忽略的關鍵字縈繞：**和不少女生約會過、二十六歲、我很特別、必須坦承的事**。

兩個小時後，服務生收走了我們的餐盤，**看來該繼續剛才的緊繃對話了**，我做好心理調適，此時餐廳的經理捧著一瓶甜香檳和法式千層酥向我們這桌走來，「Matt，這是Chef特別招待你的。生日快樂。」

Matt露出有點難為情的表情，「哈，Carolina她太客氣了啦。你們竟然會記得。」

「當然，你是我們的ＶＶＩＰ，雖然提早了一天，但我代表Chef和餐廳全體團隊獻上祝福。」

我掛著尷尬的微笑，又一樁絲毫沒料到的突發事件，明天竟然是Matt生日，而我什麼都沒有準備。他似乎也沒料到這突如其來的祝福和招待，「我本來想等十二點再告訴妳的。」

「天呀，你應該早點跟我說的，我今天什麼都沒準備……」

他輕輕撫上我的手背，微笑地說：「沒關係，能有妳一起吃飯就是最好的禮物了。」

我的雙頰一陣潮紅，儘管這是場面話，我也依然再次被擄獲了。

「不過，妳等我個幾分鐘，我還是去跟Carolina道謝一聲。我們是老朋友了。」

我點點頭，他隨後起身走向方才的餐廳經理，原來Matt能訂到這家餐廳不是沒有原因的呀……竟然是能夠讓餐廳主動送上禮物和生日祝福的ＶＶＩＰ，和米其林主廚更是有私交關係。

Matt的確是我約會過以來前所未見的狠角色，這樣的對象我真的能匹配嗎？

我趁著Matt離席時，拿出手機想要和芮娜更新近況，順便請她充當軍師，卻看見她一小時前傳來的訊息和一臉開心的照片，準備登機了。真是的，她聽到這些八卦一定很興奮。

「不好意思……方便和妳說句話嗎？」

一位成熟女性的聲音將我的注意力從小螢幕拉回現實，我倏地抬起頭，一位穿著亮銀色斜肩緊身洋裝的女子，大旁分的波浪長髮流洩在肩上，她擦著勃根地紅的霧面口紅，雙唇豐滿，俏麗的睫毛和閃亮的眼影，十足張揚的性感，在門口看過一眼後就忘不了的人物之一。

「有什麼事嗎？」

「我只是忍不住注意到，妳和Matt在這裡吃飯。是慶祝他生日吧？」

她臉上充滿自信的表情中，還夾雜著一種優越感，她不經意地透露出她知道Matt的生日就是明天。

「嗯，妳是他朋友嗎？他等等就會回來。」

「哈哈，朋友？」性感女子的笑聲竟然能夠如此輕蔑，她雖然包裝成客氣禮貌的語氣，但背後那股嘲笑的意味可是紮紮實實地傳達了給我。

「傻女孩，這麼說吧。大家都是他**特別的朋友**，妳懂我意思吧？」她用了手勢來強調，她搭上我的肩膀，連指甲油都是充滿誘惑的深紅色。

「我只是想以過來人給妳一點忠告，和Matt約會有多好，我都知道，妳看，多有面子啊？跟著他來這些高大上的頂級餐廳吃香喝辣……時不時就送妳一束花，總像個白馬王子一樣稱讚妳……」

她瞥了桌邊的花束一眼，繼續她的忠告：「我可以感覺到妳對他來說很特別，畢竟不是每個朋友都能當Matt的Birthday girl嘛。不過我勸妳，跟Matt還是玩玩就好，不要太認真呀。」

「妳……是他前女友嗎？」我按捺住心中的不悅，就當作蒐集情報，依然掛上微笑客氣地問她。

「哈哈，前女友？我應該有資格可以說是吧？我告訴妳，就算成功當上他的女友，也很難走到以後，認識他的人都知道他是不婚主義者，所以妳還是別浪費自己時間了。我跟他分手後不久就認識了其他人，所以妳看囉，我們還不是殊途同歸？想來這種好餐廳，不一定只有Matt可以啦，我其實平常很少多嘴，但因為看妳的樣子是個好女孩，既然遇到了就好心提醒妳。女人們，要互相幫助囉。」

她像是忍了好久，終於逮住天大機會能和下一個女孩下馬威，劈哩啪啦在我耳邊引爆所有地雷，揮揮衣袖揚長而去，踩著她尖銳的細根高跟鞋離去，說說笑笑回到男人身邊。

我的腦袋著實地空白了好幾秒。

我所有的沙盤推演都是枉然，Matt講到一半讓人害怕的未知坦承，半路殺出來的前女友爆炸性忠告，還有彷彿約會公式般的生日餐廳、玫瑰花束，我只是個Birthday girl？

這一切資訊全都來得太突然，我好不容易對Matt解開的心結和下定決心要邁出下一步的勇氣，全又被打回原形，再仔細回頭看我們現在的關係，還談什麼以結婚為前提的交往呢？更何況他還是個不婚主義者！

實在太愚蠢了，我竟然會天真到相信這是真愛降臨，出門前甚至還在心中信誓旦旦地說要證明一些根本不存在的美好，我的心中有一股憤怒燃起，不清楚是對認真對待結果一場空的自己生氣，對Matt竟然這樣玩我於股掌之間而生氣、還是對莫名其妙冒出來戳破幻想泡泡的前女友生氣，我的思緒和心情猶如纏繞的電線一般，隨時都會冒出火花，既危險又難解。

我必須在自己做出愚蠢行為前先冷靜下來，我得找個能擁有情感絕緣手套的專家來幫助我，芮娜，不，她正在幸福的雲朵上飛行。

對了，還有一個人，願意傾聽我的理性專家，就是他了，我必須和他聊一聊，就是現在。

✿

以一個單身男子公寓的標準來看，湯以凡的家算得上非常整齊有序，乾淨俐落，淺褐色的木紋地板和米白色為基調的家具和擺飾，玄關進來後就是料理空間和客廳，客廳一張簡單的雙人沙發，電視螢幕下整齊地放著男孩們的電子遊戲搖桿，一張木頭色的餐桌上什麼都沒有，反倒是廚房充滿了生活氣息，流理台上有條理地擺放著各式調味料和香料，一旁還有一台小小的咖啡壺，我不請自來的到訪，顯然也讓湯以凡嚇了一跳，他戴著眼鏡，穿著單薄的居家T恤和深藍色運動褲，我不由得打量了一下他的手臂，原來這傢伙也有在鍛鍊身體嘛。

「呃，抱歉，我家有點亂。」

他有點尷尬地抓抓頭，主動地接過我手裡的包包和雨傘，在搭計程車來到湯以凡公寓的路上，外頭開始下起了陣陣細雨，黏膩擾人。

「不好意思的是我，這麼突然打給你，還跑來你家。」

「這麼晚妳吃過飯了嗎？還是要喝點什麼？」

我們兩個人雖說打過幾次交道，也談過不少心，卻是第一次兩人單獨處於如此私密的空間，彼此都有些過份客氣的尷尬氣息。

「我吃飽了，從餐廳過來的。方便給我一杯水嗎？」

相較於我如此唐突地在晚上十點多來電，只說了一句「我需要和你談一談！」就跑來他家，我此刻的拘謹反而顯得姍姍來遲。

他打開櫥櫃為我添了一杯水，又拿出了一包乾麵，「那介意我煮個晚餐嗎？」

「你到現在還沒吃飯呀？」

他熟練地打開冰箱，拿出雞蛋和青菜，「哈，最近加班很忙，半小時前妳打給我時我才剛回到家洗好澡。」

「抱歉這麼晚還來打擾你……要是我剛剛知道的話，我就不會衝過來了。」

「沒關係，接到妳的電話時，我很擔心妳發生什麼事了。說吧，怎麼了？」他將水盛滿小小的鍋子，扭開瓦斯後，便倚靠著一旁的冰箱看著我，準備聽我發牢騷。

「嗯……該怎麼說起好呢？」我手裡握著水杯，同樣起身站到流理台的另一端，思考著該如何將我的困擾和疑惑表達清楚，「你記得我正在約會的人吧？那個Nobody，他叫做Matt。」

「我記得。」

「我們今天晚上一起吃飯，本來我是打算今晚問他，對於我們有什麼想法……」

「然後呢？他怎麼說？」湯以凡專注地盯著我，等著我回話。

「……不知道，我沒等到他的答案，我就走了。」

他皺了眉頭，舉起雙手環抱在胸前，「什麼意思？」

於是我一五一十地向湯以凡分享了那位性感前女友的對話，以及Matt那些如今看來公式化的約會行程。

「所以妳在他回座位前，妳就自己跑了？」他顯然有些詫異事情的走向，我也有些無奈地回應：「聽到他是不婚主義，加上她的那些話，我當時腦袋一團亂，完全不知道要怎麼面對他，所以我就……先離開了。我知道我逃跑很可恥，但我實在沒有更好的辦法，才來這邊和你談談啊。」

湯以凡將乾麵包裝撕開，將麵條放入已經煮滾的水中，接著又從一旁的櫥櫃拿出平底鍋和橄欖油。

他忍不住乾笑，「真有妳的。我想他應該到處在找妳吧？」

「他一直打電話給我，我只回訊息跟他道歉，說我有急事找朋友。」

「所以呢？妳打算怎麼做？總不能之後還一直躲他吧？」

我嘆了一大口氣，「我不知道，我猜他大概也不會找我了吧？像他這樣的情場高手，被我這樣對待，哪會再和我繼續？……唉，如果他是不婚主義，我們現在就結束也好……」

「妳為什麼不直接問他就好？」

「我們連男女朋友都還不是，就問對方是不是不婚主義者，這聽起來不太對吧？」

「妳如果沒鼓起勇氣問出口，怎麼會知道對方的答案呢？」

這句話從湯以凡的口中說出，我心裡不禁想著，他如果能夠在暗戀陶珊的十五年裡領悟這個道理，也許現在這個家的女主人就是陶珊了。但我是來這邊尋求他的幫助的，最多餘的事就是在他的傷口上撒鹽。

「我怕答案讓人失望，我承受不起啊。」我懊惱地說，開始為了自己的膽小和逃避感到遲來的後悔。萬一真相沒有我想的那麼糟糕呢？

湯以凡將一些橄欖油倒入平底鍋，接著轉身從下方的小抽屜裡拿出摺得整齊的圍裙，「妳等等離鍋子遠一點，我怕煎蛋噴油……」

圍裙唰地向下延展，像一幅卷軸畫展開，他俐索地將圍裙的吊帶套進脖子，我忍不住笑了一聲：「這圍裙好可愛啊。」

湯以凡就像是穿著一件滑稽的黑色西裝，上頭還印著假西裝領結，「哈，我也很喜歡這件圍裙。」

他熟練地將雞蛋打入平底鍋，不消幾秒熱油開始滋滋作響。

我嚥下水杯裡的最後一口水，經過喉頭的水，宛如一道冰涼的水流突然清醒了我的腦袋，一瞬間浮現了一個短暫的畫面。

「湯以凡，這件圍裙……哪裡買得到？」

「哦，這應該買不到吧。這是好久以前陶珊找設計師朋友幫我訂作的生日禮物。妳也想要一件啊？」

他看了一眼自己的圍裙，又將目光放回平底鍋上的煎蛋，另一邊關掉煮沸的滾水。

從我站的位置，我安靜地盯著湯以凡在廚房煎蛋的畫面，白色的流理台，整齊的調味料，平底鍋的位置，和穿著這件圍裙正在料理的男人……我突然感到胸口一陣緊縮，心跳加快，這個莫名的熟悉的場景——是那張照片，Nobody在交友軟體上手裡握著鍋鏟，正在料理義大利麵的樣子，甚至穿著一模一樣且獨一無二的圍裙……是從我此時的角度，在這個廚房拍攝的！

是湯以凡的廚房！

我有一種莫名被背叛的恐懼感襲來，眼前這是什麼情況？

我猛然放下水杯，瞪著湯以凡。

「湯以凡！我有問題要問你。」

他似乎還沒搞清楚狀況，天真的口氣和沒有停下動作的態度，讓我更加生氣。

「妳說呀，我在聽。」

「你是不是認識Matt？」

「妳的Matt？怎麼可……」

「你不要騙我。Matt來過這個廚房，他在這裡拍過照片，穿著你那件外面買不到的圍裙！」

湯以凡的手馬上停了下來，整個人頓了一秒，他皺了一下眉頭，接著他伸手將瓦斯關掉。

「慢慢，我能解釋。」他轉過身來，抿著嘴唇。

看見他的反應，讓我既困惑又有些傷心，我以為我和湯以凡是彼此坦誠的朋友，如果他早就認識Matt，那麼我一直以來總跟他分享關於Matt的事情和我的心事，他都是裝作局外人嗎？

「你早就認識他，甚至——」

越來越多浮現在腦海中的微小時刻，都讓我更加充滿背叛感，他打從最開始就隱瞞著我。

「我最一開始給你看他的交友軟體照片時，你完全沒有告訴我你認識他！他從交友軟體消失時，你也裝作不知道！連我在陶珊婚禮上遇到他，你——天啊。」

「你其實早就知道他在現場，卻裝作不認識嗎？還是你跟他其實在婚禮早就見過面了，卻……湯以凡！我不敢相信。為什麼要說謊？」

我開始變得歇斯底里，不是因為湯以凡對我有所隱瞞，而是因為在知道了這些真相後，他過去的所作所為全都變得令人難以置信，我是如此信任他，就連今天和Matt發生了這些事，我也都來尋求湯以凡的幫助，殊不知他是敵是友我都搞不清楚。

「慢慢，對不起。我……」

「你從來沒有想過要告訴我嗎？你知道他是不婚主義嗎？你知道他不是一個適合談戀愛的人，你都沒想過要提醒我嗎？」

湯以凡放下手中鍋鏟，沉思了幾秒，低聲且冷靜地回應：「我沒有告訴妳，是因為我不想插手你們之間的事，我不想在他背後說任何評論。他是不是不婚主義我不知道，而且我也沒有資格評斷他是不是一個適合談戀愛的人，所以我才沒有主動告訴妳。」

我靜靜地聽著湯以凡的解釋，心裡仍有許多疑問，「……你們怎麼認識的？」

「我們，算是工作認識的吧。我也是後來才知道，他認識陶珊的老公。」

我保持沉默，因為不知道該怎麼回應他，湯以凡的解釋的確也有道理，儘管他不想在Matt背後說任何閒話，但他的確可以跟我透露他認識他啊！

「對不起，我沒早一點告訴妳，是我的不對。」

「湯以凡，還有什麼是我應該知道，你卻沒告訴我的？」

我看著湯以凡，眼鏡背後的眼神裝載著愧疚感，他又抿起嘴唇，猶豫了幾秒，好似這是一個艱難的問句。

我倆之間的沉默在小小的公寓中蔓延，窗外細細的雨聲聽得一清二楚，我正在等著湯以凡的回答，連續好幾聲刺耳的電鈴聲卻劃破了沉默。

有人來到湯以凡的家門口拜訪。

「你有客人？」我問。

這位不速之客顯然也不在他的預期之內，他皺著眉頭走往門口，從貓眼望去後，突然嘆了好大一口氣，「妳等我一下……」

他似乎不想讓我看見這位客人，他緩緩地將門打開一道細縫，整個身體不情願地塞在半開的門縫裡，外頭的聲音卻已經傳了進來，我站在廚房直接看向玄關。

「你不讓我進去家裡嗎？」

儘管湯以凡壓低聲音，我能清楚地聽見對話，「現在不方便……」

「Come on，湯哥，我現在真的很需要有人聊聊，喝個酒。」

那個英文口音，那個低沉性感的聲音，我馬上就認了出來，外頭的男子沒意識到湯以凡的尷尬，逕自將門口推開，直接與站在廚房的我四目相對，窒息感有如野火燎原般立刻籠罩了這個公寓。

「慢慢？妳怎麼會在這裡？我打給妳怎麼都沒接？」

Matt的表情從原本的沮喪，轉為巨大的震驚，他立即走向我，我卻馬上抓起桌上的包包，此時此刻我並沒有多餘的力氣再面對我和Matt晚餐的突發事件，還有幾分鐘前在湯以凡家中迎來的「驚喜」。

「我要走了。不打擾你們的**朋友時光**。」我來到Matt身旁，想彎腰抓起我的高跟鞋，他輕輕抓住我的手臂，「慢慢，今天晚上到底怎麼了？妳就這樣消失？我們需要談談！」

「我現在不想談。我想回家休息，改天再說，拜託。」

我連忙甩開他的手，慌亂地穿上鞋子，連雨傘都沒拿，心裡突然有一股好想躲進被窩大哭的衝動，我在眼淚落出眼眶前便馬上倉皇逃離現場。

如果現在不逃跑，我實在沒有信心能夠面對這個混亂的局面，我才剛發現了湯以凡隱藏的祕密，而我也有無法對Matt直接問出口的疑惑，我從浪漫的晚餐不告而別，卻出現在他的朋友家中，Matt對於我和湯以凡的關係全然不知，又會如何解讀今晚這個沒人能預料到的巧合？

太亂七八糟了，太糟糕了。

我衝動離開公寓，外頭的雨越下越大，街上的計程車和手機叫車全數客滿，我在混沌的情緒中一邊淋著雨，一邊試圖找尋可以躲雨的騎樓，高跟鞋在雨中變得更滑、難以行走。

「慢慢！慢慢！」後方傳來Matt的大聲喊叫，我並不想回頭看，深怕要面對一場我無法處理的對話，我想加快腳步卻不得其果，很快就被Matt追上，他和我一樣渾身溼透，高昂的西裝已經淋溼，髮型也變得凌亂，他氣喘吁吁地跑到我面前，替我撐起一把雨傘，「Matt……我現在真的不想談……」

「我知道，我知道，我們可以改天再說。至少不要淋雨。好不好？」

他將雨傘交到我的手中，被他手心碰觸到的一瞬間，竟然還是那麼溫暖，心跳竟然還是漏了一拍。

「慢慢，雖然不知道晚上發生了什麼事情……但妳如果有任何事，都可以跟我說。」

他被雨水淋溼的睫毛下，有一副這麼溫暖的眼睛，我心裡有好多好奇的疑問，卻始終沒有辦法問出口，他是不是跟前女友說的一樣，是無法投注認真感情的對象？我是不是只是他其中一個玩伴，無法再前進更多？

「今天晚上……我很對不起。」

「沒關係，我想應該是我做錯了什麼吧。妳早點回家，小心安全。」他離開傘下，倒退著向我揮揮手，淋著雨也還是掛著招牌的完美笑容，總是那麼遙遠。

「Matt！」我叫住他，他停下腳步，「生日快樂！」我有氣無力地喊著，在雨中顯得更加單薄。

「謝謝。」他回應，接著頭也不回地跑回公寓裡頭。

湯以凡

簡直是災難現場，太不忍卒睹了。

事情來得又急又快，從談論Matt的不婚主義，到被她發現了我和Matt其實是朋友，最後Matt還不請自來證明了這一件事情。

孫慢慢的表情說明了她對我的失望，而此時站在我面前的Matt，臉上則寫滿了憤怒。

他手裡甩著毛巾，沉默地擦乾他溼透了的頭髮，認識Matt這幾年，我從未看過他如此嚴肅又生氣的模樣。

當孫慢慢急著離開我家，我想起她的雨傘落在玄關，都還沒來得及開口，Matt已經抓起雨傘轉身追她，不顧自己昂貴的西裝和皮鞋會不會淋溼，也顧不著他一直以來最在意的完美髮型，我能從Matt的一舉一動感覺到孫慢慢在他心中的特別，他為她打破了許多規矩，也為了她選擇和我一起承擔我的謊言。

「她為什麼會在你家？」Matt抬起頭，質問的口氣裡夾雜著妒火。

「她有事情想和我討論。」

如果孫慢慢沒有選擇向Matt坦承她心中的疑惑，那我也不應該代她發問，她已經對我失去信任，我不能在她背後再攪局。

「有什麼事情會讓她和我吃晚餐吃到一半，決定中途放鳥我，半夜跑來你家討論？」
「你和她的晚餐發生了什麼事情，我不想參與。還有，她剛才發現我們兩個是認識的關係了。」
Matt皺起眉毛，吐了一口氣，我聽出來那口嘆氣帶有忍耐憤怒的作用，用手往上梳了凌亂的頭髮，「她怎麼會發現？那你怎麼說？」
「她認出了其中一張在Make it Right照片的場景，你在我家下廚那張。」
「該死的，湯哥，為什麼事情變得這麼複雜？」
他看起來更火大了，「那你還說了什麼？你告訴她全部的事了嗎？」
「我準備要說——你就突然跑來我家了！」
Matt氣憤地扔下毛巾，「湯哥，你在想什麼？怎麼可以這時候告訴她？你如果現在跟她說，Oh，Matt並不是原本和妳聊天的那個人，那個和妳傳訊息Flirting的人一直都是我，你要她怎麼看待我？」
「我不想再這樣隱瞞她了，你也看到她剛才有多失望？」
我不自覺提高音量，我錯過了唯一能夠和孫慢慢坦承一切的時機，心裡懊悔萬分。
「Exactly！就是因為這樣，你還忍心讓她更失望嗎？」
他緊緊抓住我的肩膀，嚴肅地瞪著我說：「湯哥，是你說要一起保護這個祕密，不讓慢慢受傷。我真的不想要看她失望，這個真相對大家都沒有好處，只有傷害，這個真相它不夠好。Please。」
我仍陷在思考的泥沼中，無法決定究竟該如何處理這個眼看越滾越大的謊言，Matt的口氣總算緩和許多。
「我知道我過去的感情不是很穩定，但這是我第一次遇到一個我覺得也許可以試試看的人，我想慢慢來，所以每一步我都很小心。好幾次我都覺得……她應該也喜歡我，但又覺得她離我很遙遠。我真的不知道她心裡在想什麼。」

我認識Matt的時候，他是才剛從美國畢業回來二十三歲的花花公子，在情場上無往不利，人脈廣、交際手段好，每一次公司活動或是私下聚會，他身旁的女伴一個換過一個，從來沒有為了感情煩惱過，永遠都是勝利的那一方。

當我看著Matt為了孫慢慢如此狼狽又苦惱地坐在我的沙發上，竟然感到一股莫名的忌妒。

為什麼讓他動了真心的人，非得是孫慢慢？

為什麼偏偏是我開始在意的她？

最可笑的是，這一切令人兩難的局面，是我當初一個愚蠢地在Make it Right右滑所造成的，不過0.01秒的決定，我把自己送上了和Matt競爭的比賽。

✿

我自認為是一個充滿理性的人，並且引以為傲。

我做任何判斷之前，我都必須看到可以相信的事實根據，才能決定下一步的行動，好確保最高的成功率。套用在感情中，我也依循著這一套理性的原則，有數不清的事實和證據，讓我確定自己就是喜歡著陶珊。

暗戀陶珊十五年的光陰，有過好幾個瞬間，我幾乎要相信陶珊對於我的好感，就跟我對她的喜歡一樣多，否則她不會在我每年生日的時候，親手做蛋糕幫我慶祝，也不會在當全校男生都邀請她當畢業舞會的舞伴時，主動走向我要我陪她一整晚；當全班同學半開玩笑地說我們是情侶的時候，她總是報以微笑，沒有反駁，我總是想著再多一次明顯的事實，再多一次，我就會向她表白。

然而她卻在高中畢業的那個夏天，答應了當時追她兩年的學長告白，那是我第一次體會到失戀的痛，而接下來每一次她開始了新戀情，我就又失戀了一回，獨自痛過一次又一次，那些曾經看似肯定的事實根據，在我一次次的暗自失戀後，像蒲公英一樣跟著風和時間散去。

下雨的夜晚過後，至今已經過了三個星期，我沒有聽到孫慢慢的消息，她沒有聯絡我，我也沒有主動向她問候。

我和Matt很有默契地不再談論她，我雖然會好奇他們的感情是否持續發展，但我只能偶爾看著「慢慢幸福」的社群更新，知道她仍舊過著忙碌的工作生活。

陶珊依然經常打電話給我，和我分享她的日常生活，她最近開始加入威廉哥家族下的事業活動，幫忙擴大家族的度假村事業版圖。

「湯以凡，我前幾天本來想去慢慢的工作室邀請她參加ＶＩＰ體驗活動，結果聽她的助理說她重感冒很嚴重，沒有去上班。」

「……這樣啊，希望她會早點康復。」

無非是那天她半夜淋雨了，我開始擔心起來，她還好嗎？

Matt再也沒和我提過她，不知道他有沒有關心她的身體狀況？我的腦袋飛快地轉動，自然沒有太專注在聽陶珊分享她的工作細節，甚至好幾句話都沒聽進去。

「喂，湯以凡，你有沒有好好記下來啊？」我始終在出神狀態，直到陶珊的嗓音在手機那端提高了八度，我這才回過神來，「啊？抱歉，妳剛說什麼？」

「你最近都沒有好好聽我說話！」陶珊的口氣裡頭有著失落和微微的生氣，我疲倦地揉揉眉頭，「抱歉，我有點累。是我不好，妳剛剛說要記下來什麼？」

「十月底的最後一個週末，先請好假喔！一起去泰國的皮皮島體驗我們新開的度假村，婚禮小慶功！」

陶珊聽起來十分興奮，我卻被這個臨時的邀約殺得措手不及，「啊？十月底，現在都已經九月底了，我要排一個月後的長假太臨時了……」

「齁，拜託你嘛。我保證會超級好玩，這次我們準備新開的度假村是五星級的，而且有一片自己的海灘，有很多開幕Party，重點是，我想感謝你們這些在婚禮時幫助過我的好朋友們嘛。全額免費，我們招待！你只要請好假就好了。拜託嘛湯以凡，我很希望你能來。」

我大大嘆了一口氣，這年頭有人要全額招待到五星級海島渡假村渡假，我竟然還得為此猶豫，豈不是過度奢侈的煩惱。「好啦，我知道了。先謝謝妳囉。」

「耶！太棒了，一定會很好玩的！」

她的語氣像是瞬間放晴的天空，開闊清爽，雖然我已經漸漸地從陶珊的漩渦中走出來了，聽見她開心仍然會讓我嘴角不自覺上揚。也好，趁著煩心事特別多的渾沌期，偶爾逃避一下也許也是個重整思緒的方法。

04 幸福還在路上

孫慢慢

二十九歲的尾聲，還真如人家所說的多災多難，那天晚上自以為像電影主角一般淒美地淋著大雨走在街上，讓我一連高燒三天，將近三個星期所有重感冒的症狀和身體能受的苦難一樣都沒少，反反覆覆地折騰著我；Matt在事發隔天打過三通電話、傳了幾封簡短的訊息，我始終沒有準備好該如何回應，就讓一切混亂和我擤鼻涕擰亂的衛生紙團一起躺在房間地板上。他的訊息和來電在第三天後逐漸減少，在第四天後停止，我還沒來得及回覆他的訊息或電話，他已經給出了答案。

晚上十一點，芮娜從工作室離開後沒有先回家，而是在接到我再度發高燒而虛弱無比的求救電話後，幫我捎來了冰箱補給物資。

她遞給我一杯溫開水，裡頭的維他命C發泡錠咕嚕咕嚕地製造出微小的氣泡，我從床上軟爛地坐起來，「我不過去個峇里島一星期，妳就搞了這麼一齣愛情肥皂劇，把自己整慘啦？」

我對她苦笑，她也予我同樣苦笑，無奈地手叉著腰。

「我要是沒有妳該怎麼辦？竟然還這麼貼心買發泡錠，好感人。」

「喔，這個發泡錠不是我買的。是妳的新好朋友，湯以凡，傍晚拿到工作室來的。」

聽見湯以凡的名字，我的心頓了一下，不只和Matt的關係一團亂，我和湯以凡的爭執和疑惑也還沒有被好好冷靜地處理。

「原來如此。」我怎麼一點也不意外，一定是陶珊和他提到我重感冒的事情了。

「幹嘛？妳和湯以凡也吵架啦？」

「……呼，要是有這麼簡單就好了。」我的頭依然轟隆轟隆地作響，鼻塞非常嚴重，一杯高濃度的維他命C開水我只感覺得到氣泡，沒有任何味道。

「所以，當時到底怎麼啦？」她一邊說，一邊舉起左手扯下馬尾上的髮圈，隨意用手指將一頭蓬鬆的捲髮鬆開，我這才終於注意到了，這個房間中最重要的新鮮事。

我抓住她高舉在空中的左手，倏地拉到我眼前，一顆發亮的小鑽石就這樣闖入眼簾，天啊！

她當然也知道我終於發現了，忍不住漾起微笑，對我點點頭。

「天啊！天啊！是我想的那樣嗎？」我用近乎沙啞的鴨子嗓音，提高八度試圖尖叫。

她擺出囂張的姿態，「會搞愛情肥皂劇的人，可不是只有妳一個人呢。」

我火速放下手中杯子，給了她一個擁抱，又快速地彈開，不想將感冒傳染給眼前這位幸福洋溢的女人。

「快告訴我所有細節！何栩怎麼求婚的？」

她的眼珠機靈地滾動，嘴角有藏不住的雀躍，「我其實第一天就看到了，他這個笨蛋打包行李時竟然就這樣把戒指盒放進衣服堆裡，我只好裝作什麼都不知道，一直等到我生日那天晚上，就在我心裡默默許完第三個願望，吹熄蠟燭睜開眼睛時，我看見他拿著戒指在我面前，問我願不願意和他一起過接下來的所有生日，我就知道……我的第三個願望實現了。」

她輕輕甩甩左手，凝視著求婚戒指傻笑了一秒。

我認識芮娜這麼久，從來沒有看過她如此時此刻少女一般，被溫暖的幸福感包圍著，她總是那麼酷、那麼瀟灑，有著自己一套原則，心裡竟然也默默地在等待自己幸福來臨的那一刻，這是要多麼倔強，才能忍了這麼久呀。

在我自己都還沒有意識到，我的臉頰已經被溫熱的眼淚浸潤，「天啊，孫慢慢，妳不要這麼誇張吧。」

芮娜看見我的眼淚，一時覺得太過肉麻，我卻什麼話都說不出來，一股極其複雜的酸楚和委屈湧了上來。

「對不起……我很替妳開心，真的。但我也不知道為什麼，我突然……突然……好想哭，突然好傷心……」

我一下子失去了對自己情緒的控制，明明我真心地替芮娜感到喜悅，我最好的朋友被求婚了明明就是一件天大的喜事，我竟然自私地為自己感到如此巨大的悲傷，所有人看起來都能夠輕易擁有的幸福，通通離我好遙遠，全都與我無關。

我為什麼就不值得這樣的幸福？

芮娜溫柔地將我擁入她的懷抱，輕輕地拍拍我的頭，她的溫柔像是一張巨大的網，接住了我這一陣子以來所有的焦慮和徬徨，我像個三歲小孩任由自己放聲大哭，「對不起……我應該要為妳開心的……但……我真的好傷心……」

「沒事，沒事，我都懂。」

「我明明遇到了那一個對的人，但這一切都不對……我不知道我怎麼了，是不是我自己毀掉了幸福？」

一想到好不容易遇見Matt，經歷了這麼多終於和他有了好的發展，心裡的不安定感卻猶如海浪一樣襲來，在短短的幾天就讓他直接放棄了我，一切都是前功盡棄，白費氣力。

最讓我生氣的是，我就這樣被那位莫名其妙出現的前女友說中了，我也是他遊戲裡的其中一個過客，卻傻傻以為自己獨一無二。

「也許從頭到尾他都不是那個對的人呀……有一天妳遇到那個人，妳會知道的。不要害怕。」

芮娜的語氣很平穩，很有說服力，假若我至今所遇見的人，都仍不是我的那個對的人，如果連我所深信的Matt都不是，那屬於我的那個對的人真的存在嗎？

大哭一場後的我筋疲力盡，芮娜始終沒有離開過我身邊，「芮娜……」我躺在床上望著天花板放空，嘴裡喃喃自語，「對妳來說，何栩是對的人嗎？」

她一邊替我收拾凌亂的房間，一邊輕鬆地回答：「我不知道。但我不在乎呀。如果是錯的……那……我們就努力變成對的囉。」

「……我真的很替妳開心。今天很對不起，等我感冒好了再好好一起幫妳慶祝吧。」

我望向這位在我脆弱時照顧我與支撐我的好朋友，突然發現自己並不是被幸福遺忘，只是幸福以不同形式和姿態存在於我的身邊，我卻沒有好好發現。

「妳欠我一杯酒囉。」她收拾包包，走到玄關邊穿上球鞋，「喔對了，湯以凡除了給妳發泡錠，還買了一個御飯糰和一些蘋果，我幫妳放進冰箱囉，明天要是妳沒來工作室別忘記吃掉它們喔！」

她關上門，我懶洋洋地起身走到小廚房，打開冰箱看了一眼，忍不住笑了出聲，三顆蘋果上貼了辦公室用的小便條紙，用工整的字跡各自寫著「對、不、起」配上一個哭臉，旁邊還躺著一個御飯糰，剛好是我最喜歡的肉鬆口味。

我莞爾一笑，腦海中浮現湯以凡笨拙地加工的樣子「……真受不了。」我拿起手機拍了一張蘋果們的照片，點進通訊軟體中的湯以凡對話框，「……我……接……受。」，發送。

訊息很快地被已讀了，回傳了我一張他冰箱的照片。

我點開照片，是一塊裝在盒子裡的紅絲絨蛋糕。

湯以凡：其實還有這一塊，我怕芮娜偷吃，所以就先帶回我家保管了。等妳病好了，再一起吃吧。

如同今晚我沒有發現眼淚落下時，我的悲傷來的又急又快，此時此刻的我也沒有發現，我忍不住地在微笑，坐在家中昏黃的夜燈下，抱病啃著湯以凡送的蘋果，疲憊又受傷的心，無聲地在黑夜中小小的公寓裡悄悄地被安慰了。

✿

陶珊在某一個週三午後來到工作室，以企劃總監的身分前來開會，威廉哥家族集團在泰國的皮皮島投資了最新的五星級海灘渡假村「PP Wonderland」，全新渡假小屋、私人獨棟別墅與泳池酒吧、泰式頂級SPA等設備一應俱全，渡假村坐擁整座皮皮島上最美的沙灘與海景，在開幕前夕已經受到許多關注。

看準日益蓬勃的海島婚禮市場商機，在陶珊的提議下，集團也開始如火如荼地籌備海島婚禮策畫部門。

「慢慢幸福」被陶珊邀請為婚紗部門的合作顧問，她顯然對於能夠在我們的工作室中找到她的夢幻婚紗感到非常滿意，我雖然非常想要接下這一個天大的好機會，心裡仍不免躊躇這一間小小的工作室，是否能完美消化海外婚紗的業務量，她見我猶豫不決，持續打電話和拜訪工作室，邀請我在十月底與她的團隊一同前往皮皮島考察。

「慢慢，我是真心認為只有妳的工作室能完美勝任這個任務。妳能夠讓威廉哥這麼挑剔的人，對我的婚紗點頭，就是一個最好的證明呀。妳只要跟我們一起去一次，妳就會知道只有妳們家的婚紗，配得上那麼漂亮的海景和沙灘。」

陶珊身穿一套全白的迪奧套裝，看起來十分幹練，結了婚的她有一種脫胎換骨的活力，她在我面前喝了一口花茶，「這次出差費用全部由我們集團支付。妳就當作是去皮皮島渡假，如果妳到了現場後還是沒有改變主意，那我就放棄。給我們一次機會，好嗎？」

她眼神中有真摯的懇切，我看了一旁的芮娜一眼，「妳覺得如何？要試試看嗎？」

她點點頭，「陶珊說得很有道理呀。要拒絕也要先試過才知道，況且我想妳真的需要一個假期。妳如果不去，我去！」

我思考了幾秒鐘，最後打開我的行事曆，「所以我們哪天出發呢？」

陶珊綻放出放鬆又迷人的笑容，難掩興奮地抓住我的手，「太好了，謝謝妳慢慢！我保證這趟旅行一定會很值得的！」

正因為我一心認為這一趟海島旅行是因公出差，所以行李內的衣服都是簡單的背心、素色洋裝、一套想趁空閒時去沙灘曬日光浴的簡單泳衣，幾件亞麻棉薄衫，甚至只帶了一雙涼鞋和夾腳拖，因此當我拖著簡易的行李到機場集合時，才會對眼前這一群打扮完整且時髦的男女們感到驚訝，更別說當我看見了湯以凡有些無聊地站在一堆陶珊的好姊妹們旁滑著手機時，有多麼地詫異。

這是自從那件事發生後，我們第一次再見面。

從他臉上微微詫異的表情，顯然他也對於我的出現全然不知。

我有些尷尬地走向他，「……我以為這趟旅行就是去出差的。看來只有我是來工作的。」

他在看到我的瞬間，馬上露出略帶歉意的笑容，「我不知道原來這趟旅行，還有來工作的人。而且那個人就是妳。我很抱歉，妳得和一群渡假的千金小姐們度過了。」

他無奈地回頭看那一團陶珊的伴娘團與好朋友們，有幾位熟面孔熱絡地談天，笑聲之大甚至蓋過了機場的廣播，一位身穿香奈兒小背心的豔麗女子將手裡的手機塞到湯以凡的手中，「喂湯以凡，快點快點，幫我們拍張照。」

湯以凡略顯不耐，「茱蒂，我在和慢慢說話耶！」

「哦，慢慢，嗨！抱歉，沒有看到妳，妳介意湯以凡抽個幾秒鐘幫我們拍照嗎？」茱蒂敷衍地對我打了招呼，隨後又將目光轉回湯以凡身上，「快點嘛，就拍個一兩張。來來……」

我示意湯以凡不必擔心，他不情願地轉身幫眼前幾位花枝招展的千金小姐們拍了照片，茱蒂將手機搶回去檢查照片，「齁，人家這樣看起來好胖，湯以凡……你再幫忙拍幾張！」

「不要，我剛剛幫你們拍很多張了。」

「哪有，你根本亂拍！」

「那妳找別人拍……」

茱蒂見湯以凡想要逃離，便將目光落在我身上，「慢慢，妳可不可以幫我們再多拍幾張？」

「喂，妳不要太過分……」湯以凡伸手擋在我面前，為我出頭，他正想把茱蒂打發走，我主動接過手機，微笑地點頭：「沒關係，沒問題。」

湯以凡在我旁邊低聲耳語，「慢慢，妳可以不用理她們。」

「沒關係，我是來出差的嘛。……來，換個姿勢，我再多拍幾張！」我認份地幫她們一連按下好幾個快門，湯以凡手交叉擺在胸前盯著她們。

「好了啦茱蒂。」

茱蒂立即回嘴，「湯以凡，人家慢慢都沒意見，你幹嘛一直胳膊往外彎護著她，我們才是你的老朋友耶！」

「誰叫妳們看慢慢人好，就欺負她？」

眼見湯以凡和茱蒂你一言我一語，我連忙多按幾次快門，中斷這場幼稚園等級的鬥嘴，「沒事沒事，還要再拍嗎？」

「啊，等一下，Jenny呢？要是被她知道拍照沒找她，等等一定被罵死……」團體中一位嬌小的女子突然打斷拍照的節奏，茱蒂連忙從我手中抽回手機，「對耶，我打給她好幾通都沒接，她說有人會載她來機場……」

湯以凡見她們的心思已不在拍照，便馬上拉起我的手，「妳太善良了。」他在我耳邊嘟噥，悄悄帶著我溜到遠離她們十公尺外的行李櫃台，一片尷尬的沉默才正要從我們之中蔓延，茱蒂的高分貝嗓音又再一次闖進我們之間，「呀，Jenny！這裡這裡，妳終於來啦。」

我的目光自然地跟著茱蒂的呼喊望去，看見Jenny戴著墨鏡、穿著佈滿精品Logo的緊身洋裝，和一旁高大穿著淺黃色亞麻襯衫的男子並肩走向我們，我的呼吸有一刻暫停了，隨之而來的是焦慮和不知所措。

「Matt。」我下意識地低喃，聽到一旁湯以凡同時發出了聲音。

Matt看見我和湯以凡站在一塊，我們的眼神在凝結的空間中交會，他的眼神中我除了只能看見震驚，讀不出任何其他情緒，他跟我一樣驚訝彼此的出現嗎？

我們再也沒有講過話的這兩個月來，他不一樣了嗎？

對於我的不告而別，他在生氣嗎？還是對他而言，這一切就不過是一場小遊戲的結局？

Matt的嘴微微張了一下，又馬上抿住，我分不清是過了一秒鐘，還是這個沉默的凝視其實比想像中還要更久，他將頭轉開，目光又回到了眼前的Jenny身上，Jenny領著他走進千金小姐團裡頭，Matt看似漫不經心地與她們一一握手，再一次背對了我。

我沒來得及反芻內心翻攪在一塊的複雜情緒，旅程的主人陶珊終於現身，她開朗地朝我和湯以凡先走來，「你們都提早到啦！來，護照等一下一起給助理，幫你們弄機票。」

「沒關係，我……我自己來，陶珊，不好意思……我想問一下，這趟旅行不是去評估渡假村的嗎？我是不是不小心加入了妳的朋友團……」我低聲說。

「哎呀，我們是去評估的沒錯呀！既然在開幕前夕，威廉哥那邊也讓我順勢邀請重要的朋友們，大家一起去渡假囉。再說，慢慢妳也是我的朋友嘛。而且妳也認識湯以凡，不會無聊的。」

我看著陶珊手舞足蹈地分享，她一定不知道自己的一片好意把我們跩進了什麼樣的局面之中，被我逃避了兩個月的風平浪靜，這下子得硬著頭皮面對了，還得越過一片海洋與整整一星期的共處，讓情況更加複雜。

我硬擠出一個微笑，「說的也是。謝謝妳。」

湯以凡

如果我的不自在有十分，此時此刻的孫慢慢看起來就像在緊繃爆炸的一百二十分，自從知道了Matt也在這趟旅行的受邀成員中，她的心神不寧無所遁形。從她遠遠躲避著Matt的神情和舉止行為看來，她和Matt的關係在那個夜晚後並沒有往好的方向走去。

天真的陶珊大概怎麼樣也沒有想過，我、孫慢慢、Matt三個人之間有著錯綜複雜的關聯，而這一切都起源於我陪她去婚紗工作室的那一天開始，誰會知道一個在交友軟體上短短一秒鐘的念頭和決定，竟然會掀起如此巨大的變化。

陶珊替所有人都訂了商務艙，浩浩蕩蕩的一夥人各自拿著手裡的機票尋找座位，「5A……5A……」我走到屬於自己靠窗的座位，正準備將後背包卸下肩，便注意到孫慢慢手裡握著機票，面有難色地站在中間的兩人位旁，兩個座位之中已經被占據了其一，坐在她鄰座的Matt顯然是她遲遲無法坐下的原因。

我重新抓起後背包，離開我的座位，想往後方的孫慢慢走去，卻看見Matt漠然地站起身，將手上的雜誌和他的背包一把抓起，走往前面一排的座位，在Jenny身邊坐下，茱蒂則不情不願地和Matt交換了座位，一屁股在孫慢慢旁的位子安頓下來。

「茱蒂，想不想坐靠窗的位子？」我走到茱蒂旁邊，打斷她的自拍時間，「我那邊還可以拍到天空喔，很不錯吧。」我微笑。

茱蒂嘟嘴想了幾秒鐘，「湯以凡，你怎麼突然對我這麼好？是不是有詐？」

「從高中到現在，我對妳一直都不差吧。怎麼樣？要不要和我換？」

想當然茱蒂絕對不會錯過這個好機會，她興奮地起身，抓起她的凱莉包，「掰掰，慢慢。」欣然地接受我的提議，我也就順理成章地在孫慢慢旁的座位坐了下來。

孫慢慢有些詫異地看著我，我看到她的眼神裡微微溼潤，即便我沒有問出口，也能想像剛才Matt的冷漠離開對她多少有些打擊，尤其此時他和Jenny兩人就坐在前面一排，Jenny不時將身體倚向他打情罵俏。

Matt深情款款向我宣示他對孫慢慢的真心，不過就是幾個月前的事情，如今彷彿打回原形，他再度成為千金小姐們的風流男伴，這之中究竟發生了什麼事情我還來不及搞清楚，但我的心情卻是又慶幸、又憤怒。

孫慢慢抿著下唇，用無聲的唇語對我說了聲「謝謝」，我對她微笑，充滿了愧疚感。

如果說今天她因為Matt的緣故而傷心，很大的因素是我造成的，我所隱瞞的祕密像滾雪球一樣，卡在我和孫慢慢之間、卡在她和Matt之間，我明明可以鼓起勇氣用實話來結束這一切的糾結，現實的結果卻彷彿為時已晚。

飛行的一路上我們沒有太多交談，我看見了正在等待廁所的Matt，遠遠地注視著閉上眼睛睡覺的她，從在機場相遇開始直到這四小時半的飛行，他沒有和她說過一句話，甚至沒有打過招呼。

我和Matt在公司雖然正常談話，彼此卻從來沒有過問各自和孫慢慢的近況，眼前的情況卻快要把我逼得窒息，我安靜起身走向廁所，Matt將視線移動到地板，若無其事地將手插進口袋。

他非常清楚我並不是要來上廁所的。

「你和她怎麼了？」我低聲問。

他依然沒看著我，「就是你看到的這樣。」

「你沒和她把話說開嗎？」

Matt抬頭盯著我，口氣突然變得凝重：「我要說什麼？幫你把你應該要坦白的話告訴她嗎？」

被他這麼一回，我啞口無言，他繼續說道：「反正我跟她也玩完了。真相也不重要了。」

「你不是說你對她是認真的嗎？竟然這樣就放棄了？」

「湯哥，我實在不懂你他媽想要我怎樣耶？我放棄她，你應該是最高興的人吧？而且真要說的話，是她先放棄的。」

我看見Jenny伸長了脖子，往我們這裡看過來。

「那你跟Jenny又是怎樣？」

「……這就不干你的事了。」他不耐煩地從我面前擠過，「And just so you know，我不是不傷心。」Matt走回他的座位，我嘆了口氣順勢推了下廁所的門，門輕鬆地就被推開了，才發現廁所裡一直都沒有人占據，Matt站在門口的凝望，從來就不是為了等待廁所而打發時間。

要前往皮皮島還真不簡單，下了飛機後我們一行人便馬不停蹄地坐上車前往港口，再換乘陶珊安排好的私人遊艇，在湛藍的海上乘風破浪了一個半小時，Jenny和千金小姐們則像蜜蜂一樣緊緊黏在Matt四周圍繞，一下在船艙內喝著香檳，一下跑到戶外的甲板上拍照，整路嘻嘻哈哈的倒也讓氣氛熱絡不少，孫慢慢戴著太陽眼鏡，坐在外頭的甲板座位上，看起來心情開朗了許多，我手裡拿著兩瓶氣泡水，走到她身旁坐了下來。

「妳終於笑了。」我說。

她的髮絲因為強勁涼爽的海風在空中飛揚，雙頰已經被太陽曬得微紅，她燦爛地露出笑容，「在海上就有渡假的感覺了。」

「我以為妳是來出差的呢。」

她聽懂了我的玩笑話，戲謔地打了我肩膀一下，「謝謝你喔湯以凡。」

孫慢慢擁有非常迷人的笑容，和陶珊的不同，她的笑容像是一抹春天清晨的陽光，和煦溫暖，讓身邊的人都感到舒服。

「孫慢慢……如果妳跟Matt的問題是因為我而引起的，我很抱歉。」

她的嘴角微微的顫抖了一下，但仍然掛著好看的微笑，「我猜如果我們是對的人，就還是會走在一起吧。如果不是，那也沒辦法，不是誰的錯。」

「……妳覺得，他是妳心中那個對的人嗎？」

孫慢慢聳了肩，乾笑幾聲：「我曾經以為他是，但老實說，現在我真的不知道了。可能……對的人還在路上吧。」她凝望著甲板另一頭的Matt和Jenny的背影，又將目光轉回海面上，陽光乘著海浪，金光閃閃地起伏。

陶珊的笑聲從船艙內傳了出來，茱蒂不知道又做了什麼好事，惹得陶珊哈哈大笑，我看著她開心自在的神情，頓時感覺到一陣從前沒有出現過的輕鬆感。

「你呢？還覺得她是那個對的人嗎？」孫慢慢語帶玩笑的提問，我也聳聳肩：「也許一直以來我都認錯人了，誰知道呢。」

她用手肘推了我的手臂，「不錯嘛，看來有人進化不少喔。」

我們同時爆出笑聲，一座如遺世獨立般夢幻的小島逐漸在眼前變得清晰，船即將靠岸，一片白沙灘上的木製甲板寫著「PP Wonderland」，我們誰也都沒想到這座小島即將帶給彼此的驚奇。

陶珊真的是嫁進了好人家，威廉哥家族一出手投資便豪氣十足，「PP Wonderland」渡假村整體就像是一個在海島上的奢華村莊，一整排獨棟的熱帶風格渡假小屋沿著海灘第一排展開，走到盡頭有氣派的泳池與池中酒吧，另一頭則有半開放式的餐廳、沙灘酒廊，往上頭的小坡走去有靜謐的私廚餐廳與SPA中心，在這邊待上整整一星期恐怕都還無法享盡所有豪華設施與服務。

陶珊為她的一票千金好友們安排了度假村中最寬敞奢華的三層樓獨棟Villa頂樓，我、Matt與其他幾位男性友人則住在同一棟別墅的其他房間。

孫慢慢在櫃檯領完鑰匙，拉著她小小的行李箱向陶珊說了幾句話，便準備準身走向另一個方向，她會和我們住在不同地方嗎？

我走到她的身旁，她的表情從方才在船上的開朗，又變回稍微緊繃的狀態，「妳不跟我們住在一起嗎？」我問她。

她甩甩手中的鑰匙，「陶珊幫我安排了一間雙人的渡假小屋，就在海灘的底部。不像你們，我可是來工作的。」她眨了眨眼，拉出行李杆往前走，我的腦袋還來不及釐清我究竟想做什麼，我的手已主動伸向她的行李，「我陪妳一起去吧？幫妳拖行李。」

她臉上露出詫異的神情，「其實……」她手指著前方的禮賓小車，「陶珊有安排接駁。」

她隨後面帶微笑，拍拍我的肩膀，「不過謝謝你的好意。你人真好。」我有些尷尬地鬆開行李，只好站在原地，「那……好吧，路上小心。」

孫慢慢噗哧一笑，「什麼呀，有什麼好擔心的。先這樣，我先走囉。」

行李的滾輪滑過接待大堂的地板，她轉身走向禮賓小車等待的地方，我又開口叫住了她：「孫慢慢！等一下。」

她滿臉狐疑地轉身，「怎麼了？有什麼問題嗎？」

我張嘴，話仍像一團纏繞的毛球卡在喉嚨，我自己也摸不著這究竟是什麼情緒，孫慢慢見我沒反應，便率性地揮揮手，跳上禮賓小車後座：「等等回頭路上見啦。」

穿著南洋花襯衫的服務人員熱情地招呼她，隨後發動禮賓小車，她向我說了再見。

眼前孫慢慢的身影慢慢地遠去，海浪的聲音、椰子樹隨著風搖曳發出的沙沙聲，我卡在喉頭的話才終於漸漸清晰，原來我想問她的話如此簡單，「……想見妳的時候該去哪找妳才好？」

05 傻瓜，交給緣分是不夠的

孫慢慢

我坐在禮賓小車的後方，緩慢開過渡假村的蜿蜒小徑，隔著一排棕梠樹望出去就是一望無際的海洋與潔白的沙灘，渡假村氣氛熱鬧非凡，洋溢著海島悠哉的氣息，原本緊皺的眉頭逐漸舒展開來，雖然在這趟旅程中見到Matt和湯以凡都是始料未及的意外，但既然來到了宛如人間仙境的地方工作，愁眉苦臉就太可惜了。

「Thank you! Enjoy your stay ma'am.」膚色黝黑的禮賓人員掛著熱帶島嶼般熱情的笑臉，替我將行李妥妥地安置在房門口，我環顧這間精緻的茅草小屋，微笑地向他道謝後，進到房裡便一鼓作氣地跳上床，溫潤的木製家具和地板、後方落地窗陽台直接通往渡假村專用的私人海灘，柔軟的雙人床，一張藤編的閱讀沙發床，更不用提像是私人SPA一般的高級衛浴，我忍不住揚起笑容，為接下來五天能夠獨享如此高級舒適的飯店房間感到十分興奮。

擁有這樣的奢華規格，也難怪陶珊會信心十足發展海外奢華婚禮的服務，這座渡假村絕對會成為想辦海島婚禮的新人間討論、甚至為了搶下預訂而展開廝殺的熱門首選。

整個下午陶珊都為了晚上的開幕活動與晚餐忙得不可開交，PP Wonderland渡假村的婚禮服務部門主管Joanne及來自渡假村事業體的集團總監Tom則帶著我走訪渡假村內預計提供新人選擇的婚禮場地與準備室，隨後又緊接著回到會議廳討論與評估婚紗合作的細節與流程，甚至連渡假村能夠提供的求婚協助服務都一併列入討論，我們一同與遠在台北工作室的芮娜視訊展示目前工作室的婚紗品牌與建議，一路忙到沒有注意時間飛快地流逝，直到我們從會議廳走出戶外，才被眼前一片美得令人屏息的海上夕陽金光從工作裡頭喚醒。

「好美。」我抱著手裡的筆記型電腦，被也許是這一生看過最夢幻的夕陽吸引住目光，杵在原地了好幾秒，直到Tom與Joanne的招呼將我的思緒從夕陽中拉回。

「慢慢，今天的討論非常有收穫，謝謝妳！等等七點的開幕餐會見囉！」他們送我到度假村的接待大廳後，隨即又前往餐會與開幕派對的場所繼續工作。

我大大地鬆了一口氣，會議與提案都比想像中來得更順利，接下來幾天只需要再確認一些細節，這個合作案就真的能成真了，想到出差任務最困難的部分已經過了一半，全身緊繃的肌肉便不自覺放鬆下來，非常適合犒賞自己一杯餐前酒。

我繞往熱鬧的露天小酒廊，裡頭已經有不少賓客趁著夕陽時分，在沙灘上的Live Band音樂陪伴下小酌起來。

腳步還沒走近吧台，我就已經聽見陶珊的千金好友們的談天聲，她們顯然已經為了等等的餐會準備周全了，亮麗時髦的晚餐洋裝、充滿海島風情的首飾、清爽高亢的笑聲，聚集在一旁的沙發區喝開胃酒，看起來那棟別墅的成員們都全數到齊了，湯以凡手裡拿著一杯可樂，茱蒂正在央求他幫忙拍個人獨照，而另一側那個高大帥氣的襯衫背影，左手叉在口袋中，右手拿著一杯香檳，Matt正側身背對著我，望向遠方的海景，Jenny就在他的不遠處，與其他人交頭接耳。

才結束工作的我，此時並沒有太大的社交能量，只想好好安靜地享用一杯酒，於是在看見了酒吧們的成員後，我便默默調頭離開，卻被茱蒂高亢的聲音叫住。

「咦？慢慢！呦呼，我們在這裡！妳在找我們嗎？」

她不必要的熱情穿過嘈雜的人群，甚至蓋過Live Band的音樂，也將其他成員的目光吸住，往我身上投射。

湯以凡放下茱蒂的手機望向了我，Matt也順著她的聲音轉了過來，表情仍然十分冷淡，而我的眼角餘光看見Jenny默默地往他走近了一步。

我就像是不小心闖入非洲草原中的迷途白兔，顯然此時毫無多餘能量及準備的我，絕對沒有心力應對這群人，於是我微笑點點頭，便抓緊手中的筆記型電腦，低下頭快步逃離現場，不知道在閃躲什麼，我最終卻以小跑步地的姿態逃回了房間，想到一小時後要再回到開幕晚餐現場，我便已筋疲力盡。

明明應該要把握時間洗澡打扮的我，卻坐在馬桶上和芮娜講著電話，一邊滑著Jenny的社交軟體帳號，試圖找出她和Matt究竟是什麼關係，又是什麼時候開始的。

「妳搞清楚好嗎？妳坐在馬桶上偷看她IG的時候，她早就把妳的男人吃了。」芮娜在電話裡頭說道，同時對Jenny的每一張照片品頭論足。

「唉，他從來就不是我的男人。」

「差一點就是啦。」

我快速瀏覽著Jenny每一張照片，都沒有釋出她有交往對象的蛛絲馬跡，因此就算她和Matt兩個人出雙入對，也不代表他們是一對公開的戀人。

「……我還是不懂，他為什麼這麼快就放棄我們了。」我嘟囔。

芮娜不改心直口快的本色，在電話那頭糾正我：「明明就是妳先放棄他的。先是在他的生日連再見都不說就消失，後面他找妳的時候，也是妳不回他，他不放棄才奇怪吧。他可是天菜等級的人耶，哪禁得起這種羞辱。」

「所以妳覺得我們就這樣了嗎？」

「我又不是你們，我哪會知道。如果妳真的那麼喜歡他，就主動去問他啊！反正這五天你們都困在同一個小島上不是嗎？行動力拿出來，和這個Jenny一較高下。」

「可是萬一他真的已經和Jenny在一起了呢？」

「小姐，戀愛可不是隨緣就好。靠的是行動和努力！妳以為所有人都像童話的王子和公主啊，找到彼此就沒事了？」

「有些事要是沒有緣分，我再怎麼努力都沒用吧。」她在電話那頭低吼一聲，「好啦好啦，妳如果這麼相信緣分，那妳就認了吧，妳跟Matt就是有、緣、無、份！……好啦不說了，我要出門了！」

芮娜匆匆掛掉電話，我愣愣地看著Jenny三十秒前最新上傳的沙灘夕陽照片，這次他的背影出現在照片正中間，手叉著口袋、手裡拿著香檳，出現在Jenny十萬名粉絲的眼前。

「真的是有緣無份嗎……」

明明我們在超過二十幾萬的茫茫用戶中配對成功，一度消失的他卻又奇蹟似地出現在我的真實生活中，好不容易走到快要成功的那一步了，突然又戛然而止。

即便人世間所有最初的相遇都帶點命運般不可思議的成分，卻不是所有的魔法都能變成現實，要延續這樣的緣分，竟然還需要靠更多的運氣來維持。

也許我和Matt之間，把所有的好運在相遇之時就用光了吧。

✿

我穿過一排又一排的氣派長桌，試圖尋找我的座位，開幕第一週的迎賓晚餐派對舉辦在沙灘酒吧旁的熱帶宴會廳，半開放式的寬敞空間一面是主舞台，一面就是點著浪漫燭光的沙灘與整面的星空海景，桌上擺滿了南洋風情的植物花卉妝點，長桌從中央的主人座位向左右兩方開展，已經有賓客陸續入座，陶珊的千金好友們與其他男士也都在中間區域坐定位，熱絡地延續剛才在露天酒吧早已開啟的話題。

我終於在長桌的最尾端找到我的位子，與陶珊她們相隔至少了五、六個座位的距離，而我的右手邊則坐著一群由度假村其他事業體所招待的客人，我的對面則放著Tom與Joanne的座位名牌，位子的主人卻遲遲沒有出現，作為開胃菜令人垂涎的生蠔已經送上，為今晚的宴會拉開序幕。

我一旁的幾位大姊，像是憋了一輩子沒說話一般，使出全身氣力和熱情，抓著彼此嘰嘰喳喳、大笑歡騰，好幾次我想默默聽她們在聊的話題，卻發現太太們十句有九句不離：誰誰誰的離婚贍養費高得嚇人、誰的婚姻是同床異夢、哪位富家太太著迷於整形卻失敗……疲勞轟炸的背景音，聽得我快要胃口盡失。

陶珊在長桌中央忙著招待四面八方來的貴賓，一整天都沒見到威廉哥的身影，千金們則忙著舉起手機合照，Matt和幾位男士看起來也很放鬆地彼此攀談著，連湯以凡看起來也很開心嘛。

等待第二道主餐的空白時刻，我一個人處在社交氛圍火熱的餐桌中，開始感到有些不自在，**至少要面帶微笑，孫慢慢**。

我硬是逼自己拿出最低限度的社交力氣，始終掛著微笑觀察著四周，來到海島度假興奮的人們、曖昧氣氛瀰漫中的男女們、高雅的上流社會交流，我忍不住拿起手機，百無聊賴地滑著工作訊息，一個人獨自喝著眼前的酒，服務生已經為我添了第三杯氣泡酒，我試圖讓自己在空白時段看起來沒有那麼格格不入，直到熟悉的聲音終於打斷了我的裝模作樣。

「嗨。」湯以凡不知道什麼時候拿著酒杯站在我的左手邊，「今天工作還順利嗎？」

這傢伙真是救星，我滿懷感激心想，卻故作鎮定。

我淡定地收起手機，拿起酒杯輕輕碰了他的一下，「疲累程度剛好適合喝一杯。」

「確定是一杯？看妳已經喝了好幾杯。」

可惡，竟然被湯以凡發現了。

我清清喉嚨，「那還不快加入我？」

「看起來這位……Tom錯過晚餐了。我可以坐這裡嗎？」他一邊拉開椅子，看了一眼桌上的名牌，便在我對面坐了下來。

「我想他應該不會介意。」我微笑，「謝謝你。」我壓低音量又有點不好意思地說。

「謝什麼？」

「嗯……你是看到我一個人有點無聊，才來跟我說話的吧？謝謝你拯救我的無聊。」

他愣了一秒，隨後掛起微笑，「那也是。不過我來找妳說話，純粹就是因為我想和妳說話。」他看著我，從他臉上放鬆開心的表情，看來喝了好幾杯的人不只有我一個。

聽到他突如其來的直接，我反而有些反應不過來，雖然不是什麼特別煽情的話，也可能他根本沒有那個意思，我卻有短短一秒鐘，在腦海裡重播了這一句話，默默地收藏進心中。

「湯以凡，你是不是微醺啦？」我藏起忍不住揚起的微笑，眼前的他放鬆時的笑容，挺好看的。

「那妳就太小看我了。」

他舉起酒杯，我也回敬他，「祝我們這趟的假期玩得開心。」兩個酒杯清脆地碰撞在一塊，宴會裡歡快熱鬧的熱帶沙灘音樂，原來旋律比我想像的更輕快，隔壁大姊們的八卦笑聲漸漸地不再聽起來那麼惱人，原先時間過得有些緩慢的空白時刻，就在和湯以凡一邊閒聊一邊用餐中度過，終於這才有了在海島度假的氛圍。

不知道是我微醺了，還是我從來沒有發現，湯以凡快樂開心的樣子，其實有點迷人。

希望陶珊沒有發現他原來這麼迷人，我默默心想。

湯以凡

此刻眼前的場景彷彿回到當時陶珊在屋頂酒吧的單身派對，我和孫慢慢站在閃著霓虹光的酒吧手裡拿著調酒，望著陶珊與她的好朋友們在舞池中央盡情跟著音樂擺動，情況卻已經有所不同。

陶珊不再是我默默暗戀未完的青春，孫慢慢也不再是我只能躲在交友軟體後面才能認識的存在，或僅僅是陶珊的婚紗負責人，而是一個我真正想發自內心關心她、更認識她的女孩。

唯一相同的是，我都沒有拿出真正的自己來面對她和陶珊。

晚宴過後的After Party就舉辦在渡假村裡的小小俱樂部裡頭，時髦的ＤＪ舞台結合了熱帶海島的夜店燈光，黑暗的空間裡閃著迷幻的燈束，開幕派對當晚招待所有調酒免費，俱樂部擠滿了所有的住客狂歡，十分熱鬧。

除了我以外，孫慢慢的臉龐似乎也開始顯露出微醺狀態，原本在晚宴上獨自一人始終緊皺的眉頭，也終於漸漸鬆開，有好幾度我看著她，都很好奇有沒有人告訴過她，她放輕鬆笑起來的樣子非常好看。

她隨著輕快的舞曲節拍搖晃著身體，我正想開口稱讚她的笑容，卻發現她臉上的微笑弧度又逐漸消散在空中，我順著她的目光方向望去，一下就找到了原因。

我本能反應似地擋到她面前，堵住了她所有的視線，她迷茫的眼神裡一瞬間就閃起淚光，這次卻倔強地沒有流下眼淚。

「妳不要再管他了，他不值得。」我對她說。

她的反應與我預期的不同，比起掉眼淚，她這回帶著怒氣，「湯以凡，我現在好生氣。他怎麼可以這樣對我？在我面前和Jenny接吻？他是把我當空氣嗎？」

「孫慢慢，他已經Move on了，妳就放下吧。他從頭到尾都不是對的人。」

她豪飲喝光手裡的半杯調酒，氣呼呼地將杯子重重放回吧台，眼神直勾勾地盯著我。

「算了！湯以凡，走，我們去跳舞。」

「啊？這麼突然？」

她強抓起我的手，將我手中的調酒也搶過去，又一口氣喝了一大口，我還來不及反應，這位小姐已經拉著我走向擁擠的舞池中央。

大概是為了發洩她對Matt的怒氣，加上整個晚上酒精的催化，孫慢慢拉著我擠在人群裡頭，隨著舞曲忘我地搖擺，隨著時間越晚，舞池氣氛更加熱絡，在舞池裡頭的人們也越來越多，後方的幾位外國男子試圖緊貼孫慢慢的後背，她卻已經沒有心思在意，在試圖靠近她的男子與我眼神交會時，我立即伸出左手覆上她的背部，將她與後方男子隔開，我竟有了一種守護孫慢慢是我的責任的錯覺。

男子悻悻然離開，孫慢慢卻一個箭步向前，雙手順勢抱住了我，我們之間的距離近到可以感受到彼此的氣息，她微微將頭靠在我的胸前，我們就這樣擁抱著在舞池內讓節奏帶著身體擺動。

「孫……孫慢慢？」我有些不知所措，她卻不動聲色，依舊陶醉在音樂中，纖細的手抱著我的腰，我有些僵硬地跟著音樂搖擺，深怕不小心佔了她便宜。

出乎意料地，我並沒有因此感到心跳急速狂奔，反而有一種熟悉又平靜的安全感。她的身高原來比我想像中的更嬌小，一顆頭剛好落在我的下巴，即便在充滿菸味與煙霧瀰漫的派對裡，她身上依然有一種淡淡的玫瑰香水味。

別像個變態，湯以凡。

我的理智突破酒精的誘惑，在大腦中不斷提醒自己，完全沒有注意到在不遠處陶珊的目光。

我在場內音樂稍微慢下來的時候，低聲詢問明顯已經帶有醉意的孫慢慢：「妳還好嗎？想要出去透透氣嗎？」

她點點頭，帶著有點傻氣的微笑，似乎已經忘掉剛才Matt為她帶來的怒氣。

我一手牽著她，另一手護在她的背後，穿過舞池中央的人潮，終於走到俱樂部外頭的沙灘，外頭夜晚冷冽的空氣瞬間灌進肺部，讓我一下子清醒了一半。

即便是海島，十月的海邊夜晚涼意仍讓人打了寒顫。

「孫慢慢，妳會不會冷？」我仍然牽著她，她看起來依然處在迷茫的快樂狀態，抿著嘴唇點點頭。我脫下我的薄襯衫，繞過她的肩膀替她披上，將她摟靠近我，摩擦她的肩膀試圖讓她溫暖一些。

「妳該休息了，我送妳回房間。妳的小木屋是幾號？鑰匙在包包嗎？」

「對……」

她可愛地舉起斜背的小皮包，在我面前展示，我一邊哄著按捺她，一邊從包包裡找到小木屋的號碼與鑰匙，從我們所在的俱樂部必須要再沿著沙灘走十分鐘，才能抵達她的海景小木屋。

我們牽著手慢慢地走在沙灘，眼前一片星空閃爍，孫慢慢嘴裡叨念著一整天工作發生的瑣事，接著又分享了芮娜被求婚的消息，始終沒有再提到Matt。

我也就靜靜地聽，偶爾回應個幾句，她便又滔滔不絕。

「孫慢慢，妳上一次喝醉可不是這樣子呢。」我打趣地說。

「我上一次喝醉……什麼時候呀？」她抬頭問我。

「妳哭著說找不到對的人呀。」

她有些耍賴的撇嘴，「我還是沒找到啊。這一切都算什麼嘛。」

「妳、會、的。不要擔心。」我安撫她，她這回喝醉還算可愛。

「你一直說會，是不是敷衍我嘛。那你說他到底在哪？」

她左右甩了甩我們牽住的手，彷彿這是一件再自然不過的事情，而我完全不討厭這樣的感覺。

「嗯……可能就在路上了。像妳這麼好的人，一定會有人出現的。」

她停下腳步，神情認真又可愛，食指指向自己：「湯以凡，你也覺得我很好嗎？」

幾乎沒等到她把問題問完，我隨時可以回答這一題。

「很好啊。超級好。」

「那你會是我的對的人嗎？」

孫慢慢突如其來的直球問題，讓我一瞬間不知所措，我也許在心中稍微想過這一題，卻沒有料到會從當事人口中問出，特別是還在她喝醉的時候，我該不該好好回答？還是就當作喝醉的玩笑，以免清醒後得收拾尷尬殘局？

「哈哈，慢慢，我不知道。」我微笑地說，不想在這時候說錯任何話，但也不想讓她，**或我自己**過早妄下斷言：「但如果是，我會很開心。」

她聽見我的回答，露出稍微滿意的表情，繼續牽著我的手往前走。

我們終於來到她的小木屋前廊陽台，一路上牽在一起的手自然地鬆開，孫慢慢抬頭凝視著我，四周只有海浪的聲音，我看到她的眼神中有著剛才在舞池沒有的寂寞和脆弱，有一秒鐘我的理智幾乎要敗給了感性，當她試圖踮起腳尖，嘴唇已經輕輕觸碰到我的嘴唇時，我用盡最大的力氣把理智擺回感性與作為男性的生理衝動前，於是我微微地退了一步，手壓住了她的肩膀，她亦向望退了一步。

她的表情很受傷，臉上有著錯愕與難堪。

我很抱歉，但我必須。

我不能在她喝醉或神志不清醒的時候，占她便宜。

「你不喜歡我嗎？」她說。

「慢慢，……妳喝醉了。」

「你不是說我是很好的人嗎？」她說，帶著鼻音。

「就是因為妳是，我才不能在妳喝醉時親妳。」

她沒有說話，從我手上搶過小木屋的鑰匙，有些蹣跚且笨拙地試圖將鑰匙插入門孔，慌亂中有怒氣，「慢慢。」

我想接過鑰匙幫忙她，她又將我的手撥開，「不用管我。如果你覺得我不好，可以直說。不要對我說謊或找藉口。」

「慢慢……」她心急又毛躁地想將鑰匙插入門孔，卻始終失敗，「慢慢……！妳聽我說。」

我立刻搶過那把讓她心煩意亂的鑰匙，握在我手裡，同時握住她的肩膀，她皺著眉頭盯著我，抿著嘴。

我看著她，此刻心裡也有好多疑惑，**我好想知道妳在想什麼**。

「妳是非常好的人，我沒有說謊。我說了，如果我是那個妳在尋找的對的人，我會很開心，非常開心。」

她依然沒有說話，就這樣用水汪汪的眼神繼續盯著我。天知道我得用多大的理智壓抑我此時此刻想擁抱她、親吻她的衝動。

「所以……我不想要在妳喝醉，或沒有想清楚的情況下，把事情變得複雜。」

事情已經因為我，從一開始就夠複雜了。

「……所以我們先把這個吻，保留到那一天，好嗎？」

我溫柔地摸摸她的頭，心裡非常希望這一天能夠真的到來。

如果這個吻會發生，就必須在最好的時刻，而不是兩個人都在酒精催化下的衝動結果。

我輕輕親了她的額頭一下，給了她一個擁抱，「晚安，孫慢慢。早點休息。」

我幫她把小木屋的房門帶上，確保她從內部鎖好門後，轉身抬頭望著閃爍的星空，這才終於意識到原來我的心臟在剛才那瞬間像是被電流穿過一樣，感受到前所未有的悸動。

我希望我做了正確的決定。

我在派對動物們返回別墅之前就獨自回到房間，一整晚躺在床上輾轉難眠，一閉上眼腦海就會浮現孫慢慢站在我面前的受傷神情，我的心情五味雜陳，我並不認為她對自己的行為舉止有所意識，如果她主動親吻我的原因，是源自於眼神裡對愛的渴求、擋不住的孤單及對Matt的不滿，老實說我會替自己感到憤怒及悲哀。

她對我的感覺究竟是什麼？在今晚之前我完全沒有將這個問題放到我的思考清單中，這麼說吧，人們常說的「跟著感覺走」，對我始終不管用。

我一直以來都相信科學的計算、事實的證明，即便放到感情中，我也不相信沒有經過計算與思考後的直覺式行動會是最好的處理方法，沒有十足的把握，我就不敢輕舉妄動，也許也是因為這樣所以我才能當陶珊永遠的好朋友。如果我在過去的十幾年光陰中，在任何一個時刻沒有想清楚就和她告白，我們如今可能已經形同陌路。

然而孫慢慢今晚的舉動，完全打亂了我的思路，今晚之前她沒有表現出任何對我有好感的線索，卻突然之間做出了超越朋友的行為。

我喜歡她嗎？她喜歡我嗎？我們之間這些算是喜歡嗎？

一想到我就胸口鬱悶，我從床上坐起來，抓起手機看了時間：半夜三點。

不久前樓下才陸陸續續傳出她們進門的聲音，幾個女生蹦蹦跳跳地回到樓上，又喧騰了一陣子屋子才又安靜下來。

我走下樓轉進別墅的廚房，桌上甚至還丟著一些吃完的零食包裝，「金莎巧克力，一定又是茱蒂。」我含糊地碎念幾句，順手將垃圾收拾乾淨後，便從冰箱拿出一瓶啤酒，打算一個人好好靜一靜。

「啊，你還沒睡呀？」一股輕柔又熟悉不過的嗓音從後方的樓梯傳來，陶珊披著象牙色的絲綢睡袍，手叉在胸前，扎著有些凌亂的頭髮，走進廚房裡。

「妳怎麼這麼晚了也還醒著？妳們幾點回來的？」

我看她想伸手往上方的櫥櫃拿杯子，便主動起身站到她身後，右手越過她的頭頂替她拿了一個馬克杯：「要喝熱水嗎？」

她欣慰地一笑：「虧你還記得。」

「哈，都十幾年了，怎麼可能忘記？以前妳那個來每個月都要煮一次熱水啊。」我熟練地將冷飲水加進電熱水壺，按下煮水鍵後又回到原本的位子上。

她打了哈欠，「我們在俱樂部一直待到兩點才回來。好累啊。你呢？你跟慢慢幾點離開的，後來就沒看到你們了。」

她站在我旁邊，口氣中略帶曖昧，她輕描淡寫地帶到她看到我和孫慢慢一起離開的事實。

「我也沒特別注意幾點，可能大概一點吧。」

「噢，這樣啊。」

陶珊不像以往健談，反而像是心事重重，若有所思的模樣。我啜了一口啤酒，沒有特別接話，安靜的廚房裡只有熱水壺緩慢煮水的聲音。

「湯以凡，你喜歡孫慢慢嗎？」她杵著頭，突然拋出了我意料之外的問題。孫慢慢問了我，陶珊也問了我，然而我已經有答案了嗎？**我不知道**。

「怎麼突然這樣問？」

「嗯……我可是比你想的還要了解你哦。」

她又再一次露出淺淺溫柔的微笑，即便我已經從暗戀陶珊的漩渦中慢慢走出來了，她的這抹微笑仍然是過去十五年間我最喜歡的日常風景之一。

雖然在這漫長的日子中，我有過幾段曖昧的歷史，也試圖敞開心胸去認識其他人，但往往都以失敗告終。我可能這輩子都沒有預料到，我和陶珊之間會認真地談論我個人的感情煩惱，而且這個煩惱的當事人並不是她。

「可能吧。我也還在搞清楚她在想什麼。」

「哈，你這次要花多久時間呢？再等下去你就要四十歲囉。」

「哪這麼誇張，我離四十還有好幾年。」

陶珊走向廚房櫥櫃，拿出一盒花草茶包，慢條斯理地拆開包裝：「畢竟你花了十五年，還是沒有搞清楚我在想什麼呀。」

聽到陶珊意有所指，我更加困惑，「我不懂妳的意思。」

她仍然背對著我，把玩著那花草茶包，「你呀，都不知道該說你遲鈍還是我自作多情了。……有好幾年的時間，我每天都在等你問我：陶珊，妳到底喜不喜歡我。」

我原先就混亂的腦袋，此時像是閃電雷擊，一陣轟隆巨響後卻一片空白。

我感覺自己下一秒就要昏倒，但我必須知道答案。

於是我按捺住想爆炸的心情，冷靜地說道：「妳一直都知道我很喜歡妳，嗎？」

她輕嘆了一口氣，語氣聽起來仍然很正面：「傻瓜，全部的人都知道的事，我怎麼會不知道？問題是，你好像不知道我喜歡你。」

我盯著她，腦袋還在處理剛才接收到的資訊，陶珊笑著手叉著腰：「湯以凡，這樣看來你是真的不知道耶！」

她怎麼還能這樣輕描淡寫，好像只是在講一件日常天氣的小事，我的內心卻要發瘋了。

我走到她的旁邊，手握住了她的肩膀，將她轉面向我：「妳是說，妳喜歡我。」

陶珊望著我，好像等待了這一天很久一樣。

「是呀，我喜歡你。大概就像……你喜歡我一樣久。」

我的思考能力一瞬間全然停擺，沒有預料到我和陶珊之間會有這樣的對話。

「……可是……可是，如果妳也喜歡我，那為什麼我們今天會變成這樣？」

我看過陶珊無數種表情，卻沒有見過此時此刻眼前的她，她的臉上有著和我同樣的無奈和遺憾。

「以凡，我也很想知道。」

她先猶豫了幾秒，隨後說道：「……我猜，**真愛只靠緣分可能還是不夠吧。**」

我難以遮掩震驚又失望的情緒，深深吸了一口氣，聽到自己的聲音在微微顫抖：「如果……我在這些日子裡頭，有鼓起勇氣問出口，我們會不一樣嗎？」

她輕輕點頭又聳肩，「湯以凡，你知道嗎？只要一次，真的只要一次，如果你有問我的話，哪怕一句話也好，一切也許就會不一樣了。可惜我們之間連一次的機會都沒有，我就結婚了，哈。」

熱水壺的蒸氣發出高頻煮沸聲響，劃破了我們之間的空氣，我的心情前所未有的混亂與悔恨交織，她默默地走向熱水壺，往馬克杯裡倒了一杯滾燙的熱水，放下了手上那包花草茶，「如果你想要一杯花草茶，卻始終沒有把茶包放下去，最後就只會有一杯冷掉的白開水。」

她盯著手裡的那杯熱水，「孫慢慢是個好女孩，這次不要錯過了。」

她接著皺著眉頭抬頭，看著錯愕的我，又開了個讓我很難過的玩笑：「可惡，我真的好羨慕孫慢慢呀。」

然後她掛上招牌的燦爛微笑，眼角卻有著閃閃淚光，這讓我的喉頭湧起一陣難受的酸楚，我一句話也沒有多說，擦過她的肩膀離開廚房，跑回房間抓起外套，又直接走出了別墅大門，跑到漆黑的海灘上，一直到離別墅有了五分鐘的距離，在空無一人的海灘上，我忍不住像個輸家一樣放聲大哭起來，因為太害怕輸了，所以連贏的機會都不敢把握，我徹頭徹尾地成為了真正的輸家。

06 忽遠忽近的貪心

孫慢慢

我睜開眼睛躺在床上，已經是天亮陽光透過沒拉好的窗簾照進房間的時候了。我就這樣躺在床上，腦海中重播著昨晚的一切。我是喝了酒，也的確有五十分的醉意，但我並不是全然不知道自己昨天在做什麼，我順著湧上來的感覺走，鼓起了勇氣跨出第一步，他卻連幾秒鐘的思考時間都不需要，便斷然地拒絕，將我們的關係清楚地定義在朋友的範圍。

我在想什麼呢？怎麼會想憑著他平常對我的關心、這趟旅程對我的同情、甚至可能只是照顧一個喝醉酒的人的溫柔，就覺得自己可以向他更靠進？

湯以凡可是一個愛著同一個女人十五年的男人呀，如果十五年的暗戀都不足以強大到讓他跨出下一步，我又怎麼會天真到冀望我們之間的可能性呢？

是因為寂寞嗎？是因為看到Matt已經頭也不回地往前進了，所以我才在那一瞬間感受到自己需要湯以凡嗎？

我帶點宿醉微疼的腦袋裡，塞滿了一句又一句沒有答案的自我審問，真是要把自己折騰死了，我伸手抓起在床頭櫃的手機，早上八點半，還有一則來自湯以凡的訊息。我無法忽視感覺到心跳加快的事實，從什麼時候湯以凡的名字擁有了這樣的威力，能夠讓我睜開眼睛第一件想的事情是他，能夠讓我在點開他訊息之前就緊張的小心翼翼？

他的簡訊在半夜兩點傳來，正是我剛好回到自己小木屋後的十分鐘後，短短的訊息寫著：

晚安，希望妳能夠睡個好覺。

我喜歡被他惦記的感覺，喜歡被他保護的感覺，從這趟旅程開始到現在，不過短短第二天，他卻已經好幾次在我脆弱或形單影隻時用最自然的方式來到我的身邊，拯救我於無助。

和Matt總是閃閃發光不一樣，湯以凡善於觀察，不愛出風頭，卻帶著一種溫暖的光，讓人想待在他身邊。

今天一整天都沒有公事，下午陶珊幫大家安排了出海浮潛活動，在早上洗了個清爽的冷水澡，簡單的肌膚保養後，我望著鏡子裡素顏乾淨的自己，突然覺得如果能這樣開啟全新的一天也不錯，我換上簡單的細肩帶棉麻長裙，就穿著涼鞋慢慢散步去用早餐。

昨晚華麗的晚宴大廳，已經將自助早餐一字擺開，桌上插著素雅的栀子花，有不少賓客已經在餐廳用餐，我找了一桌靠近角落的戶外座位，享受著手裡的鮮榨果汁，望著眼前人來人往的沙灘，所有來到PP Wonderland的人們臉上都洋溢著幸福的表情，某種程度上我也許就是喜歡看人們擁有這樣的表情，也才會讓我對婚紗這份工作充滿了熱情。

一對身穿天空淺藍亞麻襯衫配T恤與淺白色洋裝的男女遠遠從沙灘的另一端走來，賞心悅目的畫面，兩人雖然沒有特別靠近或肢體互動，卻有一種無比的和諧感，直到他們的身影走近餐廳，我這才領悟原來是湯以凡和陶珊。

看來他們倆仍然想當彼此最好的朋友，陶珊這趟旅行都沒有威廉哥陪在身邊，而湯以凡……我不由自主的盯著他們夾菜的背影，湯以凡端著盤子轉身尋找座位時，目光正好掃過了我的方向，他露出微微驚訝的微笑，便決定朝我這邊走來。

我還沒準備好面對他，唯一的方法就是走為上策，我匆忙倏地起身，直接撞推了桌子，杯裡喝到一半的咖啡就這樣灑了我的白裙一片。

「啊！」我簡直想挖個地洞立刻消失，餐廳的服務生見狀，早湯以凡一步抵達，立刻前來幫我整理桌面，湯以凡也端著盤子來到我的桌前，「慢慢，妳還好嗎？」

「嗨……嗨！我還好，有點粗心哈哈哈！」我抓起服務生遞來的溼紙巾，難掩慌張地在染成咖啡色的白裙上胡亂擦抹，盡可能不抬起頭和他四目相對。

可惡，這種時候我竟然還是素顏狀態。

湯以凡還沒開口，陶珊也走了過來，「糟糕了，慢慢，妳的裙子！妳要不要換下來，我請飯店管家幫忙送洗處理……」

「沒關係，我……我趕快回房間換衣服就好了。」

「妳用我的襯衫先綁在腰上吧。」湯以凡放下手裡盤子，便一口氣脫下他穿在T恤外的淺藍色襯衫打算遞給我，陶珊卻打斷了他，「那件是我送你的耶，不要弄髒啦。這樣吧，我請他們安排禮賓車，送妳回去房間。」陶珊擔心地說道，一邊用流利的英文告知服務生，湯以凡手裡那件要給我的淺藍色襯衫，默默地收了回去。

有一個瞬間，我很氣湯以凡的溫柔體貼，如果不是他的這些微小舉動，我的思緒或許就會更加清晰一些，我更氣自己竟然閃過一個嫉妒起陶珊的念頭，他如果對我一個誰也不是的人都這麼好了，陶珊作為一個十五年來他眼中的唯一，那該有多奢侈啊！

湯以凡當時與我在咖啡廳，細數陶珊的種種優點與珍貴之處的神情，仍然歷歷在目，而陶珊竟然對此一無所知，甚至在結婚後還是恣意地享受湯以凡的溫柔，她到底為什麼可以這樣？

這些過往從來沒有出現過的複雜情緒，在一夕之間如海浪般拍打著我的心，讓我心煩意亂到了極點。我抓起手上的包包，「沒關係，謝謝，我自己走回去就可以。」

「確定嗎？禮賓車很快就來……」她困惑地說。

「嗯，不要擔心。謝謝妳。」我經過他們身邊，可以感覺到湯以凡的目光有些緊張，有些擔心，欲言又止的表情，我卻反而很希望這時候的他能對我再說些什麼，可是他並沒有，就這樣和陶珊站在一起，目送著我穿著一件一點也不清爽的洋裝逃離現場。

我發現我竟然開始討厭看到湯以凡和陶珊站在一起的樣子，他們之間的和諧，讓我像是一個局外人。

這樣的心情卻讓我更加心慌，我知道湯以凡對我很體貼，但若陶珊一出聲，他連一件襯衫外套都可以收回去。他對我的所有體貼，都是陶珊准許的，都是她與我分享她所擁有的一小部分而已。

我討厭陶珊仍擁有著全部的他，儘管她根本不想要，而我更害怕那一個開始想將湯以凡占為己有，不知天高地厚的自己。

我逃回房間匆匆換下被咖啡弄髒的白裙，穿著睡褲杵在衣櫃前苦惱，難得今天拿出了最漂亮的一件白裙，結果卻發生這種意外，不只因為下午要去浮淺和跳島觀光，更因為今天是我三十歲的生日，儘管在宛如天堂般小島的奢華渡假村裡我是孤身一人，但不論如何我都值得在專屬我的日子裡打扮一番，偏偏我將我行李中所有白天的服裝都試過一輪，就是找不到一件讓人滿意的。

這些衣服都很好，但就不適合三十歲生日這個重要的一天。

於是我決定去渡假村裡的購物小徑逛逛，有一排充滿海島風情的服飾精品店、當地手作藝術品工作坊進駐，提供遊客們體驗手作編織等活動，我一手拿著剛才在小店裡買的熱帶芒果汁，手臂掛著一袋戰利品，用划算的價錢買了泰國設計師獨立品牌的海島洋裝，心情不由得飛揚了起來。

我站在另一家小店櫥窗外，目光被各式各樣精緻的貝殼與珍珠飾品，沒有注意到湯以凡也正巧獨自在街上逛街。

「看來有人買得很開心哦。」他悠然自在地手叉在口袋裡，那件淺藍色的亞麻襯衫穿回了他的身上，他戴著太陽眼睛，露出迷人的微笑。

我心中吃醋的複雜心情還沒飄散，隨即被與他不期而遇的那份暗自竊喜取代，我高舉手臂上的紙袋：「既然裙子弄得那麼髒，我想老天爺就是要我大肆Shopping吧！」

他露出清澈又爽朗的笑聲，「哈哈，是是是。妳說得都對。」他望向櫥窗，「有看到喜歡的東西嗎？」

「如果可以我想全部帶走！每一件都好漂亮啊！」

「有人這麼貪心的嗎？」

「我就是貪心，你管我。」我的確貪心，這也是我剛才發現的新的體悟。我暗自心想。

「那有看到特別想要的嗎？」他問

我忍不住盯著他看幾秒，隨即將目光胡亂指向櫥窗：「你看，他們的貝殼飾品，好有氣質。可惜有點貴，不然我一定會失心瘋。」

他便順著我手指的貝殼系列看過去，附和了幾句「滿好看。」之類的標準男人回答，我們便一同繼續在購物小徑上閒晃。

他沒有主動提起昨晚的事情，我當然也裝作沒事發生，儘管我內心很想知道他在想什麼，但看到早上他和陶珊的互動，不必問也大概略知一二，他分明就還沒完全放下她。

我並不想在自己三十歲的這天自討沒趣，往自己身上潑冷水。

「下午妳也會來浮潛吧？」我們沿著小徑繼續慢慢走，我很慶幸我們之間仍像是什麼都沒發生一樣的自然，同時卻也很鬱悶，想偷窺他的腦袋到底怎麼解讀昨晚發生的事情，否則怎麼有辦法一副若無其事的模樣。

「陶珊有邀請我，聽說這裡的珊瑚礁很美，我超級期待。你也會去吧？」

他點點頭，「那當然。我可是被迫參加茱蒂她們全套渡假行程呢。」

「那還真是委屈你了齁。」我偷偷挖苦他，他還順勢繼續接話：「妳想體驗看看和她們一起旅行的感覺，歡迎。我的位子讓給妳。」

「沒關係，我自己就很好。」

他哈哈大笑，「幸好這趟旅程還有妳。」

接近中午的燦爛陽光照亮在我們身上，不知道是他的這番話，還是他因為陽光變得明朗立體的側臉，我的臉不自覺紅了起來，默默地低下來頭。

不知不覺又走回海灘的起點，海灘與浪潮的交界處有一艘渡假村的彩繪獨木舟擱淺著，一對講著典型美國口音的老夫婦觀光客正在一旁徘徊，留著銀白色絡腮鬍的美國老先生賣命地替戴著草帽的太太拍照，湯以凡主動開口：

「Want a picture together?（想要一張合照嗎？）」

便用流利的英文與老先生熱切交談，他接過手中那台帶有年代感的數位相機，老先生像個興奮的小男孩也踩進水中，走到太太旁摟住她的肩膀，露出幸福洋溢的笑容，我站在一旁微笑地看著眼前讓人心生幸福感的畫面，真好呀，擁有看似這麼平凡的幸福，原來是一件這麼需要運氣的事情。

湯以凡熱情地替他們拍了好幾張照片，讓老夫婦們十分滿意。

「It's your turn! Come' on, you two are a beautiful couple!（換你們了，來吧，你們倆是一對美好的情侶）」

老先生拍拍湯以凡的肩膀，他先是有些為難地看著我，尋求我的意見：「妳想要拍合照嗎？」

和湯以凡認識了也好一陣子，除了在陶珊婚禮上的大合照，我們倆並沒有一張單獨的合照，於是我一口答應，他便拿出口袋裡的智慧型手機，走到美國老先生旁進行教學。

「慢慢，妳先站到船的旁邊去……」他指揮我，我立即脫下涼鞋，踏進沁涼清爽的海水中，走到了那艘俏皮的獨木舟旁，湯以凡有耐心地教老先生用手機拍照，我看著前方的鏡頭與他們擺出大大的微笑，有一瞬間他從手機裡探出頭來，與我四目相望，淺淺地也予以微笑回報。

「Ok..... I got this, no problem!」老先生向湯以凡點點頭，於是湯以凡便小跑步到我的身旁，站到了我的右手邊，「這是我們第一張合照耶。」他低聲地說，臉上仍掛著笑容望向前方。

「Closer!You guys should get closer.（靠近一點，妳們應該要靠近一點）」

老太太一旁看熱鬧，慫恿著我們往彼此再站近一點，湯以凡客氣地往我的身邊靠近了一小步，我也悄悄往他的肩膀移去，但老太太仍然興奮地給出更多指令：

「Aww..... give her a hug kid!（噢，擁抱她吧！）」

湯以凡起初假裝沒聽到，但又看了我一眼，似乎有些猶疑，我自然地傾向他的身體，他的手臂微微地震了一下，隨後便深吸一口氣，張開了左手臂越過我的頭頂，將我緊緊地擁入了懷中。

他聞起來有沐浴乳和衣物柔軟精，還有陽光乾爽的氣味，我伸手環抱住他的腰，感受這一秒帶來的微小卻難以忽略的悸動。

我等不及好好看一眼這張照片了，我知道我的笑容鐵定有些害臊，但絕對很真實，我更想知道湯以凡此時此刻的神情，是否能夠回答我腦海裡所有的疑惑，我偷偷用眼角餘光抬頭看了他一眼，微笑非常迷人陽光，墨鏡下的雙眼卻不同於以往，是哭泣過的浮腫痕跡，我們之間的距離明明是一個擁抱，但我仍然不明白他所有的事和心情，湯以凡與我此刻看起來是如此靠近卻又無比遙遠。

✿

遊艇輕快地奔馳在海面，沁涼的海風中和了午後烈日的曝曬感，別墅成員全體都到齊了，一行人熱鬧喧騰地在船上開派對，為即將到來的浮潛活動作準備，大伙陸續穿上救生衣和蛙鞋，我很難不去注意到穿著比基尼、露出窈窕火辣曲線的Jenny，以及老是在她腰間上游移的那雙手的主人。

我必須說我對Matt的情感，從原本的遺憾與難過，漸漸地轉變為失望與火大，他可以不認定我們的關係是前男女友，但看在我們曾經有過一段美好回憶的份上，他大可尊重我的存在，沒有必要在我的面前與新的女人無底線地公然曬恩愛，果然交友軟體上認識的玩咖，從一開始就不可能有好結果，我只能怪自己當初固執又天真，才會不聽芮娜和湯以凡的忠告，掉入Matt的陷阱裡頭。

坐在我身旁的湯以凡穿好自己的浮潛裝備，戴著面鏡的臉有些滑稽，咬著呼吸管轉頭看向我，我不小心噗哧一笑，他有些莫名其妙地聳肩，指著我的面鏡，要我趕快戴上。我嘴裡咬著粉色髮圈，舉起雙手快速紮起馬尾，他還是盯著我看，「你這樣盯著我看壓力很大耶。」我說。

他下意識地別開頭，我紮好馬尾後試圖將面鏡戴上，卻因為頭髮礙事而有些亂七八糟，「湯以凡，可不可以幫我一下忙？」

他伸手幫我把面鏡的鬆緊帶放到不會卡到馬尾的地方，左右調整了一下，確保我的面鏡不會進水，也不會讓我的頭渾身不舒服，「OK。」他溫柔地拍了兩三下我的頭頂，我很慶幸自己現在背對著他，有一半的臉的面積被面鏡遮住，否則他就會看見我因為他那無心舉動而有些不知所措的害羞表情。

沒有人告訴他，如果他並不希望一個女生對他心動，他就不應該亂摸她的頭嗎？

船長將遊艇駛到潛點區域，他和大家約定了半小時後回到船上前往下一個地點，大夥撲通撲通一個一個跳入海水裡頭，湯以凡排在我的後面，我深吸一口氣，讓自己被清涼的海水擁抱。我輕巧踢著水，感受自己身體的律動跟著大海的呼吸起伏，我望向下方，立即被隱藏在海面下的夢幻美景驚豔：五顏六色的珊瑚礁、熱帶魚成群游過，望左、望右都能收穫一片美景。我在海裡聽著自己的呼吸聲，心跳的節奏平穩有力，專注在自己的世界裡，彷彿與世隔絕，終於在這趟旅行裡頭第一次體驗到平靜，渡假就應該是這樣。

這個適合浮潛的區域，除了我們這艘遊艇，也有不少其他渡假村的船隻，我為了避開稍微擁擠點人群，便順著海浪往我自己的右手邊游去，當我終於回過神抬起頭，才發現自己已經偏離了我們的遊艇，甚至哪一艘才是我該上船的遊艇，我的心裡都開始起疑，想起集合時間才意識到我並沒有戴手錶，這時心裡中瞬間產生的慌張讓前一秒的平靜感消失的無影無蹤，萬一集合時間已經到了而他們忘記我，就這樣開走了呢？萬一沒有人發現我在這裡呢？

我飄在海面上，開始試圖向人群聚集的區域奮力游去，每個人都將頭往下沉在海面裡，抬起頭的也是一張張戴著面鏡的陌生臉孔，我終於意識到眼前的情況不妙，孫慢慢，快仔細回想船上任何人的泳衣顏色、款式，我不停在海上浮潛的人群裡徬徨划水，眉頭不自覺皺得非常緊，我竟然連湯以凡穿什麼樣子的泳褲都絲毫沒有印象，該死，我不會要在三十歲生日這天獨自被遺忘在熱帶小島的海洋吧？

「孫慢慢！」

湯以凡熟悉的嗓音大聲傳來，我立即望左看，戴著面鏡、穿著藍白條紋泳褲的男子朝我靠近，一把狠狠抓住了我的手。

即便隔著面鏡，我也能從他的口氣裡聽出他此刻的心情非常激動。

他語氣著急地破口大罵：「妳為什麼一個人游到那麼遠，都要靠近石洞了！」他和我漂浮在海面上，我嘴裡仍咬著呼吸管，來不及移開，他繼續說道：「我們以為妳不見了！天啊，妳嚇死我了！妳瘋了嗎？為什麼游到這麼遠！」

他拉著我的手一起游回船上，抓的非常用力，終於游回我們的遊艇，我才發現距離我原本的位置非常遙遠。

我心有餘悸地爬上船，陶珊憂心忡忡地走過來，趕緊為我披上毛巾，我的心臟近乎發狂地跳動，想到自己可能差點真的被遺忘在大海，要是湯以凡沒有回來救我，我的三十歲生日會成為最後一個生日。

我故作鎮定地向大家道歉，笑說自己太粗心了，忍著內心那股由恐慌和被湯以凡大罵而委屈所交織而成的淚水，脫下蛙鞋，假裝要找水喝而躲進了船艙。

出乎意料的，第一個隨後進來的人並不是湯以凡，而是Matt。

我仍然忍住眼淚，並不想在他的面前哭，將頭別向他的反方向，灌著手中礦泉水，手還有些不自覺地顫抖。

他走到我面前，這是我們倆在分別後第一次正面談話，「……妳還好嗎？」

我點點頭，「我沒事。」

我依舊沒有正眼看著他，我並不想在這樣的情況下和Matt假裝若無其事的交談，我們都清楚彼此之間還有話需要說清楚，但我們卻表現地彷彿事過境遷，這不是我想要的，更別說他顯然已經找到新的女伴，又怎麼會在意這些過去的事情呢？

他抿著嘴，沉默了幾秒，「那就好。」

光是他站在我面前，我心中就浮現出很多問題想要問他，為什麼這麼輕易就放棄我們了？當時我們在一起的那些時光和共享的情緒，對他來說就是一場遊戲嗎？他憑什麼在我的生命裡說出現就出現，要消失時就一走了之，在交友軟體上也是，在現實生活中也是，他到底為什麼要這樣對我？……這些種種聽起來永遠無解的叩問，我想他也不會給我一個讓我好受的答案，正如芮娜說過的：一個男人要是想離開妳，妳永遠都不會知道真正的理由，妳只需要接受他並不想跟妳在一起的事實了，然後往前進。

「嗯。謝謝關心。」我握住手中的寶特瓶，走到船艙角落的座位坐下，他見我拉開距離，立即轉身踏出船艙。

我裹著毛巾，將頭壓低後終於忍不住掉下眼淚，我安靜地啜泣，釋放餘悸猶存帶來的壓力，哭的非常安靜，不想引起外面任何正在吃著水果、喝著飲料解渴的派對動物們的注意。

然後，終於他來到我的面前，蹲了下來。

語氣比海面上的波光粼粼要更溫柔，「慢慢，對不起。」

聽到他沒來由的道歉，彷彿轉開了我的淚水開關，我的眼淚失控地不停湧出，一滴一滴落在我的膝蓋上，他的大拇指輕柔地覆在我的臉頰，抹去了我掉下來的淚珠，「我剛剛對妳太兇了，對不起。」

他繼續說，也繼續幫我擦著眼淚：「上船後發現妳並沒有上來，在海上也找不到妳的時候，我實在太害怕了，以為把妳弄丟了，所以找到妳時才那麼激動。」

「對不起，我不是故意要兇妳的。原諒我好嗎？」他說。

明明做錯事的事我啊，湯以凡，你總是這麼溫柔嗎？你一定要這樣溫柔嗎？

「……是我不好，你說的沒錯。是我的錯。」我語氣顫抖地說，雖然理智上知道湯以凡有絕對的理由生氣，回想到他氣急攻心發怒的樣子，我心裡卻有一陣擋不住的委屈，更氣人的是我竟然會忍不住的臆測，如果今天是陶珊，他也會這樣嗎？

孫慢慢，妳別再哭了啊，別表現得像青春期少女。

我的內心在尖叫，試圖透過理性來關掉淚水開關，誰知道反而適得其反。

他微微起身半蹲，將我擁入懷中，輕輕地、像海浪的頻率一樣地摸著我的頭，嘴裡一邊說著：「沒事，沒事，有我在。**我找到妳了，接下來也不會讓妳一個人的。**」

聽到他如此溫柔的安慰，我哭得更加厲害，他的手掌好溫暖、擁抱好深沉，儘管身上的毛巾又溼又冷，我卻只有感覺被溫暖包圍。

不論他知不知道摸頭會讓一個女生忍不住心動，他都絕對知道，當他如此對待我時，對我的影響力有多大。

07 自己找到的禮物最珍貴

湯以凡

我的人生從來沒有一刻比剛才還要令我恐慌，**失去孫慢慢**的這個念頭一閃現在腦海裡，我就全身緊繃、呼吸急促，像喉嚨被緊緊掐住一樣窒息。

最讓人懊惱和生氣的事情是，當我發現孫慢慢並沒有準時回到船上時，猛然望向海面上一個個正在浮潛的的人影，竟然腦中一片空白，完全想不起來孫慢慢今天穿了什麼顏色的泳衣，完全對她的身影沒有概念，一群人不知道該從何找起，是Matt詳細描述了她今天穿的比基尼顏色，我們才得以快速找到她飄浮在遙遠的另一端，又一次，偏偏是Matt做到了我應該要做到，而且也必須要做到的事情。

我用力地握緊了她的手，彷彿時時刻刻都要確認她在我的身邊，我們緩緩地跟著海浪起伏而漫游在海上，來到第二個潛點、第三個潛點，我始終都牽著孫慢慢的手，兩人一起行動，繼續今天下午的浮潛行程，她似乎已經漸漸釋懷了稍早發生的意外，興奮地在海面下用手指著珊瑚礁和經過眼前的熱帶魚，我喜歡看孫慢慢快樂的樣子，她開心時笑起來眼睛像彎月，即便戴著面鏡我依舊能看得清晰，在海裡時我聽著自己呼吸的聲音，隨著她的笑容，我的心跳而起起伏伏。

在孫慢慢的婚紗工作室第一次相遇時，我的世界裡只有陶珊，等待有一天她能發現真正的我，沒有預料到原來陶珊一直在等待著我面對真正的自己，而這一等就過了十五年，十五年過後迎來的結局卻是我們各自在同一片海洋裡往不同方向游去，誰也沒有想到如今陶珊仍然在，和我牽著手在熱帶島嶼的美麗海洋裡共度時光的卻是孫慢慢。

而我心中充滿了幸福感，這樣的感受並沒有因為牽手的人不是陶珊而消散，這也是我第一次逐漸明白，原來能讓我的內心感覺到幸福的，也許並不是非陶珊不可，也許……也許……孫慢慢當初說得對，陶珊始終都不是那個對的人，只是我並不願意相信我們有緣無份的事實。

既然如此，此時孫慢慢帶給我的這種幸福感，又是什麼呢？

我發現原來幸福和困惑會同時存在，她記得前一晚差一點發生在我們之間的那個酒醉的吻嗎？對她而言，她仍然在等待心中那一個對的人，而那個人永遠不可能是我嗎？

我們一直到浮潛結束都牽著手，在回程的船程上她坐在我旁邊，在夕陽將海面染成一整片震撼的金黃時，我看到她眼裡閃爍著激動，魔幻時刻有強大平靜內心的力量，難得連最吵的茱蒂都安靜下來，靜靜地欣賞眼前大自然招待的夢幻美景。

時間過得特別緩慢，孫慢慢微微地將頭向我的肩上傾斜，我隱隱吸了一口氣坐挺上身，好讓她能自然地靠在我肩上，我的左手掌與她的右手掌，放在各自的膝蓋上，在毛巾下若無其事地相碰著，我腦海中有各種思緒在翻騰，但是最後我鼓起了勇氣，將左手覆上了她的右手，輕輕地用力向下彎曲包握住她的手，幾乎是同一時間，她的手也回應了我，我們始終沒有看對方，就這樣感受著彼此手掌傳來的溫度。我的心跳飛快地跳動，在一片祥和的夕陽映照下，我好想大聲歡呼。

我這次明白了，我終於明白了。

這一次牽手，不是怕在海裡失散，不是因為喝醉踉蹌，純粹就是因為我喜歡孫慢慢，我希望她能成為那個一直和我看夕陽的人，我希望她心中也對我有同樣的感覺。

我貪心的想要成為那一個擁有她全部的心的那個人。

✿

結束一天的浮潛後大夥打算各自行動，千金小姐們打算先去泳池酒吧喝幾杯，陶珊則得去為了晚上ＢＢＱ活動做最後準備，下船後她走到孫慢慢旁，先是看了我一眼，隨後很快將目光回到她身上，掛著客氣的笑容詢問她：「慢慢，晚上妳要一起來ＢＢＱ嗎？」

孫慢慢禮貌地婉拒陶珊，表示今晚自己想去渡假村SPA區的小山坡上景觀餐廳體驗一下，「那我就先走囉。祝妳們派對玩得開心！」她瀟灑地揮揮手，往另一頭她的小木屋走去。

我非常想追上她，我想和她花更多時間獨處，無奈陶珊一行人仍在原地嘰嘰喳喳，我只能順勢待在原地，看著孫慢慢頭也不回的背影。

她們原地閒聊起天來，讓我更加焦急難耐，一心只想著和孫慢慢講話的我，此時對於這群女人的長舌狀態更是不耐煩。

直到她們終於陸續跳上雙人禮賓小車，陶珊坐上最後一台車，指著旁邊的空位，在車上向我招手呼喚：「湯以凡，快上車啊。」

我看了她，又躊躇了一下，「我突然急著想上廁所，去大廳一下。妳先和她們回去吧！我等等自己散步回去。」

陶珊嘟噥，「有這麼尿急？……那好吧，不要太晚回來喔！派對七點半開始。」

「好啦知道了。晚點見。」

我故作姿態晃悠進大廳，目送所有人的禮賓小車出發離開後，便隨後小跑步朝著孫慢慢的小木屋方向前去，希望孫慢慢沒有像我一樣只是胡亂謅了藉口而去了不明所以的地方，我一邊在腦海裡模擬著自己想說的話，一邊忐忑萬一今晚就這樣與孫慢慢擦身而過該如何是好。

我一直記得今天這一個特別的日期，記在我的工作行事曆上，**孫慢慢生日**，她這趟旅行沒有對其他人提及過的三十歲生日，我不想讓她一個人孤單度過這樣重要的節日。

我一身狼狽的來到孫慢慢的小木屋前方，遠遠就忍不住露出微笑，我看見她披著毛巾，仍然溼著頭髮坐在小木屋前的台階上，看著我氣喘吁吁地朝她小跑步而來。

「呼……呼……嗨，孫慢慢。」我撐在階梯扶手上大口喘氣。

她手撐著下巴，淺淺地笑著看我：「還好我沒有像個傻瓜一樣白等你。」

我的心頭又再度叮噹作響，孫慢慢就像一陣又一陣的清風，拂動著我的心情。

明明以前喜歡陶珊的時候，我都還能保持鎮定的啊！**湯以凡，有點出息。**

「我來是想問妳……妳今晚……還是要一個人吃飯嗎？」我仍舊喘著，氣喘吁吁的狀態讓我的問題聽起來更加笨拙。

「如果你沒有跑過來問我，我是打算一個人沒錯。你想加入嗎？」

「小山丘上的泰式景觀餐廳對嗎？」

「沒錯，你沒意見吧？」

我點點頭，「那……孫慢慢，我可以……」

「嗯？」

「可以……請妳打電話去多加一個位子嗎？」

她愣了一秒，隨即放聲大笑，「哈哈，湯以凡，你如果都是這樣把妹的，難怪追不到陶珊。」

被孫慢慢這樣突如其來的一糗，我恨不得鑽個地洞躲起來檢討一下自己，而且她實在非常懂我的痛點在哪，分毫不差地在傷口上灑鹽。

她輕快地從台階上起身，一副「早就知道」的得意口吻：「我已經打電話改好了。湯以凡，那就七點半在餐廳見囉？」

「七點十五，我來門口接妳。」

我認得孫慢慢這個特別可愛的表情，明明很興奮卻裝作很鎮定的模樣，她優雅地點頭：「那好吧。」

她關上小木屋門之前，對我揮手說了再見，我感覺自己像在做夢一樣美好，心裡已經開始盤算該如何在一個小時之內完成所有準備。

✿

我以自己為榮。

在一個小時內洗好澡、整理好頭髮，和飯店櫃檯借熨斗燙襯衫，打電話給餐廳緊急安排慶生蛋糕，還訂了一束花，這一切渡假村的管家團隊全部使命必達，作為一個臨時抱佛腳的男人，光這些服務就夠我給這家度假村兩次滿分好評。

我仔細地將那小小的，裝著貝殼項鍊的象牙白絨布袋，妥妥地收進我的深色卡其褲口袋，萬事俱備。

在門口等待女孩，是我過去十五年非常熟練的事情，只不過這一次我等的人再也不是陶珊，而當孫慢慢穿著深藍色繞頸緊身長裙，一頭浪漫的長捲髮，漾著微笑打開門時，我有好幾秒都說不出話來，上一次無意間撞見她穿婚紗的樣子，也是同樣的心情。

「Ta-da！」她趣味地轉了一圈。

「妳很漂亮。」

「謝謝，你也很好看。這樣搭配。」她指了指我的襯衫和褲子，明顯有些因為被稱讚而感到害羞。

我的心跳速度就從這一刻開始加快，我偷偷地深呼吸，想讓自己冷靜下來，孫慢慢隨即問我：

「我們這樣……算是約會嗎？」

想當然爾，我的深呼吸策略失敗，被她這樣一問反而更加慌亂。

湯以凡，鎮定。鎮定。

「不然還能是什麼？」我看著她泛紅的臉，知道自己這一題安全過關了。

她主動地牽起我的手，好像這一切就這樣自然，我們倆刻意繞遠路避開了喧騰的泳池派對，行經海灘的另一端，彷彿高中生避開所有人目光偷偷約會的青澀時期，一路散步到蜿蜒的樹林小徑，抵達渡假村小山坡上的景觀餐廳。

餐廳戶外座位讓我們得以從高處瞭望整片海灘和點亮夜空的度假村，我和孫慢慢一邊吃飯，一邊自然地談天，聽她漫天談工作發生的事情，聽我講千金別墅裡有什麼荒唐的趣事，我們倆很有默契地不談關於我們之間所發生的事，那個差一點發生的吻、合照時的擁抱、自然而然的牽手，像房間裡一頭巨大的粉紅色大象，誰也不願意先觸碰。

我看著孫慢慢豪氣地點了分量十足的甜點，心滿意足吃掉盤子中的最後一口芒果冰沙，她說：「湯以凡，謝謝你陪我吃飯。其實啊今天是……」

我阻止她，「等一下。妳先不要說。」

「啊？」她一臉困惑，完全沒有頭緒我為什麼會有這樣的反應。

服務生終於看懂我在她點甜點時就不停給出的提示，端上了插著蠟燭的生日蛋糕與一束淡雅的熱帶風格花束。

她驚訝地瞪大眼睛，掩藏不住突如其來的驚喜感，我看著她的眼睛說道：「孫慢慢，生日快樂。」

她接過花束，感動地盯著蠟燭和蛋糕，再抬頭看著我：「謝謝你，你怎麼會知……」

「趕快把握時間許願呀。」我用手掌護著被風吹動的燭火，督促著她。

孫慢慢點點頭，閉著眼睛雙手十指緊扣，低聲呢喃：「第一個我希望所有我愛的人都幸福……第二希望工作室順利……第三……」她靜默，隨後一口「呼」吹熄了蠟燭。

我凝視著她許願的模樣，竟然貪心地希望她的願望能與我有關。

她的欣喜若狂全寫在臉上，顯然非常開心我幫她偷偷準備了慶生，「但是你怎麼會知道我的生日？」她說

「妳有和我說過呀。妳忘記了。」其實她並沒有，她是和Nobody說過。

她皺眉，似乎也有些懷疑自己的記性，「是這樣嗎？好吧……那你還記得，真的謝謝你。」

「其實我還有一個東西……」

是時候拿出我最後的驚喜了，我伸進口袋，東摸西摸卻有一股不祥的預感從心底快速竄升，那一個最重要的天鵝絨布袋竟然消失了！

我臉色驚恐，快速回想可能會掉在哪裡，難道是剛才經過沙灘時我們停在沙灘酒吧前，我拿出手機幫她拍照時掉了出來？想到我在這個重要環節，本應該是劃下完美句點的最後一手，竟然變成最大的麻煩，而且茫茫沙灘，我該去哪裡大海撈針找一個小小的絨布袋？

「怎麼了？你怎麼臉色這麼難看？」她發現我的異樣，擔心地問。

太糗了，實在太糗了。她說得沒錯，我就是這樣把妹才會永遠追不到喜歡的女生。

我大嘆一口氣，搔搔頭：「那個……我其實有準備一個禮物，但……它暫時不見了。」

她依舊困惑的表情，「是……另一個驚喜，還是真的不見了？」

我苦笑，「很抱歉，是真的。妳恐怕得跟我到沙灘一起去尋寶了。」她見我愁眉苦臉講出如此荒謬的請求，頓時鬆開眉頭，笑了出來。

「湯以凡，真有你的。」

原本我盤算好在餐廳上浪漫地慶祝生日，就這樣演變成我們匆匆吃完蛋糕，加快腳步從小山丘上快步走回原先經過的沙灘，並試圖在沙灘酒吧前那片剛才拿出手機拍照，鋪著毛毯、戶外軟枕頭與燭光的酒吧座位，地毯式尋找小絨布袋的蹤影。

「抱歉，孫慢慢，我真沒料到變成這樣。」我彎著腰，用手撥開沙子，試圖努力在腦中回想可能在什麼時機掉落。

她穿得一身華麗性感，卻被迫脫下低跟涼鞋，赤腳與我在沙灘上彎腰找尋她的生日禮物。沒想到她完全沒有生氣，一邊打趣地開玩笑：「自己找到的禮物，感覺更珍貴。我們一定要找到。」

我內心感到十分懊惱，更專注地用手機手電筒搜索著每一塊軟枕頭和抱枕下的沙子，孫慢慢也沒有說要放棄，就這樣與我一起找了二十分鐘。

在我本人都即將要放棄，打算明天再去補買禮物的最後時刻，一個閃著銀白色的小袋子，在最角落的地毯邊緣沙丘裡露出一角，我急忙用跪爬姿態靠近，抓起那一個消失的天鵝絨袋，感謝上天幫忙！我在內心激動大吼。

「在這裡，我找到了！找到了！」

孫慢慢鬆了一大口氣，跑到我旁邊的地毯上，以正襟危坐的坐跪之姿，看著我：「我準備好迎接我這份**得來不易**的禮物了。」

我將那串貝殼項鍊從絨布袋裡小心翼翼地拿出來，她倒抽了一口氣，眼角裡泛著感動的淚光：「天啊，是我今天早上說好看的那條項鍊。你竟然買下來了。」

「抱歉，來得有點晚，但還好我們找到了。送給妳的生日禮物。」

她連忙道謝，「幫妳戴上嗎？」我問。

她點點頭，轉過身撩起頭髮，露出性感迷人的後頸線條，我手些微顫抖地替她戴上項鍊。

「很好看，很適合妳。」

「謝謝你，湯以凡。你為我做太多了。」她給了我一個擁抱，隨即又低頭看著頸上的項鍊，非常開心的笑臉十足迷人。

「不客氣。妳喜歡最重要。」

我們倆將背倚靠在軟沙發上頭，有一個短暫的沉默，彼此就只是看著眼前的黑夜星空，聽著後方酒吧的爵士音樂，以及在遠方傳來的派對喧囂。很奇怪的是，我以前總很害怕沉默，總希望和陶珊有說不完的話，但面對孫慢慢，我們之間的寂靜卻讓人感到平靜。

她輕柔地聲音闖進了這樣的沉默之中，「喂……湯以凡。」

「嗯？」

「……你記得昨天晚上我們說過的話嗎？」

「妳是說，妳喝醉時說的話嗎？」

「你知道，其實……我並沒有那麼醉。」她靜靜地說，我轉頭望向她的側臉。

「哪一部分？」

「全部。……包含你說，如果我們是彼此對的人，那個吻……就保留到那一天。」

我可以清楚聽見自己心跳的每一個節奏，既平穩又飛快，一種難以言喻的感覺，像是你知道世界要變得不一樣的前夕，你想做好心理準備，卻又無從預期。

「嗯，原來妳記得我說什麼呀？」

她又安靜了幾秒鐘，似乎也在猶疑，只是她仍然沒有看著我，只是望著前方。

「……今天，是那一天嗎？」

我沒有回答，我問自己，今天是那一天嗎？

然後她微微轉向我，那雙漂亮的眼睛看著我的眼睛，似乎已經回答了所有的困惑，我們彼此的眼神都沒有逃避，凝結在空中。

我沒有再多說一句話，也不想要再多說一句話，我不想再壓抑想擁抱她、親吻她的衝動，傾身將她柔軟的身體全部摟進我的懷裡，終於不帶著任何疑惑、猶疑甚至對陶珊的罪惡感，深深親吻了孫慢慢。

對我來說，今天，就是那一天。

嗚哇。嗚——哇！

我剛才經歷了人生裡最棒的一次接吻經驗。

湯以凡將我摟進懷裡，嘴唇落在我的雙唇肌膚上時，我的全身有一道強烈的電流通過，令我心神目眩，他的溫柔與渴望用最完美的比例融合，讓我深深墜落在這一個悠遠恆長的吻裡頭。

整個晚上我知道有他就會很棒，可是我完全沒有預料到這個三十歲的夜晚那麼棒。

他準備了一切的慶生驚喜，惦記著我說過喜歡的貝殼項鍊，每一次他看我的眼神，都藏著溫柔和理解，他是如此專心在聆聽我說過的每一句話，甚至連我自己都忘記說過的生日，他也能牢牢記在心裡。

我非常享受兩個人有些狼狽地在沙灘上尋找失蹤的生日禮物，沒有那束鮮花、那顆生日蛋糕來得精緻，但卻很**真實**，我們並肩靠在軟沙發上望著夜空的那幾分鐘，是我近期以來心情最安定的少數珍貴時光，也就是那時候我好像理解了什麼：現在的我不需要一個完美的約會對象，不需要華麗的餐廳、不需要鮮花和排場，我只需要真實，而湯以凡讓我可以看見自己和他迎接更多生活中的平凡瑣事，為了晚餐要吃什麼沒頭緒而煩惱、為了在半夜兩人共享一碗泡麵而感到幸福、為了挑選一部彼此想看的電影而鬥嘴。

儘管昨晚已經被他拒絕過一次，一整晚我依舊在期待他吻我，然而這傢伙卻遲遲沒有行動，這讓我感到有些沮喪，甚至有些心急，於是當我意識到也許湯以凡可能才是一直以來我在尋找的那個人時，我再也無法繼續當被動的角色，開口問出了那一個重要的問題。

我必須承認，我從來沒有料到和湯以凡能夠擁有這樣的化學反應，但他的吻澈底地顛覆了我的想法，我們的吻從第一秒開始到最後一秒，都非常完美，我喜歡被他呵護在懷中的感覺，他的手掌從我的背慢慢移動到我的後腦勺、我的頭髮，最後用溫熱的手掌捧著我發燙的臉頰，每一個瞬間都激起了我對他擋不住的喜歡、對他的渴望，親吻的時間像是五個世紀一樣長，在最後我仍然捨不得結束我們的第一個吻。

我坐在梳妝台前整理剛吹乾的頭髮，看著鏡子裡有些呆萌的自己，閉上眼腦袋全是剛才發生的片段。

我們牽著手回到我的小木屋，我鼓起勇氣開口問他想不想進來我的房間，慾望在我們彼此的眼神交會中流動，我用隱約緊張而顫抖的手轉開了鑰匙，在關上房門的瞬間，我們彼此之間像是有強大的引力，肌膚貼在一起的擁抱與親吻，他溫暖的氣息和好聞的海洋系香水味在我的鼻腔盤旋，他柔軟的嘴唇、發燙的肌膚和健壯的手臂線條都打開了我的渴望，他的手掌護在我的後腦勺，好讓我不會撞到後方的門，在漆黑的房間裡頭我感受著湯以凡的每一個親吻和觸碰。

「噢……孫慢慢……」他的吻時而快時而慢，時而溫柔時而急促，我閉著雙眼熱切地回應著他，雙手勾著他的脖子，他渾身上下都充滿了性感的氣息。

我們在一陣激烈的擁吻後，彼此都低聲喘著氣，他將額頭輕輕抵在我的前額，鼻子碰到了我的鼻尖，不小心輕聲笑出來：「我真沒想到會有這一天。」

回想起他在我的工作室打翻咖啡的那一天，他還是個暗戀著新娘好友的苦情男子，如今卻是讓我想要貪心占有的男人。

我也戲謔地回應：「如果你當初在交友軟體有把我右滑，搞不好會發生得更早。」

他再一次低下頭深深吻著我，「……妳真的要讓我發瘋了孫慢慢……」

黑暗中我感覺得到他的渴望，他的手指揉進我的頭髮中，他嚐起來就像我的生日蛋糕，甜蜜又讓人瘋狂。

湯以凡不知道他此時低沉迷人的聲音，將我推到了癡狂邊緣。

「湯以凡……湯以凡……」我呢喃著他的名字，親親輕吻著他的後頸，感受著他沉重紊亂的鼻息在我的頸部，每一次呼吸都像透進我的肌膚裡頭。

他抱住我的腰，我們一邊繼續吻著，接著他一個用力將我抱起，把我溫柔地放倒在我的床上，我們從未停止親吻著對方，終於他喘息著，用手杵著頭趴在我上方凝視著我，我看著他的雙眼好似會說話，「慢慢，妳好漂亮。」

我的腦袋卻突然像是幻燈片一樣，閃而過無數他稱讚陶珊漂亮的片刻，那些他望著陶珊的眼神，細數陶珊的好的神情……在我自己還沒察覺之前，眼淚竟然就滑落下來。

他當然馬上感受到了，聽到我細細的吸鼻子聲音，用大拇指輕輕抹去了我的眼淚，然後手指仍停留在我的臉上，「怎麼了？我講錯話了嗎？」

我試圖隱藏我心中的忌妒與不安，別過頭去，抿著嘴思考該如何開口。

他深情的眼裡開始浮起擔憂，「慢慢，如果妳並不想要這些，妳可以放心告訴我。我不會勉強妳。」

「並不是……」

他側身躺在我旁邊，杵著頭溫柔地摸摸我的頭髮，「妳想聊聊嗎？為什麼哭了？」

連我都還沒釐清自己心中這份混亂交織的情緒，我又該如何和他開口呢？可是我好希望、好需要他知道，我心中的所有不安。

「我只是……想到陶珊。」

「小珊？為什麼？」

小珊，如此親暱的稱呼，他這麼輕易地就脫口而出。

即便我知道湯以凡也許根本沒有意識到，但這樣下意識的親暱稱呼讓此時的我更難受。

「……你愛了她十幾年，我記得所有你看她的表情，還有……所有的一切。你怎麼可能就這樣忘記？湯以凡，我不想要當她的替代品。」

聽到我這麼說，湯以凡顯然很驚訝，他板起嚴肅的臉孔回答：「妳才不是。妳和她不一樣。」

「今晚的這一切，你真的有想清楚嗎？」我問他，他有些被冒犯地皺起眉頭。

「慢慢，我很清楚我今天晚上在做什麼。」

他沉默幾秒，「我知道以前我們說過非常多關於陶珊的事情，但這一次……是妳和我之間的事情，和她沒關係。和妳在一起的時間，讓我有過以前從來沒有過的快樂。」

我點點頭，心中仍然有很多心魔需要自己排解。

我喜歡湯以凡，我想佔有他，而且是全然的佔有，我看過他愛過陶珊的樣子，我想要成為那一個被他如此珍惜的人，我想成為他心中真正那個對的人，而不是意亂情迷下的衝動產物。

他嘆了一口氣，「那妳呢？妳想清楚了嗎？妳放下Matt了嗎？」

他終於問出了那一個我預期中的問題，我肯定地點頭，他接著追問：「當妳再看到他和Jenny或任何女生在一起，不會再傷心了嗎？」

我閉上眼睛，不過就是昨天的事情，看見Matt與Jenny在俱樂部熱吻的憤怒感，和Matt莫名其妙就斷了的關係，仍然是一道未解之謎，在沒有知道答案之前，我都沒有百分之百的把握回答湯以凡的問題。

這樣的真相並不完美，但我必須告訴他，因為湯以凡值得我的坦誠以對。

「老實說，我不知道。」我說，誠惶誠恐地等著湯以凡的反應，我既不想對他說出讓人失望的實話，又害怕這樣的坦白會讓他轉身離開，我還來不及擁有就要體會到失去的難堪。

我無從猜測他表情的背後在想什麼，他既沒有生氣或失望，但也沒有了剛才的熱情，他順著我的頭髮往我的臉頰輕撫。

「我猜……妳需要一點時間。」

湯以凡從床上坐起身的瞬間，我的心瞬間涼了一半，被放棄的惶恐感湧上我的心頭，連湯以凡我都搞砸了嗎？

「湯以凡，你後悔了嗎？」我問，希望我的語氣聽起來不像是絕望邊緣的寂寞女人。

他笑了，彷彿我問了一個愚蠢的常識問題，很認真地看著我說：「我沒有，也不會。慢慢，我之所以在海灘親妳，是因為我認為今天，就是那一天。**今天是那一天，明天也還是，後天、大後天都會是。**」

湯以凡最危險的地方在於，這些明明乍聽之下華麗又張狂的情話，從他嘴裡說出來卻總是那麼真誠，要是今天換一個人來說同樣的話，可能早就被我和芮娜列入渣男黑名單。

我帶點撒嬌的口氣，笑著對他說：「我可以相信你嗎？」

他猶疑了一秒鐘，走過來給了床上的我一個擁抱，「我會盡我所能。」

「孫慢慢，晚安。明天見。」我與他在門口道別，他看起來有些躊躇，最後在我的額頭留下一個晚安吻。

我將思緒拉回鏡子前的自己，心煩意亂地完成夜間保養後，我躺在床上看著手機絲毫沒有動靜，想著他回到了有陶珊的別墅，沒有人會知道他和我之間發生了什麼事情，陶珊或其他人想見到他隨時都可以，我卻遠遠地在自己的小木屋裡想念他。

和Matt曖昧的那段期間，我好像總是在說服自己，眼前的這位完美先生就是我上天送給我的理想對象，失聯後又重逢，還有什麼比命中注定更適合形容這樣的相遇？千載難逢的好機會可能就這麼一次，錯過了也許老天就會直接放棄我，我不想被放棄，我不想放棄命中注定發生的緣分，因此我想要確認關係、我想要知道Matt有沒有結婚的打算，我想知道……Matt會不會是拯救於我離開剩女行列的救生圈。

但我從來沒有像思念湯以凡一樣，殷切地才剛與他分離，就想馬上再見到他。

我按捺住想傳訊息給湯以凡的衝動，索性關了燈躺在黑暗的房間裡翻來覆去，我無法停止自己在腦海中重複播放和湯以凡在這個房間發生的所有事情，此刻連他沒有傳訊息給我，我都心慌意亂，這個程度，我都能聽見芮娜的口氣罵我是沒出息的暈船妹了。

直到我的手機叮的一聲響起，我立即張開眼伸手抓住床頭櫃上的手機，是大半夜熬夜打麻將的媽媽傳來的照片。

我嘆了口氣，連我自己都為了剛才那一秒鐘的欣喜感到羞赧，我關掉手機螢幕，又再一次放回床頭櫃充電。

叮。

「嘖，夠了喔媽。」才躺下不到兩分鐘，手機又響起來，明天早上一定要好好打電話規勸一下母親大人。

我大字形翻身再去拿手機，訊息發送者的名字卻讓我的心跳加快。我故作鎮定，卻難掩嘴角揚起的微笑，他用短短的幾行字，就足以讓我全身放鬆，帶著微笑睡個好覺。

我已經開始想妳了，孫慢慢。晚安，生日快樂。

晚安，湯以凡。我在心裡默念，迎接了我的三十歲到來。

✿

從早上九點開始，我便忙著與婚禮企劃部門的組員開會直到中午，天氣預報說傍晚三點後會下起午後雷陣雨，於是一早我便先預約了渡假村裡的深層精油SPA服務，因為我現在要做的事情，絕對會讓我全身緊繃到胃痛，需要好好地躲起來療癒身心靈。我躊躇了非常久，重複閱讀自己打出去的訊息，左思右想後才按下發送鍵，我抱持著我付諸行動，如果得不到回應，那我就會當作這是最後的句點的心情，我的注意力時不時分心到手機上，他一直到會議結束前十五分鐘才終於回覆了簡短的「**好**」。

我回到房間簡單地整理自己，便出發來到我們約好的泳池旁的早午餐咖啡廳，我看見他穿著奶油白的Polo衫，戴著太陽眼鏡，坐在位置上看著雜誌。

「嗨Matt。」我走向他，他發現我抵達後，闔起雜誌。和我招了招手。

「慢慢。」

我有些尷尬地在他對面的椅子坐下，點了一杯柳橙汁。必須說Matt仍是一張完美俊俏的臉孔，他只是坐在咖啡廳裡，就足以成為所有女性路人經過時多看一眼的目光焦點。

「謝謝你答應見我一面。」

他淺淺地一笑一秒鐘，笑容很快就又消失，「至少這次妳沒有放我鴿子或不告而別。」

他果然還在生氣他的生日晚餐，我一句話或解釋都沒說就離開的事情，我的手心滲汗，要收拾自己先前搞砸的殘局果然是非常焦慮的事情。

我抿著下唇，「那件事是我不好，對不起。」

「我可以至少知道為什麼嗎？」

我在內心沙盤推演想著，如果我告訴他因為某個突然蹦出來的女性，向我告知他的不婚主義，所以我選擇落荒而逃，他會怎麼想呢？現在的他，又需要知道這些真相嗎？

「……我只是發現，我們可能不適合。」

「哈，是怎麼樣的不適合，讓妳當下連一句再見都不說，就跑走了，結果跑去湯哥家。」

那一個下雨的夜晚的所有回憶，全部一次回到腦海中，我在廚房發現他們是朋友的事實、三個人在同一個空間難堪地不期而遇，在雨中再次逃跑最後落得一星期重感冒，Matt從我生活中逐漸消失的種種片段……像一團纏得亂七八糟的毛線球，讓人不知道從何梳理。

「我猜當時我們對關係與婚姻的共識，不太一樣。我在尋找一段穩定又認真長久，可以發展成結婚的關係……」

他往後靠在椅背上，手有些憤怒地拍打著大腿，「Oh god結婚？慢慢，我們當時才Date兩個多月……」

「我知道，我知道。所以我不想浪費彼此的時間。」

「而且妳有問過我的想法嗎？妳在尋找穩定認真的關係，妳覺得我不是嗎？」他皺著眉頭，有些懊惱地看著我問。

我對Matt的印象，從我們初次見面他就已經透露出自己不追求婚姻的態度，也許我當時真的想跟他好好交往，但某種程度上我心裡也害怕被他拒絕，所以搶在被他婉拒前就逃開了。

沒想到之後他果斷放棄的時候，我竟然還是會有受傷的痛覺。

他見我沒有立即回答他的問題，態度軟化了許多，「慢慢，我當時是真的很喜歡、很喜歡妳。」

如果我並沒有經歷這一切，眼前的萬人迷先生Matt用一雙憂傷又懊悔的眼神對我說這些話，我一定馬上陷入他的漩渦，開心地想向全世界宣告，我被命中注定的天菜選中了。

然而現在光是聽著他這句話，我心中都產生了一絲罪惡感，我並沒有告訴湯以凡今天和Matt的會面，這是我必須自己面對和處理的末了之結，我想全然地放下，才能好好地告訴湯以凡我準備好了。

「如果你真的像你所說的很喜歡我……那為什麼這麼快就放棄了？」

Matt露出不可置信的表情，握拳激動地敲了桌子，「我放棄？慢慢，是妳先放棄的！我打過電話、傳過簡訊，我試著要找妳，妳卻一次，一、次都沒有回，從來沒有人這樣對待過我，妳是第一個。但我還是持續聯絡了妳好幾天，妳還是沒有回。妳要我怎麼辦？死纏爛打嗎？」

我保持沉默，因為他說得一點都沒錯，他並不是沒有付諸行動，然而我卻選擇逃避。我為什麼會逃避呢？他一直是我所想相信，命中注定出現的對的人，我為什麼會如此輕易地就放棄了？

「……慢慢，妳當時是不是已經愛上別人了？」

「我沒有。」

他苦笑，伸手握住我擺在桌上的右手，「那現在呢？我們是不是已經錯過了？」

我凝視著我倆的手，他用大拇指輕輕搓著我的手背，懇切地看著我，但是我不明白，我真的不明白，他已經選擇了往前，「你現在……應該有Jenny了吧？」

他愣了一下，「哈，Jenny，她啊……我們不是認真的。如果妳告訴我我們之間還有可能，我隨時可以和她結束關係。」

我看著Matt淡然地說出這番話，心中有一股巨大的失望，那位餐廳裡的前女友說對了，對他來說這些情愛就是遊戲，他隨時可以開始，隨時都能結束，甚至不需要太多理由。

我慢慢抽開被他握住的右手，低著頭把玩桌上的玻璃杯，「我們就是沒有緣分了吧。」

「妳愛上湯哥了嗎？」

他眼神很執著，直勾勾地往我的雙眼裡望去。

「啊？愛嗎……我不知道，也許吧？」

他隨即冷笑一聲，用手向上撥了微捲的頭髮，「哈，湯哥。說到湯哥，慢慢，給妳個忠告，很多事情並不是妳表面看得到或想得到那麼簡單。」

「什麼意思？」我問。

「我的意思是，妳最好知道妳愛上的人，究竟是什麼樣的人，免得最後受傷害的也是妳。」

他拉開藤椅起身，「這是妳讓我學到的事情。」

他逕自穿越熱鬧的咖啡廳人群，走向結帳櫃台，連一句再見也沒說就獨自留我在座位上。我看著他離開的背影，然後另一個熟悉的身影與眼神與我正面對上，我的心臟在那一刻瞬間緊縮，湯以凡站在正在結帳的陶珊與茱蒂身後，用著有些驚訝又受傷的眼神看著我與Matt空掉的座位，我想站起身去叫住他，然而陶珊和茱蒂已經往前走出門口，他獨自跟了上去。

我一整天都想著他，他卻只看到我和Matt背地裡一起吃了早午餐，甚至……我倒吸一口氣，他都看到了嗎？包含Matt握著我的手的時候。

糟糕了，不行。

我知道必須在我搞砸之前去和湯以凡告訴他事情的真相。

08 第二順位

湯以凡

「湯以凡，你有沒有聽到我跟你說話？」

陶珊和茱蒂倚在泳池岸邊，手裡喝著椰子汁，正中午的太陽熱氣逼人，陶珊拉高音量呼喚待在岸上躺椅的我，將我的思緒一下子拉了回來。

作為一個始終仰賴理智思考的男人，我知道我應該要相信孫慢慢，昨晚的每一分每一秒都是如此真實與清晰，如果她仍心繫Matt，昨天晚上的所有一切都不會發生。

然而我的內心總持續迴盪著惱人的聲音，大聲質問著：萬一中午我所看見的，就是最後的真相呢？她對於今天要和Matt見面與共進午餐的計畫隻字未提，我忍不住好奇整趟旅程都沒有互動的他們，是什麼樣的契機促成今天中午的見面，是Matt主動邀約的嗎？還是孫慢慢先聯絡他的？他們彼此之間又聊了些什麼？

這些困惑讓我心中的忌妒、困惑、憤怒全交織在一塊，尤其是腦海中揮之不去他握著孫慢慢手的畫面，使我的這些情緒更加高張。

我不喜歡這樣的自己，全然地被情緒左右著，有一刻幾乎要戰勝了我的理智，讓我想直接走向孫慢慢面前去丟出我所有的問句，然而我最後並沒有這樣做，我只是安靜地離開，我知道她最後看見我了，她在我離開後半小時內，撥了兩通電話給我，我並沒有回應，並不是我不想和她講話，相反的是，我從昨晚和她道別後整個腦海都只想著她，見不到她讓我發瘋似地想念，我只是害怕此時被情緒掌控著的我，接了電話會親手搞砸了這段好不容易要萌芽的緣分。

我半放空地望著眼前的陶珊，心中充滿了許多疑惑，我明明過去是那樣全心地愛著她，一次次落寞地看著她離開我，我從來沒有真正擁有她，而為什麼我從未感覺到孫慢慢帶給我這般強烈的思念、忌妒與慾望？

當陶珊有了新對象，我總是掛著祝福的微笑接受事實，為了不失去她，因此我將自己擺在最好的朋友的位置，最後成了最好的朋友；然而對於孫慢慢，只不過是看見一個為她傾心的花花公子握了她的手，我連表面的微笑都無法勉強，恨不得自己可以向世界大聲宣告**她是我的**，我連自己都快要不認識這樣的自己了。

陶珊溼漉漉地走到我的旁邊，她抓起大浴巾，有些不愉快地口氣對我說：「湯、以、凡！我請你幫忙遞個毛巾，你都沒反應耶。」

我這時才終於回過神來，「啊？抱歉抱歉，我剛剛在想事情。」

她披上浴巾，一屁股在旁邊的躺椅坐下，擦著頭髮，「什麼事情讓你這麼煩惱？以前你都不會對我這樣的耶。」她語帶撒嬌，我有些不自在，陶珊卻顯得若無其事，彷彿那天晚上她遲來的坦白都不曾發生過。

我搖頭，「沒事，工作的事。」

「哦……這樣啊。」她咕噥，臉色也突然黯淡下來，「說到工作呀，我有一件事想聽你的意見。」

「我上個月飛去美國找威廉哥時，不小心看到了他的手機……然後我發現，他還是有在用你們的交友軟體。」

她低聲地說著，擺著一副明明很煩惱，卻故作雲淡風輕的表情：「你覺得我該怎麼辦？」

作為男性，我本能地知道了答案，但面對如此煩惱且無法承受殘酷真相的陶珊，我又豈能隨意開口，攪亂她的婚姻呢？

「嗯……妳確定嗎？會不會他只是沒有刪掉？」

我討厭自己必須對陶珊說出這種破綻百出的謊言，但我不願意看到她心碎的樣子，也許在我的內心深處，我也不願意知道陶珊的幸福並不完美，我錯過了我和她的機會，我希望她所能得到的幸福遠遠超過我所能給的。

陶珊睜大了眼睛看著我，靜默了幾秒鐘，臉上有些驚訝的表情，我才正開始感到心慌，在腦海中盤算思量該如何打破這個沉默，她輕笑了幾聲，眼睛又彎了起來。「哈，是嗎？那有可能吧。如果你這麼說的話，那應該就是吧！好險是我誤會了。」

她堆起有些虛假的笑容，將墨鏡戴上後起身，「我差不多得去開會討論一下晚上煙火音樂派對的流程。湯以凡，你下午有什麼計畫？」

我伸了懶腰，慵懶還有些心煩意亂，必須整理好腦中混亂的思緒，「就自己待著吧。」

「你不去找慢慢嗎？她下午應該沒有會議。」

「也許晚一點吧……好啦，妳快去忙吧。」我並不想與陶珊多談關於孫慢慢的話題，目送著她離開後，我望著手機裡的兩通未接來電，以及她半小時鐘前傳來的幾封訊息。

我一方面很想知道她為什麼和Matt私下見面，一方面卻又不想面對可能迎來的真相，Matt會不會和她說了所有的事情？萬一Matt想追回孫慢慢，我該如何是好？

我讀著孫慢慢最後兩封訊息：

今天也會見到你嗎？我有話想跟你說。你有空的時候跟我說好嗎？

尤其是最後一封訊息，簡單的幾個字，

我有點想你。……

卻對我的心情擁有如此巨大的威力。

孫慢慢啊孫慢慢，妳到底對我做了什麼事情呢？

我抿起嘴唇，猶豫了一陣，終於還是鼓起勇氣點開打字欄位，

我也是。

送出。

送出後不到幾秒鐘，孫慢慢立刻打了電話過來，我深吸一口氣，接起電話，她的聲音在電話那頭顯得相當明亮，「嗨，湯以凡，你終於出現了！」

「嗨，孫慢慢。」

她在電話那端也微微吸了一口氣，我可以聽見她的停頓，隨後她說：「……嗯，今天中午我和Matt見面了。」

果然，切中要提，直搗話題中心，隨著時間我發現孫慢慢其實是個非常直接的人，她也有害怕跟躊躇的時候，但她總是比我要有勇氣來面對她想知道答案。

「我知道，我看到了你們了。」

她似乎沒有料到我也會直接回應，因此口氣變得有些急切，「……湯以凡，我只是想讓你知道，你不用擔心我和Matt之間的事。」

「謝謝妳讓我知道。還有……」我說。

孫慢慢突如其來打斷我的話，「我很想你。湯以凡，我很想你。」

毫無預警，橫衝直撞，她就這樣有些暴烈地直衝進我的內心，霸氣地推開我大腦中的雲霧，扯著我的臉上每寸肌肉，讓我完全煞不住微笑的速度。

一句話便讓我的壞心情煙消雲散。

我試圖讓自己表現地鎮定一點，但連我自己都能聽出語氣裡的笑意，「哈，孫慢慢，我也是。」

「那太好了。」她在電話那頭說著，聲音聽起來很可愛，我恨不得現在就能馬上見到她，緊緊擁抱她。

「我現在能去找妳嗎？」

「我已經快到SPA中心了，還有十分鐘我就要去做SPA了，大概兩個小時後結束。之後我們可以見面嗎？」

我看了一眼手錶後回應她：「那我五點去SPA中心門口接妳，好嗎？」

她熱切地答應，我和她短暫卻愉悅的通話就此結束，和孫慢慢的那通電話彷彿撥開了我心中的烏雲，儘管我還是很希望能知道她和Matt見面時聊了什麼，但此時的我心中放下了一大塊石頭，原先脹痛的腦袋一瞬間鬆了開來，這才終於有心情好好在躺椅上放鬆，靜靜望著眼前的無邊際泳池與大海，感覺自己置身在天堂。

我幾乎忘記自己是何時在躺椅上不小心睡著的，而當我醒來時泳池幾乎只剩酒吧的服務生，一大片漆黑厚重的烏雲籠罩，我起身向陽傘外探頭，雨滴「答」一聲落在我的頭頂上，接著斗大的雨珠開始打在陽傘上，一瞬間下起了傾盆大雨，我看了手機上的時間，竟然已經四點五十了！

和孫慢慢約定的時間只剩十分鐘，我連忙跑向一旁的泳池酒吧借了一把雨傘，便一路往SPA中心位在的小山坡上小跑步去，午後雷陣雨伴著轟隆作響的雷聲和閃電，讓我的短褲仍然溼了一半，但我意識到我竟然已經忍不住微笑，心情是如此雀躍和期待，相隔不到一天，想和孫慢慢見面的那股期待感彷彿將我拉回學生時代，每天都迫不急待到學校見到陶珊的青春期。

儘管我已經小跑步前往，仍然不小心遲了五分鐘，當我繞過最後一個彎，來到被熱帶植物包圍的SPA中心門口，我看見了她的背影，一頭長髮披在肩上，她穿著柔軟綿白色的薄襯衫，我難掩興奮的心情，撐著傘走進SPA的門口迴廊，卻看見了還有另一個人的存在。

陶珊站在孫慢慢旁邊，一臉顯得焦躁。

「啊，陶珊……」我下意識地說出心裡的驚訝。

「噢！湯以凡！你怎麼來了？」

陶珊顯然沒有預料到我會出現在SPA中心，孫慢慢轉身看著茫然的我，她的嘴角微微地揚起，一雙眼睛看著我，輕輕用唇語說了聲：「嗨。」

從陶珊的疑惑與驚訝，我擅自猜想孫慢慢並沒有告訴陶珊我的到來，作為一個直男所能答出最好回應，竟然只是：「我……就來SPA中心看看。」如此莫名其妙的理由。

陶珊似乎不以為意，旋即走到我的傘下，「看看？你也對SPA有興趣嗎？」

「我也需要放鬆一下啊。」我心虛地說。

「那既然你不趕時間，我有一個臨時急事趕著要回大廳那邊，SPA中心這裡傘又借光了，你可不可以先陪我撐傘過去？」

「啊？呃……」面對陶珊突如其來的要求，如果是以前的我，絕對二話不說、赴湯蹈火，如今我卻站在天秤的兩端，不知道該如何做出反應。

她看了手機的訊息，口氣又更急躁了，「拜託嘛湯以凡，可不可以？」

陶珊不耐煩地低吼一聲，顯然這場雷電交加的午後雷陣雨打亂了她的心情，「我真的要遲到了。現在雨下這麼大，你忍心讓我自己淋雨過去嗎？我這件事真的很急。」

她見我躊躇卻遲遲沒有開口，顯得心煩意亂，她手叉著腰：「還是你有什麼比這個更重要的事情？你可以直說。我真的要遲到了！」

陶珊話才說完，馬上又皺著眉頭回手機上的訊息。

我被陶珊催促地心慌，想起下午她為了威廉哥的事情已經非常低落，此時此刻又因為工作和大雨打亂了她的陣腳，我並不想要再為她火上加油。

孫慢慢只是靜靜地在旁邊看著，我看了她一眼，很希望她能明白我有多麼想擁抱她，「那……孫慢慢，雨下這麼大，妳有雨傘嗎？」

她搖搖頭，我已經懂得辨識孫慢慢勉強的微笑，她冷淡又試圖在陶珊面前保持禮貌地說，「……我沒關係。」

陶珊接起手機，「喂？媽……有，我有在聽，抱歉。我有幫Katherine阿姨安排她想要的按摩師了……有有，我現在要過去了……我……」她輕掩住手機，一邊瞪著我一邊勾著我握著雨傘的右手臂向前邁進，「走了呀湯以凡。」

我最後回頭望著孫慢慢站在原地，環抱著自己手臂在雨中寒冷的樣子，突然看起來好弱小、好瘦小，我希望她能從我看她的眼神裡明白我想說的話。

我在大雨中陪著陶珊從小山坡上小心翼翼地走下來，途中她穿著有跟的涼鞋滑了好幾次，她一邊講電話，一邊緊抓著我的手臂，我只能盡可能將雨傘大半邊都分給她，避免她一身狼狽地接待婆家的客人，將她安全送到大廳後，我又馬上沿著原路奔跑，用最快的速度在雨中奔跑，整個過程卻足足花了半小時，當我氣喘吁吁地跑回SPA中心門口時，心臟就像要從胸口失控飛騰出來一樣地猛烈，我非常焦慮我的內心所擔憂的事情成真，而當我看到空無一人的門口迴廊時，整個人像是洩了氣的氣球一樣，垂下了肩膀。

害怕的事情終究是發生了，我站在傾盆大雨中的傘下，焦急地拿起手機，一心希望能看到孫慢慢至少對我說了些什麼，但手機只是安靜地度過了這三十分鐘，連一句話都沒有說。

孫慢慢只是這樣安靜地離開了。

孫慢慢

你們認為「愛」有比較級嗎？

我以前總是天真地以為，真愛就是最愛，最愛的就是真愛。每一次過往的失敗戀情，甚至是上一次劈腿的未婚夫，我都相信命運讓我愛上這一個人，背後一定有原因，每一次我都卯足全力地去認真付出我的情感，甚至連在交友軟體上都用這樣的態度屢敗屢戰，可是我總是認為，如果連我這樣的女孩有一天也不相信真愛的存在了，那我還有什麼資格經營著「慢慢幸福」？

和湯以凡的這些種種，一度讓我相信，這個男人與我兜兜轉轉到最後，也許真的可能是我一路跌跌撞撞始終在尋找的「真愛」，他也讓我一度覺得我也許同樣能成為別人一直在尋覓的真愛，但是我今天終於還是明白了。

儘管我是湯以凡的真愛，我也不會是他的最愛，永遠都不會成為他的最愛。那一個在雨中暴跳如雷的漂亮女孩，也許從頭到尾都不是他命中注定的真愛，但卻是他用了十五年日復一日堆疊而成的感情，成了他生命中無可取代的最愛。

如果我和湯以凡能在一起，那又如何呢？我必須接受我並不是他的最愛的事實，我又何必選擇一個我必須重新定義「真愛」的男人呢？

我無言望著他和陶珊的背影，忍不住幫他們想像，如果他們倆個人之間有未來，那會是眼前這樣在雨中共撐一把傘，互相扶持對方的畫面嗎？

光是這個念頭就足以讓我想躲起來大哭一場，比起嫉妒或羨慕更強烈的感覺，是一種使不上力的悲哀。

我當然知道湯以凡會回來接我，但我不想當他心中的第二順位，我不想要在他回來時還要帶著雲淡風輕的表情面對他，讓他認為我可以安然接受這看似理所當然的事實，想到湯以凡我還是會心動，還是會有強烈想念他的心情，但正是因為如此，我更不願意讓我們之間朝這個方向發展下去。

因為想當他心中的唯一，卻也明白我永遠都必須和陶珊共享他心中的位置，我沒有辦法做出正確的選擇，所以我最後選擇逃跑了，就像我沒和Matt解釋我心裡想要什麼，就拋下這整段關係離開了，如果我們是有緣無分，此時我也忍不住好奇這段緣份的終點會是何方。

午後的傾盆大雨將我全身淋得溼漉漉，我並不想遇到走回頭路的湯以凡，於是繞了另一條回我的海灘小木屋的遠路，我狼狽地在雨中小跑步，穿過了海灘側邊的露台，一個熟悉的嗓音從遠方靠近，急促地呼喊我的名字：「孫慢慢！雨下這麼大，妳在幹什麼！」

就像那一個下著大雨的夜晚，我在雨中，他不顧昂貴的西裝淋溼追了出來，我卻不告而別。

我狼狽地望著Matt一手抓起放在躺椅上的毛巾，從躲雨的露台上跳了下來，徒留Jenny在露台上看傻眼，我又將頭別了回去，只想趕快逃離這裡，他卻三兩步奔跑到我的身邊，將毛巾往我們的上方撐開，急得大吼：「妳這樣淋雨要去哪裡？妳先進來露台躲雨！」

我不想和他多說，一心想跑回我的房間，他卻不放棄始終跟在我旁邊，為了我撐起毛巾擋雨。

「我要回房間，你不用管我！」我在嘈雜的大雨中大吼。

「我怎麼能不管妳！」他回吼。

「我自己很好，不用你管！」

他的全身也溼透了，「妳穿著一身溼掉透明的白色衣服，妳看看妳自己，妳打算就這樣跑回去？」

我眉頭一皺往下望，才發現他說得一點都沒錯，我的內衣在溼透服貼的白色襯衫下，顯得一覽無遺，我心裡的委屈感全然湧上。

「妳要回房間，那我陪妳回去！」他說。

「那Jenny怎麼辦？」

「I don't care！妳現在可不可以想想妳自己就好！」

在雨中的我完全沒有意識到，Matt在我和Jenny之間，二話不說選擇了我，就像湯以凡毫無二心地選擇了陶珊，然後我才明白原來我並不是只想當某個人的第一順位，而是想當湯以凡的第一。

儘管我們兩人已經全身都溼淋淋，他仍然雙手高舉著毛巾為我擋雨，我們一路跑回我的海灘小木屋，他送我到小木屋門口，我曾有一秒想過就這樣甩上房門，讓再也忍不住的情緒釋放，但Matt喘著氣，雨水沿著他的髮絲滴下，外頭仍雷雨交加，於是我讓Matt進房擦乾身體再走。

我們各自擰著毛巾擦乾頭髮與身體的時間，兩個人都安靜地沒有說話，他站在門邊的角落，我換上乾淨的T恤，也安靜地坐在房間最遠的另一端床邊，他才低沉地開口：「……慢慢，妳還好嗎？」

我清清喉嚨，發出乾澀的喉音，才發現原來我正在流眼淚。然後我搖搖頭。

「妳想聊聊嗎？」

我依舊搖頭，他嘆了口氣：「是因為湯哥嗎？」

「……我不知道妳和湯哥之間發生了什麼事，but just my opinion……你們之間還需要更多坦白。」

「但我好累。」

我吸了一口氣，又深深地將氣吐了出來，試圖平緩我的心情

「既然那麼累，那就放棄吧。」他說：「……我們可以重新開始。」

我微微訝異地抬頭看著眼前的Matt，沒有平常一派輕鬆，風流倜儻的表情，他嚴肅卻渴求地望著我，我有幾秒看出了神，心裡竟然對僅止於此的對話都有了罪惡感，我已經不想和別人重新開始了，什麼時候開始我對湯以凡產生了如此的執著，連我自己都感到驚慌。

我揚起疲憊的微笑，「可是我還不想放棄。」

他有些訝異地張開嘴，隨後又輕笑了一聲，胡亂地揉了揉自己後腦杓，「哎，哎！」

他手叉口袋，仰起頭向天花板嘆了好長的一口氣，「Such a lucky man!」

他抓起放在椅子上的毛巾，走向門前，又恢復一派Matt瀟灑的姿態擺擺手，「慢慢，我走啦。Take Care！」

我坐在床邊沒有起身，「謝謝你送我回來。」

我向他揮揮手，看著Matt帶上門離開的背影，終於如釋重負地躺上床，看著挑高的天花板，他說得一點都沒有錯，也許我和湯以凡之間需要更多的坦白，才能離彼此更靠近。

如果我願意向他坦白我內心所有的不安與渴望，他會願意接受與理解這樣子的我嗎？

他也會願意向我坦白那些我也許還不知道的所有事情嗎？

我在漸漸清晰的思緒中，陷入了疲勞後的熟睡，絲毫不知道當Matt抓著毛巾踏出我的小木屋時，會撞見坐在門前階梯，撐著雨傘等待我可能回來的湯以凡。當然也不會知道，湯以凡就這樣一聲不響地離開了我的面前。

✿

我做了一個弔詭的夢，夢裡湯以凡在我的工作室地毯上打翻了咖啡，芮娜氣得尖叫，我就站在旁邊靜靜地插花，然後陶珊穿著那件要價三十萬的訂製婚紗匆匆忙忙跑到湯以凡旁邊，將熱咖啡往自己身上的婚紗裙擺一倒，咖啡沿著蓬鬆的白紗流洩而下，陶珊卻微笑地轉了一圈，向我們展示被弄髒的一身華服，得意洋洋地說著：「你們看起來一片混亂的，是我和他一起的幸福，這就是婚姻啊！」在芮娜抓起我的花藝剪刀準備劃破那件婚紗時，我卻默默地將那一小角被咖啡弄髒的地毯，細心剪下來收藏在口袋裡。

湯以凡轉身向我開口說話……

我打了寒顫，一下子醒了過來，恍惚中抓起床邊的手機，原來八點了。

手機只有工作訊息，沒有湯以凡的任何訊息與電話，我的心頓時像是重力加速度般向下墜落。傍晚的雨已經停了，外頭一片晴朗夜空，看來陶珊原先擔心因雨延期的煙火派對會如期舉辦，歷經SPA的放鬆、淋了一場大雨還哭了一陣子後，此時的我飢腸轆轆，於是我暫時將湯以凡對我不聞不問的失落感擺一邊，換上那天在度假村小店購入的淺黃色碎花繞頸洋裝，紮了公主頭，前往煙火派對的花園Buffet餐廳。

餐廳的氣氛熱絡，服務生領著我到一個人的座位，我點了一杯白酒，隨後起身流連在一整排豐盛的菜餚中，我一邊心不在焉地夾著沙拉，一邊尋找著湯以凡的身影，這個時間他應該也不會錯過陶珊一手規劃的度假村煙火派對，環顧整個餐廳我都見不著他，我只好強迫自己清空自己的腦袋，先專心於眼前的晚餐。

煙火預計在晚上十點半施放，這個活動是我整趟旅程期待已久的重點，我想在煙火開始前和湯以凡好好聊一聊，然而整個晚餐時間都不見他出現在餐廳，手機也沒有收到他的任何消息，這非常不像我所熟悉的他，我看見了海灘別墅的那一群人，坐在另一頭的包廂位置吃著甜點，於是我鼓起勇氣走向茱蒂和Jenny，Jenny不屑地瞪了我一眼，便低頭繼續挖著她盤子裡的蛋糕吃。

「嗨，茱蒂。湯以凡有跟妳們一起來嗎？」

茱蒂顯然已經辨別出我是Jenny心中認證的敵人，先悄悄地瞥了Jenny一眼，像是在徵詢女王蜂的同意，然而Jenny只是對我視而不見，因此茱蒂用近乎蚊子的聲音回應我：「他說他不餓，不過我剛才有看到他出現，妳附近找一下吧。」

「還有啊……」她起身向我靠近，用手遮住嘴巴，以氣音在我耳邊給我忠告：「千萬不要和Jenny搶男人。我是為妳好。」

我不以為然地聳肩，「放心吧，我沒有那個意思。」我也看了Jenny一眼，Matt今晚顯然沒有要跟她一起行動，而這也不是我眼下最在乎的事情。

我一路從花園餐廳晃到外頭的雞尾酒小吧台，煙火施放前一個小時遇上週末的度假人潮，酒吧已經十分熱鬧，湯以凡戴著眼鏡的側臉，穿著牛仔外套的熟悉背影出現在酒吧側邊出口附近，「湯以凡！」我在人群裡頭叫著他，他顯然沒有聽見我的呼喚，逕自往酒吧的後方側門走去，我不想再和他失聯，因此我的腳步也本能性地跟上，「不好意思……借過……」

我側著身穿過人潮，看見他推開了通往酒吧後方儲藏空間的門，正當我疑惑為什麼他會來到工作人員才會出入的空間，我聽見了女孩嚎啕大哭的聲音，我因此停在了半開的門與植物圍籬後，沒有再前進。

這個哭聲有些陌生又熟悉，我不必親自看到哭聲的主人，我都能憑藉著湯以凡出現在這裡猜想到正在哭的人是誰。

孫慢慢，妳現在就要離開，不要再偷聽下去。

我心中的理智對我咆哮，對話內容卻讓我的雙腳凍在原地。

「這個坎我過不去！……嗚……我過不去，湯以凡，我沒辦法！」她情緒潰堤的哭聲，夾雜著含糊的字句，湯以凡沒有回話，只有她繼續哭著。

「我付出了這麼多……他怎麼可以這樣對我？而且怎麼可以連你……連你都不挺我？」

「小珊，我不是不挺妳。我只是要妳想清楚，離婚就不能回頭了。」

「離婚又不是我選擇的！一直出軌的人是他，不要我的人是他……哇嗚……沒有人愛我，連你都不要我了。」

「……拜託妳不要說這種話。」

陶珊一邊啜泣，一邊放聲哭喊著，「難道不是嗎？你明明一直那麼愛我……為什麼……到最後我還是被拋棄了！你為什麼拋棄我？湯以凡，你為什麼不要我？」

湯以凡的聲音聽起來有些焦躁，甚至有些火氣：「我從來沒有拋棄過妳！我從來沒有不要妳！當初是妳先拋下我，和學長在一起，你要我怎麼辦？然後每一次妳又交新男友，我該說什麼？我什麼時候跟妳告白才對？」

「你有十幾年的時間，十幾年耶！我等了你十幾年！」

「那妳怎麼忍心讓我這樣愛了妳十五年？卻一句話都沒有說過？有一天就突然帶著威廉哥出現，說要嫁給這個在交友軟體上的男人了，妳想過我的感受嗎？」

「你明知道如果你開口，我們就能在一起！」

「我不知道！我、不、知、道！」湯以凡大吼，我身體忍不住顫抖了一下，我從來沒有聽過他那麼激動的聲音：「我要是知道，我早就說了！我就不用等十五年，最後看著我最愛的人嫁給別人，結果卻不幸福！……小珊，我當時太愛妳了，我沒有把握，我怕我一開口，就失去妳了。」

「那現在呢？湯以凡，現在你還愛我嗎？」

陶珊問出來了，我心中也想知道的答案。

湯以凡沒有馬上回答，陶珊又再問了一次：「你愛我嗎？以凡。你還願意再愛我一次嗎？」

「小珊，不要問我這種問題。」

「我是認真的！回答我……以凡，說你愛我，求求你……」

我躲在門後，眼淚不停地順著我的臉頰往下流，湯以凡的一句話竟然會一次影響兩個人的幸福。閃亮又成功的陶珊，此時卻懇求著湯以凡用愛回報她，等了十五年的湯以凡，豈能抵擋這樣的殷切期盼？

沉默凝結在空氣中，我近乎可以聽見自己失控的心跳聲，我忍住不發出吸鼻子的聲音，害怕又期待地等待湯以凡的回答。

「……妳對我來說，永遠都是一個很重要的人。」

我沒有辦法再繼續聽下去了，**好了，現在快走吧**。我感覺自己因為壓抑哭泣的衝動，已經在無法喘氣的邊緣，我現在就要離開。

我倏地後退，撞上了後方端著一整個托盤的空酒杯，正急著要走向這個出口的服務生，「Oops! Sorry, this is not the exit for customer..... Oh no!」

玻璃高腳杯搖晃地碎了一地，發出了巨大刺耳的聲響，真是諷刺，簡直就像真實還原了我心碎的場景，淚流滿面的我還來不及低頭道歉，「慢……慢慢？」

湯以凡的聲音傳來，我便踉蹌地逃跑，躲進熱鬧的酒吧人潮中，用最快的速度衝出雞尾酒吧和花園餐廳，一路朝我的小木屋方向跑去，湯以凡的聲音在嘈雜聲中忽近忽遠，海灘上也聚集了不少準備欣賞煙火的住客，我頭也不回地往前奔跑，直到湯以凡抓住我的手腕。

「慢慢！孫慢慢！」

我立刻甩開他的手，他一個箭步跑到我的面前，用手掌大力地抓住了我的整個肩膀，「孫慢慢！妳不要跑！」

我將頭別向右邊，無法遏止的難過心情將我所有的脆弱心事攤開在他的面前，「我沒辦法再這樣下去了，湯以凡！我好累了！」

我想撥開他的手，他卻抓得更緊，甚至讓我的肩膀有些發疼，「我也是！孫慢慢，我也是。我也好累。」

我看著他戴眼鏡的樣子，發現他的眼眶泛紅，他情緒顯得比平常更加激動，「那就算了吧，湯以凡，發生在我們之間的事情就是個錯誤。我們就假裝沒發生吧！」

「我不要！」他大吼，「我不要假裝沒事！」

他突如其來的提高音量，也讓我心中的委屈情緒高漲，我激動又憤怒地說：「那你想要我怎麼樣？我都聽到了，你愛陶珊！她要離婚了，很棒啊，你們終於可以在一起了！恭喜你們！」

他對我基於偷聽而來所提出的指控，表情非常震驚，「妳都聽到了……」

「我不用聽也能知道！湯以凡，你前幾天說我是對的人，但你最後還是選擇了陶珊，你到底把我當什麼？」

「我什麼時候選擇了陶珊？」

「所有的時候！從我認識你的第一天，到今天都是！你把我一個人丟在雨中耶！你明明是來接我的，卻寧願先送陶珊回去，我算什麼？你的備胎嗎？」

這些話顯而易見地激怒了湯以凡，「妳才不是備胎！今天傍晚妳要我當下怎麼辦？把一直在旁邊吵，急著回去的陶珊留在那嗎？」

「對！你為什麼就不能放著她不管？」

我放聲大哭，也不管旁邊有沒有人，「為什麼必須是我被拋下？為什麼是我？你為什麼就不能告訴她你是來接我的！為什麼你不敢在她面前選擇我！」

「孫慢慢，妳簡直不可理喻……」

「我不可理喻？你才是那一個沒搞清楚自己內心的人！」

「我很清楚！沒搞清楚的是妳！妳知道我撐著雨傘在妳的房間門口等了半小時，看到Matt從妳房間出來時的心情嗎？我當時覺得自己就是個他媽的笨蛋！」

湯以凡的眼角流下了幾滴淚珠，我筋疲力盡，周遭充滿了歡樂期待的氣氛，我和他卻撕心裂肺地在互揭瘡疤。

「……我不知道你在我的房間門口等我。」我愣在原地，接著說道：「Matt他替我擋雨送我回去，就這樣，我跟他之間沒有發生任何事情。」

「那妳為什麼今天中午也和他吃午餐？」

「因為我需要一個了結！因為我必須要做個了結，才能好好和你在一起！結果這所有的一切都白費了，因為你還是愛著陶珊！像笨蛋的是我。」

我氣急攻心地大哭發洩，他瞪著我，紅了鼻子，竟然也在哭泣。

「妳到底為什麼要一直說我愛著陶珊？」他百般無奈地大吼。

「因為你就是！我都聽到了，你說她永遠會是你很重要的人！」

「但是妳有沒有聽完？」

「我怎麼會知道？你們對彼此遲來十五年的表白，我難道要開開心心地聽下去嗎？」

「孫慢慢，妳如果剛剛沒聽完，妳現在聽好，我現在告訴妳：沒錯，陶珊她會是我很重要的人，她是我的好朋友。但是她問我還愛不愛她時，我很清楚我早就不愛她了。」

我沒有說話，看著湯以凡沉重卻又疲勞的表情，他深呼吸又吐了一口氣，「我告訴她，我愛的人，已經不是她了。」

我內心有好多想問他的問題像剛開罐的氣泡水一樣，在混沌的腦袋中逼逼啵啵地浮現，但卻一句話也說不出來，我猜也許我在等待他接著說下去。

上一次他在我面前哭泣時是陶珊的婚禮早上，我借了他肩膀哭泣，他很安靜地釋放他的傷心，這一次我直勾勾地望著湯以凡眼鏡後方一雙溼潤的眼睛，他毫無防備、脆弱、甚至有些歇斯底里地在我面前流著眼淚，我竟有了想要好好呵護眼前這個男人的念頭。

「如果陶珊真的離婚了，你……會回到她身邊嗎？」

我小聲地問，連問出這樣的問題都顯得害怕，我害怕聽倒不如我意的答案，我更害怕僅僅只是這樣的問句，也能讓這個念頭鑽進湯以凡的腦海。

「孫慢慢……過去十五年因為我的膽小，我和陶珊錯過了。錯過就是錯過了。我也沒辦法回到過去了，因為妳出現了。」

他握著我的肩膀的手，力道終於變得溫柔，我這才感受到他手掌心的溫度，紮實地傳遞進我的肌膚，「前幾天在海裡，我才發現我原來那麼害怕失去妳。孫慢慢，我不想錯過妳。」

湯以凡說出來的每個字，都像是帶著溫柔翅膀的花瓣，跟著微風飛進了我的心中，「那天妳問我，我們會是彼此對的人嗎？我的答案沒有變，但我需要知道妳的答案。請妳告訴我妳的答案。」

我曾經聽過幾位新娘說過，當妳遇到對的人的時候，妳會馬上知道，那就像有一道細微的電流穿過全身，從妳將目光落到他身上時，那股神祕的電流就一路穿越大腦，竄流到揚起的嘴角、顫抖的指尖，一路通到因為緊張而節奏紊亂的心臟，當妳站在對的人面前，妳就是會知道。

我必須老實說，此時此刻我並沒有感覺到小鹿亂撞的電流，而是更多的平穩和踏實，我看到了能夠和眼前這個人一起度過日常生活的片段縮影，他說出來的話就像一張鬆軟的毛毯鋪在厚實的床上，我能夠全然放心地讓自己墜落，也不會受傷害。

我想相信他，我也願意相信他。

於是我跨步向前，近乎是往他身上撲倒般地緊緊擁抱住了他，他本能地接受了我主動貼上去的嘴唇，熱切又深情地回應了我，我們忘記自己身在何方、也不在乎夜空中轟隆綻放的煙花，此刻我們終於真正屬於彼此，直到我們彼此需要喘息，我在他耳邊輕聲地說：「這就是我的答案，這就是我的答案，這就是……」他將我抱得更緊，我感受到他連擁抱中都有無比的慶幸與寵溺，我忍不住開心地又流下眼淚。

終於。

他找到我了，我一直在等待的對的人，他終於在茫茫人海中找到我了。

我可以相信你吧。

09 雞蛋花的奇蹟

湯以凡

原來有一種幸福，是以這樣的形式存在的，而我從未真正體驗過，直到今天清晨我睜開眼，看見身旁熟睡的孫慢慢的小小臉龐，我才明白我有多麼想好好珍惜這段得來不易的緣分。

緣分，我竟然用了緣分這個詞。

這一次我必須承認，一直以來我認為「所有的相遇都是算計」，這道理並不是百分之百正確。我和孫慢慢在交友軟體上的相遇，的確是電腦計算後的結果，但相遇後我們千迴百轉所經歷的一切，卻完全超乎我所能預料與計算之中。

我的人生經驗中，都是倚賴著事實的佐證來做決定，確保自己有十足的把握才有底氣行動，沒想到換來的結果是十五年的誤判與蹉跎。或許這十五年的意義，就是讓我在遇見孫慢慢時終於領悟了這點，第一次認了緣分真的存在，允許自己跟著內心最真實的感覺走，儘管可能會有預期的失敗也義無反顧。

我凝視著她，仍然為至今所發生的一切都感到不可思議。

我不必閉上眼睛，也能在腦海將昨晚發生的每一個瞬間重新回放。

她在沙灘上用一個吻給了我答案，接著是第二個吻、第三個吻，綿延恆長、捨不得離開彼此的吻，和她生日那天晚上我們兩個之間第一次的吻有些不同，昨晚我們真正地毫無罣礙地確認了彼此的心意，沒有了對彼此內心的不安全感與猜疑，我們第一次釋放了所有藏在內心深處那股甚至還沒被挖掘出來，那份連我們自己都不確定何時開始萌芽的對彼此的情感。

我從背後擁抱住她，一起望著煙火的最後幾分鐘，她的雙手緊緊環繞著我的手臂，我們的肌膚在海島夏夜中緊貼著，每一分每一秒我都恨不得能夠再將孫慢慢抱得更緊。

我們回到她的房間，關上門時我們沒有將燈打開，僅憑著月光照進窗簾的縫隙，她的輪廓變得更清晰，站在我面前的孫慢慢，就是一個如深夜海洋般巨大深邃的吸引力，我們時而緩慢、時而瘋狂地親吻著對方，她柔軟的嘴唇、飄著淡淡香水味的頸肩肌膚、她發燙的臉頰和耳朵、她致命的喘息聲，我輕巧解開了她的繞頸洋裝，洋裝就像一片柔軟的春日花瓣從她平滑的肌膚上輕輕褪去，她解開了我的襯衫鈕扣，手掌覆在我的左心上，她可以感覺到我此時此刻心臟正為她瘋狂地跳動，我一舉將她抱起，一起躺到了床上。

「上一次我們就到這裡。」我帶著笑意地對她說，她意會到我在開她玩笑，悠悠地回我：「我現在應該不用擔心你還會想著別人了吧……」

我微笑地看著她，輕輕撥弄她因為汗水而微微溼掉，黏在前額的髮絲，「我上次也沒有想著別人，就只有妳，孫慢慢。」然後在她嘴唇上輕啄了一下，她有些撒嬌又害羞的眼神看著我，夾雜著氣音說道：「你真的是我的了嗎？」

「如果妳沒有反悔的話。」

她笑了，眼睛又彎成夜空上的明月，非常迷人。

「我不想把你還給別人。」

我輕笑了一聲，「拜託不要……我好不容易找到妳了。」

她雙手環繞住我的脖子，一瞬間霸道地將我拉近她，每一次親吻都釋放出更多炙熱的渴望與激情，我也無法抑制我對她壓抑已久的情感，我們褪去各自剩下的衣物，每一次觸碰都讓彼此的體溫更加升高，將近一年前第一次在婚紗工作室以陌生人之姿相見的兩個人，如今卻讓彼此陷入瘋狂，直到我們已經無法再壓抑更多渴望，才意識到完全沒有預料到這趟旅程會有如此意料之外發展的我們，並沒有準備此時此刻我們所需要的保護措施。

我和她在第一時間難掩扼腕的神情，卻在幾秒後同時忍不住笑出來，「抱歉，我真的沒有預料到這趟旅行，甚至是我們之間會需要用到。」我說。

她搖搖頭，「誰會料到呢？我可是來出差的耶。」

我將她抱進我的懷裡，親吻了她的額頭、臉頰、嘴唇，不想錯過任何一個美好的細節，孫慢慢給了我前所未有的踏實感，我第一次擁有了真心想守護的事情，她在準備昏昏欲睡的前夕，用呢喃的口吻說道：「湯以凡……我可以相信你，對吧？」

「嗯，妳可以相信我。」

我給了這樣的承諾，心中卻浮現了那個從我們相見第一天就被隱藏住的祕密，我該什麼時候告訴她，所有的真相才好呢？

對好不容易走到這一步的我們來說，這一個可能毀掉一切的真相，真的值得被坦承嗎？我閉上眼睛，試圖先不去思考這一個讓我害怕的難題。

✿

我將一個星期的衣物從衣櫃裡拿出來，一件件塞進行李箱裡頭，明明只待了一個星期，在這座熱帶島嶼上所發生的一切卻恍若一個世紀般難以一一細數，以一種不可思議甚至帶點奇蹟似的節奏發展，為這場熱帶假期驚奇收尾，我的心感到前所未有的富足豐盈。

陶珊在隔天仍然若無其事般地出現在我周遭，彷彿那場遲來的表白與叩問不曾存在。

我和其他一行人已經在大廳歸還別墅鑰匙，我感覺到自己的內心在暗自沸騰，想見到孫慢慢，光是心中有這個念頭就讓我足以來回踱步，當我看見她坐著行李小車來到大廳外頭時，我的雙腳已經往她的方向快步移動，她向我打了招呼：「嗨。好久不見。」

從她的眼神中，我能知道她此時此刻和我有同樣的心情，雖然她試圖擺出鎮定姿態，但她笑盈盈的雙眼會說話。

我替她接過她的行李把手，帶點默契地輕輕地觸碰了她的手，都三十歲的人了，在戀愛時還是會因為這種小小的情愫竊喜。

離中午載我們離開皮皮島的快艇還有約莫一小時，我和孫慢慢兩個人偷偷開溜，逃離那群在酒吧最後喝杯雞尾酒的一夥千金小姐，在上船前最後一次在這片美麗的海灘散步。

她穿著輕便的小背心和短褲，眼帶笑意的看著我，我自然地牽起她的手，她騰出的另一隻手從她的亞麻包包中拿出了一朵黃白相間的五辦花朵，攤開在手掌上遞到我面前。

「我在離開小木屋前，發現一旁的雞蛋花掉落在階梯上。很美吧？」她說。

我忍不住微笑，心想著撿起花瓣默默收藏的她更可愛。

「湯以凡，你知道雞蛋花的故事嗎？」

我搖搖頭，「哈哈，我看起來像是知道花的故事的人嗎？」

她輕笑，「雞蛋花在泰國有一個很美的故事哦，雞蛋花叫作Lan Thom，聽起來就跟泰文中的悲傷是一樣的意思，所以大家以前不喜歡種植雞蛋花。後來有一個語言學家出來解釋，Lan是拋棄的意思，Thom是悲傷，因此雞蛋花Lan Thom其實是拋下悲傷，迎接幸福的意思。所以雞蛋花也象徵希望和新生的愛哦。」

我靜靜聽著她講著這段浪漫的雞蛋花故事，眼裡閃爍著光芒，就像我一直以來認識的孫慢慢，相信著浪漫、希望、美好與真愛。而像我這樣的鋼鐵直男，也跟著她這樣如此浪漫情懷的人淪陷，偶爾就跟著感覺走，不要凡事都只看數據和證據，倒也挺舒心的。

「看來妳今天撿到這朵花，是老天給我們的祝福吧。」我說

她有些戲謔又驚訝的表情挑眉，「哇，湯以凡，你變了喔！這句話好不像你會說的話。」

「沒辦法，誰叫我跟全世界最相信浪漫的人在一起呢？」我摸摸她的頭，幫她將雞蛋花和髮絲塞在耳後，替她迷人好看的側臉與身後的海景拍了幾張照片，默默地收藏在我的手機裡頭。

命運為我們彼此帶來一個新的希望，拋下悲傷其實比想像中的還需要勇氣和時間，我和孫慢慢在彼此漫長又孤獨地悲傷中各自掙扎著，如今終於已經準備好往前走了，我非常感激緣分帶領我認識孫慢慢，即便緣分的開端有些誤打誤撞，但引領我們走到這裡的種種羈絆，在冥冥之中以一種最無聲的方式千迴百轉，讓兩個悲傷的陌生人走在一起，如今至此這樣的緣分，又何須去糾結是不是用最正確的方式開始呢？

我的掙扎從什麼時候才應該開口告訴她交友軟體上最初的真相，變成我究竟是否該讓這件事隨風而去，別再糾結相遇時的謊言，而專注在好好經營這段關係的未來，我的腦袋始終沒有一個最好的解答，孫慢慢牽著我的手輕輕地隨著步伐搖晃，她低聲呢喃著：「謝謝你，能遇見你真是太好了。」

Chapter 3 Make it RIGHT

01 真愛的代價

孫慢慢

你能想像要和一個陌生人成為戀人，這中間要有多少個巧合與一連串微小卻關鍵的決策，才能來到今天這樣平凡的幸福時刻嗎？

貪睡五分鐘，你便錯過了可能與他搭上同一班捷運的機會；多參加了一個聚會，可能就先認識了讓你更有興趣的新朋友；不小心在工作上犯錯而加班補救，你累得連交友軟體都沒有打開，回家倒頭呼呼大睡；百無聊賴地滑著交友軟體，0.1 秒的眼緣決定了左滑右滑的命運，你們的一生就只是宇宙裡的兩條平行線，不知道對方的存在。

只要有一個人在一瞬間做了不一樣的決定，故事就會不一樣。因此我常常和我的新娘客戶說，能相愛本身就是一個奇蹟。

而能近距離地緩慢又日常地去認識一個讓自己怦然心動的人，更是一件令人上癮的事情。

每天整理錢包發票，並整齊地放進床頭櫃的習慣。

眼鏡偶爾會在刷牙洗臉後便忘在廁所裡頭，在睡前準備熄燈時才開始尋找，然後總在相似的位置找到。

用完原子筆總是會忘記蓋上筆蓋。

喜歡用了好幾個馬克杯，最後才會一起收拾。

在沙發上看電視打瞌睡，會在電視播完前自動醒來。

和湯以凡談戀愛，比我想像中的還要平淡。

沒錯，我的確想像過和他談戀愛的樣貌，而且可能比他自己以為的都還要再更早之前，大概是在我們剛認識時坐在午後咖啡廳，他淘淘不絕聊起陶珊的時候，我有幾次都聽出了神，想像著被這樣子的一個男人愛著會是什麼感覺。

原來就是這個樣子：必須全黑毫無光線才能睡著的人，床頭櫃上多了一盞小夜燈；不喝冰咖啡的人，冷凍庫出現了一袋又一袋的冰塊；不太吃甜食的男子，卻總是每個星期繞去咖啡廳買紅絲絨蛋糕給我吃；不太怕冷的人體暖爐，家中沙發上卻從此有了一小條雙人毛毯；在某天晚餐後，他遞給了我一副他家的鑰匙。他讓獨自生活的痕跡，一天一天變成了兩個人生活的輪廓。

只是我心中仍然在等待，他從未對我說過的那三個字。偶爾我也會疑惑，湯以凡不曾有機會對陶珊說出口的話，我會有資格聽到嗎？

「怎麼了?妳不喜歡這部電影嗎?」他的視線從前方的電視螢幕，低下頭看向側躺在他懷裡的我，顯然他終於意識到我已經凝視了他好一會兒。

我揚起下巴，看著湯以凡淺淺地笑，心裡從未如此踏實過，就連我自己也好訝異，這樣子充滿生活感氛圍的戀愛，竟然能讓我如此心生平靜。他見我沒有回應，男性本能的求生欲隨之浮現，「我是不是忘記今天是什麼日子了?還是?」

我噗哧一笑，「我只是在想，老天對我真好，讓我遇到一個讓我這麼喜歡的人啊。」

面對突如其來的日常表白，湯以凡顯得有些慌張，在表達內心愛意的這方面，我的確比他更直接、更大膽。他抿起嘴唇，不知所措又害羞的樣子，是我非常喜歡默默收藏在心裡的畫面。

「幸運的是我吧，可以遇到妳。」湯以凡的大腦不知道得將轉速飆到多高，才能夠在幾秒鐘後給出這句回應，我很喜歡，超級喜歡這樣的他。

儘管我們也會有爭執的時候，但大多能在幾個小時內破涕為笑。

我伸出手指勾住他的左手小拇指輕輕玩著，他眼鏡下的那雙眼睛看著我笑了幾秒，用另一隻手掌撫上了我的頭，每一個他輕撫我頭髮的瞬間，我都能感受到無限的寵溺。

湯以凡的愛，藏在所有生活細節裡頭，大概也是這種時候讓我發現，我的內心很渴望和他一直一起生活下去。

就在我的眼皮越來越厚重，即將闔上的前幾秒，湯以凡丟在沙發上的手機震動了起來，我和他同一時間做出了反應，來電顯示者是陶珊。

我必須承認，我的內心畏懼著陶珊。

即便湯以凡對我做過了無數次的承諾與宣示，他對陶珊的情感已經是過去式，然而同為女性，我沒有辦法忽視陶珊對於湯以凡那份遲來的濃烈情感，我的理智要我不能無理要求湯以凡和他最好的朋友斷絕聯繫，情感面卻時常揣著一顆惴惴不安的心。

我躺回了他的腿上，視線轉向了螢幕，盯著一齣我壓根沒追上劇情發展的懸疑片。

湯以凡絲毫沒有移動的打算，他大大的手掌仍摸著我的頭髮，任由手機在沙發另一頭震動了幾十秒，我清清喉嚨：「你不接嗎？」

他手邊動作停了下來，低頭問我：「妳希望我接嗎？」

太狡猾了，竟然將球丟回我身上，我並不想承接這個責任，「那是你的電話，你自己決定。」

「我不接。」

「嗯。」我淡淡地回應。

我不喜歡一年過去了，我和湯以凡仍必須面對陶珊帶給我們的影響，在我們決定交往的初期，湯以凡和我曾有過一次開誠布公的對話，將所有關於陶珊的一切都告訴了我，那些我想問的、他沒說的，一五一十地攤開在我們的關係之間。

我從認識湯以凡的第一天就看出他是如此深愛著陶珊，我陪著他看著陶珊嫁人、陪著他告別這段長達十五年的暗戀，甚至看著他發現這一切原來不只是單戀，而是一場錯過的雙向奔赴……我全都知道，也都知道這全是湯以凡的人生中存在過的事實，卻無法全都釋懷。

「慢慢，妳在生氣嗎？」他溫柔地問我，手指輕柔地碰著我的臉頰。

「沒有啊。我只是覺得陶珊很……」

我欲言又止，不確定是否要向湯以凡全然地坦白我心中對陶珊的不滿。

「很？」

「……很故意。她明明知道我們在一起了，卻還是常常晚上打給你。」

湯以凡嘆了一口氣，有點抱歉的神情，「但是妳知道我跟她之間真的沒什麼吧。加上她前陣子又離婚了，就是想吐苦水吧。」

「就是因為她離婚了嘛，我更擔心了。」

「擔心什麼？我和她就是朋友。」

我沒有回話，他感受到我的不安，彎下腰狠狠地親了我臉頰一下，「我已經有妳了呀。」

我翻過身子，正臉朝上地看著低著頭的他，他露出最讓人無法抗拒的溫暖微笑，手指撫上我的臉頰輕輕摸著。

我小聲咕噥，「真的嗎？沒有騙我？」

湯以凡雙手摟住我肩膀，一把將我的身體提起來轉向他，他有些霸道地伸出一隻手繞到我後方，扶住我的後腦勺，他凝視著我的眼神是那樣的深邃，看得我竟有些心跳紊亂，「我絕不會拿這件事騙人的。慢慢，全世界我只想要妳。」

我忍不住煞氣氛地笑了一聲，湯以凡口中偶爾會講出這種油腔滑調的情話，每一次我都沒辦法克制住想笑他的衝動，以前他被這樣嘲笑後總會有些洩氣和難為情，這次卻面不改色地望著我，讓我收起戲謔的笑容，心臟的跳動變得更鮮明。

「湯以凡，你幹嘛突然這麼認真？」我說。

「因為我需要妳知道，我說的都是真的。」

空氣中瀰漫的氣氛，從我的鬧彆扭、輕鬆寵溺，到現在有些魅惑神祕，每當湯以凡壓低嗓音，以一種平緩冷靜的口吻說出情話時，我都有無法克制想撲向他的衝動，狡猾的是他當然也知道。

我不由自主地凝視湯以凡戴眼鏡的臉蛋，「我知道。只是偶爾還是會想到，你曾經那麼愛她。」

他仍然忍不住輕嘆了一口氣，「我沒辦法改變過去的事，但我們在一起的這一年，我一直很努力讓妳放心呀。請妳相信我，好嗎？」

我點點頭，他露出溫柔的微笑，在我的額頭上親了一下，接著親了我的臉頰、我的嘴唇，我也拋開心中憂慮而回應了他的吻，我們順著彼此的渴望而更加熱烈地接吻，這已經不是第一次，但卻總是如我們之間的第一次般充滿了期待、悸動與激情，他將我順勢抱起移動到他的臥室。

這張床已經多了一顆我的枕頭，我喜歡他的床上擁有了我的枕頭與氣味，我喜歡他家中每一個角落都有了我生活的影子，我喜歡當他的雙手熟悉地撫摸過我身體每一寸肌膚時，我也親暱地取悅他，而他在我耳邊的每一次喘息都能讓我全身酥麻，就像打開我體內最隱密的開關，連他跟著時而溫柔、時而猛烈節奏時所滴下汗珠和厚重呼吸，我全都喜歡，和湯以凡的親密時刻，是我始料未及宛如置身天堂一樣的私藏收穫，當他聽見我因為感受到他所帶來的極致歡愉而再也無法壓抑的呻吟時，我知道他也和我同樣享受這個當下，他在一陣低吼後用盡全身所有力氣緊緊擁抱住了我，他的額頭貼著我的額頭，仍然喘著氣，我輕輕親吻了他一下。

沖完熱水澡的我們穿著睡衣躺在床上，只留著為我點亮的小夜燈，已經半夜一點了，他以側躺的姿勢面對著我，我也心滿意足地看著他，語帶撒嬌地說：「明明就知道我隔天早上六點半有婚紗梳化的工作，還害我這麼晚睡。」

他噗哧一笑，「讓妳也有和新娘一樣的好心情工作呀。」

我抿起嘴強忍總是上揚的嘴角微笑，「少臭美，明明上班會有好心情的人是你吧。」

他眼角彎曲，也露出笑容，突然伸出了右手伸向我的臉頰，順著我的頭髮摸了幾下，「慢慢。」

「嗯？」我感到睡意跟著全身放鬆的肌肉與溫暖的被窩襲來，小夜燈的微光讓他的輪廓看起來更加柔和，他大大的手掌與平穩的安撫，讓我充滿了安全感。

「我想跟妳說一件事。」

「你說呀。」我說，眼神非常朦朧。側躺在鬆軟的枕頭上讓我快要向睡魔投降。

他安靜了幾秒，臉上的微笑卻始終沒有退卻。

「你不說我要睡著了哦……」

「希望妳不會嚇到。嗯……我其實，一直都想找機會跟妳說……」

「嗯？」

他輕輕深吐了一口氣，眼神卻從未離開過我。他用非常低沉卻輕飄飄的嗓音，以一種近乎呢喃的方式說出來了。

「我愛妳。」

簡單的三個字，卻讓他的聲音微微顫抖，我緊閉上雙眼，再慢慢睜開，仍看見他心滿意足且慎重的表情，這也許是我這輩子睡前聽過最美好的一句晚安詞，此時此刻我心裡有無限的平靜與美好，儘管我心中仍有短暫幾秒鐘，浮現了一些疑惑，這是他第一次對戀人說出口嗎？

他曾經對陶珊說過嗎？但這些或許都已經不再重要。

「你可以再說一次嗎？」我用氣音說著。

他彷彿從這三個字中得到了勇氣，再開口時口氣顯得比剛才更加篤定。

「我愛妳，慢慢。」

「我愛妳。」他一連說了兩次，最後一次更像是說個自己聽的一樣。

「謝謝你。我也愛你。」

我伸手摸住他的手掌，感受著被平靜的幸福所包圍的感受。

他在我的額頭上親吻了一下，然後伸長手臂將我後方的小夜燈關上，房間陷入一片寧靜的漆黑，我卻彷彿張開眼就能看見一整片閃爍的星空和舞動的極光，美妙的不可思議，美妙的像是一場奇蹟。

✿

「我到現在還是覺得很扯耶！」梳妝台剛整理好第一套棚內妝髮的新娘，嘴裡熟練地咬著吸管，迅速地吸了手中那杯冰紅茶，口紅完好無缺。

「妳是在說哪件事情？」我拿起手機對著鏡子裡的她側拍，她時髦又充滿幹勁的比了勝利手勢，

「全部！我這樣，妳那樣，全部的事情都很不可思議。」

的確，看著芮娜作為準新娘的模樣，是我知道會發生，卻沒有預料來得這麼快的事情。她比平常的話要再更多，卻不小心有幾次咬字不清、胡言亂語，我暗地裡偷笑，覺得這樣明明心裡很緊張又想裝作一派輕鬆的她很可愛。

「妳期待嗎？」我望向鏡子裡的她，她知道我看穿了她內心的忐忑與焦躁，倔強的點頭。

「但我更期待妳和湯以凡。畢竟你們可是突破了一道堪比世界高峰還要高的阻礙，才終於在一起的耶。每次想到我就覺得很誇張哈哈！」

「哪有妳講的這麼誇張！」

「有啊，我完全記得湯以凡那傢伙第一次來工作室的樣子，一副苦戀癡情男子的樣子，誰會知道這樣的人最後被我們的孫慢慢收服，真有妳的！」

「妳別挖苦我了，妳明知道我還是很在意他那麼愛過陶珊。」

她翻了一圈白眼，「拜託，他都不介意妳曾經差點成為別人的新娘了。」

我立即回敬她一記白眼，芮娜對我的情史如數家珍，隨時都知道在哪一個傷口上撒鹽最有威嚇效果。

「如果妳是我，妳不擔心嗎？」

「擔心有什麼用？妳還不如好好愛他，他才會知道自己現在跟一個比陶珊好一百倍的人在一起。妳一直想著過去已經發生的事情，既沒辦法改變事實，還會把眼前的幸福搞砸的。給我爭氣點，妳是他女友，要也是陶珊怕妳好嗎？」

「說的也是。」

「本來就是好嗎？」

「而且他昨天……終於說了**我愛妳**。」

芮娜一瞬間瞪大眼睛，激動地回頭看著我，我對她點點頭，表示我完全能理解她想表達的心情。

「天啊，終於！湯以凡竟然等了那麼久才說！是在什麼情況下說的？」她殷切的眼神，等著我向她一一報告所有細節，但想起昨晚睡前的激情，我不想在攝影棚裡讓芮娜有機可乘，大肆宣揚一番。

「睡前說的。」我回答。

她帶著可疑的眼光斜眼盯著我，「就這樣？平常妳可是會把所有細節都告訴我的耶。」

「沒什麼特別的細節啊。就是睡前他突然說了嘛。」我避重就輕心虛地帶過，但顯然完全無法躲過芮娜的讀心術。

「孫慢慢，妳當我傻啊？我當妳朋友這麼久了，妳覺得我會不知道妳想什麼嗎？」

「那妳心知肚明就好了啊。」

她勾起邪氣的嘴角，「看來湯以凡讓妳很滿足嘛。從他身材就知道看起來很好用……」

「喂，妳老公就坐在後面滑手機耶，管一下妳的嘴巴好嗎？」

我打斷眼前這位大放厥詞的犀利準新娘，她聳肩大笑，「我真替妳開心，孫慢慢，這麼好用又這麼愛妳的男人，妳可要好好珍惜啊。我敢保證陶珊要是知道自己錯過什麼，絕對會後悔哈哈……」

「知道了啦，妳可以閉嘴了。」

「是是是，孫慢慢總監，今天新娘我本人，就交給妳服務，聽妳的。」

我最好讓芮娜趕緊忙碌起來，要她老公過來鎮壓這位口無遮攔的準新娘。

芮娜和何栩終於開始今天第一套婚紗的棚內拍攝，我透過攝影師每一個快門瞬間，看著這位陪伴我多年的好朋友終於迎接自己的幸福，內心充滿激動與興奮之情，感到十分幸福，想著她剛才調侃我的話，腦袋裡不由得回放起昨晚每一個片段與細節，口袋裡的手機正巧傳來震動，我點開來自湯以凡的訊息：

今天才剛開始，我已經想妳了。
希望妳今天的心情會比新娘更好。

我忍不住漾起微笑，將目光轉回鏡頭前的芮娜，她笑得很自在開心，我用眼角餘光看向側邊的鏡子，被湯以凡說對了，我的表情的確像是我站在這個攝影棚見過的種種新娘客戶，幸福得光彩滿溢。

就是在這個時刻，我意識到湯以凡為我帶來多麼巨大的幸福，讓我再一次不禁想像起自己與眼前穿著婚紗的身分，還剩下多少的距離呢？

湯以凡

如果時光能倒流回到十六歲的我，我一定不會相信當我終於說出人生第一句「我愛妳」，對象並不是陶珊。

我曾經如此真切地相信，陶珊是那一個教會我何謂愛人的人，所以這些年來我總天真地以為所有我對陶珊的付出，那就是愛。直到我遇到了孫慢慢，我才知道我對愛的認識是如此的淺薄，我才領悟原來愛是一件如此瘋狂又毫無邏輯的事情。你想把全部最好的都給她，卻沒想到她的存在本身就是一件世界上最好的事情，好到你無法想到除了給出你所有的愛之外，你還能為她做些什麼。

和孫慢慢在一起的一年來，每一天都比我想像得更美好，她的存在是一道冬日陽光，是春日微風，是盛夏繁花，是秋日楓糖，被這樣溫柔又舒心的人在每一個平凡的日子裡頭愛著，讓我心裡充滿了感激，想著這樣的幸福是多麼得來不易，讓我一天天想淡忘那一個我所沒有勇氣說出來的每一個真相。

當她問起我的工作，我含糊地回答我是個在科技公司的工程師，隱藏了我在「Make it Right」交友軟體工作的事實；我將Nobody曾經和她在交友軟體上所交談過的對話紀錄，都重新讀了一遍，害怕在日常生活中露出任何蛛絲馬跡；我謹慎地不和她談論起Matt，只將Matt定義為不同部門間偶爾會遇到的同事。

我並不以自己的行為感到驕傲，甚至連僥倖都不敢想，日子越幸福，我心中那份害怕真相終將被發現的恐懼，就如同一頭靠幸福感豢養的困獸，越長越巨大。

因此我經常忍不住質問自己，我真的愛孫慢慢嗎？如果我真的愛她，我又怎能懷著這些祕密，自私地享受著她對我的所有溫柔呢？然而只要想到說出這些真相的後果，我便頓時失去坦白的勇氣。

最後終於相愛的兩個人，最初是如何與彼此相遇，真的這麼重要嗎？

昨天那一個平凡的夜晚，我凝視著她準備睡著的臉龐，一股強烈又厚重的情感一瞬間湧現，**我想當那一個可以每天看著她睡著的人，如果可以，我想要看一輩子**。

就是這樣的念頭，讓我在那一刻再也無法忍住，我必須讓她知道**我愛她**。

我知道當我說出來後，我們之間就更不一樣了，而我至今所隱藏的一切將成為這三個字背後的巨大代價。

✿

我有些緊張地為眼前這位穿著皮外套的小姐沖了熱咖啡，她在家中客廳走動，偶爾彎腰仔細看著電視櫃下方的每個大小不一的相框，悠哉地將墨鏡推到頭上，這是第一次有非陶珊和孫慢慢的女性單獨來到我的公寓。

「看來孫慢慢已經慢慢佔據你家了嘛。」她一屁股坐下沙發，脫下皮衣，將抱枕移了個位置，接過我遞上去的咖啡。

「謝謝妳特別來我家一趟。」

她揮了揮手，啜飲了一口熱咖啡，「沒事，約在工作室附近的話太危險了。我還騙她我是來找我婆婆咧。」

芮娜在我鼓起勇氣打電話給她後，二話不說答應了我所提出的邀約，趁著慢慢剛好出外景時來我家。

「好吧，說吧！你說有超級重要的事情要討論，是不是要求婚了？」她不愧是有話直說的直球派，翹起腳質問我。

「妳還真直接。對，我想在十一月最後一個星期五向她求婚。那天是我的生日。」她驚喜地倒抽一口氣，往沙發後一倒，「天呀！認真嗎？那天晚上剛好是我的單身派對！」

「啊……撞期了嗎……那我得找其他天……」

芮娜一瞬間興奮起來，「幹嘛找其他天？那天求婚正好！你不如當天晚上在我的告別單身派對驚喜現身，和她求婚給個大驚喜！而且那天姊妹們都在，還有什麼比這個更完美？」

「我原本是打算在家裡跟她求婚的……」

「呀，求婚就是要有她的好朋友在！而且我們在現場還可以幫你啊！」

「妳認真覺得她會喜歡有別人在場嗎？」

「我當她好朋友比你跟她交往還久耶！相信我就是了。天啊，好期待！你真的要娶她了嗎？」

「如果她願意點頭的話，當然啊。」

「她會的啦，你不用擔心！孫慢慢已經等這天很久了！」她大笑，用力地拍拍我的肩膀。

聽到孫慢慢最好的朋友給了這樣的保證，讓我原本忐忑不安的心情放鬆不少。

「慢慢有和妳說過什麼嗎？」

「她不用說我也知道。湯以凡，我必須說你真的讓孫慢慢很快樂，我很開心她終於遇到對的人。她啊……情路真的很不順，老是遇到一堆騙子，你也知道她前一個未婚夫在婚禮前劈腿吧？真的讓她有好一陣子都沒辦法相信男人。然後用了交友軟體後又遇到一些奇奇怪怪的人，好不容易出現一個天菜級的Matt，結果還是個玩咖。真的是還好現實中遇到你。我早就叫她不要用交友軟體！」

我聽著芮娜淘淘不絕，心裡那頭恐懼巨獸又漸漸甦醒，我不確定自己是否有像芮娜說得那麼好，但我知道如果我想讓孫慢慢往後只活在幸福裡，這些祕密就只能繼續隱藏在心裡。

「哈，交友軟體也是有很多人遇到真愛的啦。」

「我還是不太相信啦。反正不重要，重要的是你要好好對待慢慢！你要是對不起她，我真的不會放過你。湯以凡，你應該不是渣男吧？」

「我不是啦。」

「我想也是。你畢竟是癡情男子哈哈！」

我忍住沒有在她面前翻出來的白眼，微笑點頭。

她看了手錶，連忙喝完手裡的咖啡，抿了嘴唇，「抱歉，我跟你借個廁所呀。等等要直接去找我老公。」她抓起包包裡的小化妝包，起身走往我手指向的廁所。

我送她到門口，她穿起皮外套，一邊穿上高跟鞋，「那就這樣決定了哦，我們保持聯絡規劃求婚驚喜！管好你的手機，不要被慢慢發現啊！」

「我知道啦，謝謝妳的幫忙。」

送走芮娜後，我將桌上的空杯洗乾淨整理好，發現離午休結束只剩十五分鐘，趕緊又抓起車鑰匙匆匆地離開公寓，回到公司進行整個下午的會議，想到即將要向孫慢慢求婚，那份激動又緊張的心情便佔據了我所有的心思。

一路忙碌到晚上八點，整個公司正在為了即將來臨的十一月單身節檔期做準備，我也必須帶領組員持續優化原先已經存在的軟體功能，造福廣大單身用戶，能夠在十一月順利在「Make it Right」上把握緣分，找到真愛。

「湯哥，雙十一檔期的金卡會員配對成功抽鑽戒的機制，我們明天還要再和你討論一下。我們要先下班去吃飯啦，一起去嗎？」

坐在我後排的幾位新進助理工程師們各自背上背包宣告下班，我心不在焉地瀏覽著眼前琳瑯滿目的圖片，隨口用幾句話打發，絲毫沒發現業務助理凱西已經來到我的身後，「湯哥，你要買鑽戒嗎？」

她的大嗓門將我嚇得從椅子上彈跳起來，我瞬間切換分頁，可惜為時已晚，辦公室裡的八卦頭頭設計總監艾咪一個箭步衝了過來，手掌壓在我的椅背上，像鯊魚嗅到新鮮血液一樣湊上，「阿湯，難道你要求婚了嗎？」

「湯哥！原來你有女友！我們還在猜你是不是單身呢。」

新進助理工程師一號也拉高嗓音，大聲的在辦公室裡談笑起來，絲毫不顧旁邊還有其他部門的同事。

「你們不要那麼大聲好不好？」我試圖裝作雲淡風輕，艾咪已經伸出雙手搶過我的滑鼠，把剛才縮小的分頁又切換回來，大辣辣地展示在我的螢幕上。

「哇，滿滿的求婚鑽戒。阿湯，不錯哦，你還知道要看這些名牌啊。」我無奈嘆口氣，雙手一攤，「我完全沒有頭緒好嗎？我只搜了求婚鑽戒，然後這些圖片就要把我搞瘋了……」

「你打聽過她喜歡什麼款式的戒指嗎？」

凱西湊上身插嘴，指著螢幕上一款要價二十萬的名牌鑽戒，「我喜歡這款，超級美，鑽戒竟然這麼貴！」

「你才知道哦，我們男生求婚的成本有多高啊……」助理工程師二號忿忿不平地說，我完全懶得和這些二十幾歲的男孩們討論這麼多，對著最有情場經驗的艾咪求救。

「我本來想找個最有名的款式送她……但我女友就在婚紗產業工作，她本身就是專家。妳覺得我該怎麼選？」

「哎呀，這事還不簡單？你從她的好閨蜜下手就對了。女生之間超愛聊這些的好嗎？」

「也是……雖然她閨蜜有點難Handle就是了……但好像也沒辦法。」

「呿，如果你連一個閨蜜都怕Handle不了，你要怎麼Handle老婆啊？阿湯，拿出男人的Guts，都要求婚了就沒什麼好怕的！」艾咪大力闊氣地拍拍我的背，便接起手中震動的電話，轉身離開我的座位。

「喂湯哥，你是怎麼認識你女友的啊？她的閨蜜單身嗎？可不可以介紹一下……」這兩位新進的助理工程師湊在一起嘰嘰喳喳，我不想和這些大嘴巴多說幾句。

「我的事情不重要。你們不是要去吃飯嗎？趕快去啊！還是想再留下來陪我加班？」我語帶威脅地說，他們還不夠識相地持續追問，直到另一個低沉的嗓音將他們的打鬧聲打斷。

「湯哥，有五分鐘聊聊？」

Matt手插著口袋走到他們身後，沒有掛著太多微笑，面對凱西低聲害羞地打招呼「Matt哥……」，也沒有太多回應，就等著我回答他的邀約。

「好。」我關掉電腦螢幕，兩位新進工程師也觀察到氣氛瞬間變得嚴肅起來，摸摸鼻子就開溜。

我有種預感Matt並不是要找我討論工作上的事情，也猜想他可能聽到剛才所有的對話了，因此我心中也有難掩的忐忑。

我和他走到辦公室旁的戶外平台，Matt不知道從何時養成了開始抽菸的習慣，他順手點起一根香菸，將頭別向右側，吐出一口白煙，散開的菸也沒辦法鬆開他那始終深鎖的眉頭。

「湯哥，我聽到你要求婚了啦？」他直言不諱的問句，乍聽更像是一種質問。

「嗯。」

「打算什麼時候？」

「還不確定，就最近吧。」我也冷淡地回應他，出於他曾經對慢慢的情感，我並不想讓他知道太多我的計畫。

他低聲地嘆了一口很長的氣，沉默了幾秒，彷彿正在思索接下來要說的話，「那……慢慢，她過得好嗎？我一直都想問你。」

面對Matt如此坦白的詢問，我的內心十分矛盾，既是防備，又不免能理解存在於我們倆之間那種莫名的共感，他在乎孫慢慢，我也是。

「她很好。」

「……是嗎？那……那就好。」

「嗯。」

我和Matt雖稱不上是稱兄道弟的好朋友，但曾經也是在辦公室裡可以彼此談天說地，相處得來的好同事，我從他到職的第一天就和他一起合作，如今我們恐怕是無法再回到以前那樣毫無疙瘩的關係了。這傢伙雖然是個情場浪子，不過顯然孫慢慢讓他動了不少真情，受了不少傷，作為認識他好幾年的職場前輩，其實也挺替這樣的他感到擔心。

「那你跟她坦白了嗎？所有的事情。」

他冷不防地問出了我最不願意面對的課題，我既沒有對他坦白的義務，卻也沒有及時隱藏住我的表情，作為善於察言觀色、洞察人心的業務，他很快地從我無聲的回答中得到了答案。

「湯哥，我不認為這樣對慢慢公平。如果你都決定要娶她……」

「我知道。」我打斷他的話，並不是他說錯了，而是我完全能猜想到他要說什麼，也都完全同意，只是想到謊言背後的巨大代價，我就沒有勇氣坦然面對。

「有這麼大一個謊言擋在你們中間，你怎麼好意思開口求婚？難道你打算這樣瞞住她一輩子嗎？」

「我沒有這樣打算。我會找到對的時機……」

「唉，少騙人了。拆穿自己的謊言，永遠都沒有對的時機。你不講的話，我會告訴慢慢。」

「請你不要插手我們之間的事情。我們會自己處理。」我壓抑住差一點迸發的怒氣，平緩地給出我的回覆。

Matt似乎感受到我語氣中的嚴肅，便不再多說，他沉默地抽了幾口菸，眉頭又緊皺了起來。

「湯哥，我們當時決定隱瞞這件事，代價是不是有點太大了？」

「……我不知道。」

這一個問題，我在腦海中已經問過自己千百萬遍，如果能讓我回到過去任何一天，我又該在哪一個時機坦承這一切呢？如果沒有這一個無心的巧合所串起的一連串漣漪，我和孫慢慢又會身在何方呢？

Matt半威脅式的警告，加深了我心中的忐忑，如果這件事最終都要讓孫慢慢知道，我再怎麼樣也不能讓她從別人的口中聽到。

✿

「以凡，你今天幾點才回家呀？」

孫慢慢從浴室走出來，一邊用她的粉色毛巾擰著溼潤的一頭長髮，我坐在床上盯著手機頁面，將剛才儲存在手機相簿裡的幾款鑽戒照片，迅速地傳給與芮娜的對話框，又跳回其他頁面，漫不經心地回答她的問題：「我猜九點半吧？我一路在辦公室待到九點才走呀。」

「這樣啊……你今天很忙呀。那你午餐吃什麼？」她一邊擦著頭髮，站在房間衣櫃前那一個已被她衣服佔據的角落前躊躇。

「午餐喔……嗯……我忘記了耶，太忙了。」

我看她的視線並沒有落在我身上，於是我又趁她不注意時回覆芮娜傳來的戒指建議。

「嗯，辛苦你了。」她又走向浴室，不久後裡頭傳來吹風機的聲音，眼見孫慢慢可能需要在裡面待上十五分鐘，我把握時機打了通電話給芮娜，直接詢問她該如何偷量戒圍的技巧。

直到孫慢慢走出來，我已經將胸有成竹地和芮娜討論完孫慢慢可能會喜歡的戒指款式，即便我與孫慢慢之間從不窺探彼此手機，為了保險起見，我手指一滑，順道刪掉與芮娜的對話框，她擦完身體乳液後全身散發溫和的玫瑰香氣，她穿著小背心睡衣來到床邊，將日光燈關掉，點亮了床邊的小夜燈，我將手機向下放在右手邊的小櫃子，接著張開我的左手臂迎接孫慢慢，她面帶微笑地鑽進我的懷抱之間。

每當她來我家過夜，我最喜歡的時光之一便是睡前的這幾分鐘，她會躺在我的左手臂上，儘管我的手臂到最後總是發麻得令人抓狂，我卻仍享受她柔軟地將自己交給我。

「湯以凡，你是真心愛我對嗎？」她小聲地呢喃。

「當然呀。」

「沒有騙我齁。」她撒嬌地說，眼神有些迷濛地看著我。

我微微一笑，在她的額頭上吻了一下，此時此刻我沒有十足的底氣回答她的這個問題，我將她緊緊抱緊，告訴她現在的我所能給出最真誠的的答案：「我很愛妳，不用擔心。」

02 別讓緣分在眼前溜走

孫慢慢

越刻意不去想，就越發狂似地將每一個細節看在眼裡，有意無意地串起所有可能上演的情節。大腦一旦有了一個完整的故事，哪怕全是自己的憑空想像，這些念頭就成了一台高速行駛的失速火車，在沒有終點的鐵軌上搖搖欲墜般地橫衝直撞。

足足有好幾分鐘，我就這樣望著浴室洗手台角落的那支豆沙粉色的唇膏發呆，沒有女生會忘記自己的唇膏品牌，我第一眼瞥見它時，心中的警鈴以迅雷不急掩耳的速度響起。

有女生來過湯以凡的家，是陶珊嗎？還是其他我不認識的女生？

當我問起他時，我看見他及時地將手機收向胸前，用一副泰然自若的神情對著我說出了從沒有人來過家裡的謊言，我反而不知道該如何面對攤在我眼前的這個騙局。

他可是湯以凡呀，是我相信全世界最不可能傷害我的人，是我鼓起勇氣一頭又栽進愛情裡，讓我重新拾起希望的人。

「我不覺得偷偷檢查他的手機是個好主意。」芮娜從一堆發票與訂單資料中抬起頭，皺著眉頭給出了我沒料到的回應。

「可是他一定有事情瞞著我。我要怎麼知道？」我忍了整個晚上的委屈和困惑，終於在一進到工作室後馬上全盤托出，想靠著犀利的芮娜幫我理出點頭緒，卻沒有預期到她比我想像中的更冷靜。

「嗯……但湯以凡那麼愛妳，我不覺得他會做出背叛妳的事情。」

「妳今天幹嘛一直幫他講話啊？以前妳一定馬上叫我去偷看他手機啊！」

她翻了白眼，「拜託，妳知道有多少人看了對方手機，無法全身而退嗎？你要是不相信他，就算是普通的訊息妳也會疑神疑鬼。這樣有比較好嗎？」

我洩氣地坐在工作室接待區的沙發上，滿腹委屈不僅沒有得到抒發，湯以凡昨日種種心不在焉的行為，讓我很是在意。

我望著地板發呆，才看到白色地毯邊角那塊淺咖啡色污漬，一個古老的記憶頓時跳上心頭，要不是那天被我逮個正著，發現他正在用交友軟體瀏覽我的頁面，我們之間也不會有打翻咖啡、送洗褲子、在酒吧喝醉哭得唏哩嘩啦以及後面這兩年所發生的種種回憶，如果陶珊沒有選擇我的婚紗工作室，如果湯以凡不曾深愛著陶珊而願意陪著她來挑選，這一切都不會發生。

只要中間有一次不一樣的選擇，我的白色地毯仍然潔白完好，我和湯以凡也許就是不曾相遇的兩個陌生人，是這種難以言喻的緣分，將我們湊在了一起。

每每想起要走到今天是需要多麼巨大的巧合和機緣，我便不願意去想像湯以凡會做出任何破壞這一切的事情。

「慢慢，妳不要想那麼多啦。那支口紅搞不好就是某個曾經去過他家的朋友，把東西忘在他家，他根本沒注意到而已。搞不好他以為是妳的口紅呀。」

「他怎麼可能認不得我的東西？」

「哈，妳也太高估這些男人了吧。別說口紅了，他們不認得的東西可多了咧。」

「哈，也是。前幾個月我剪了一些瀏海，他過了一星期才終於發現我長得不一樣。」

「妳看吧，他們根本沒那麼聰明。在我看來，湯以凡根本是個木頭，他沒有那個能耐偷吃啦。好啦……妳別煩惱這些事情了，妳想好要穿什麼來本小姐的單身派對沒？」

「不是還有一星期嗎？」

芮娜從椅子上跳起來，「孫慢慢！只剩一星期耶，妳竟然還沒準備？我警告妳唷，妳可是要好好打扮，給我漂亮的來！」

「好啦好啦，主角又不是我，我總不可能打扮得比妳漂亮吧。」

「這妳不用擔心，我本來就是最漂亮的。哈哈！」

「是是是，芮娜大人。」

我看見芮娜臉上那副期待的表情，心裡也跟著興奮了起來。下週五晚上我們又要重返那間充滿回憶的Sky Tower高空酒吧，替芮娜舉辦單身派對，正式慶祝這位曾經的情場高手要走入婚姻。

✿

進入秋意漸涼的十一月，季節顯然不減人們對於婚姻的衝動，工作室的訂單應接不暇，我和其他幾位以前一起念書的好姊妹們一邊忙著工作，一邊私下規畫著芮娜的派對驚喜，整個星期充滿各種代辦與聯絡事項，忙得不可開交，而湯以凡這陣子總是在加班，我並不是很了解系統工程師的工作內容細節，只知道他在一個軟體程式公司上班，因此每當公司要改版或升級產品的系統時，湯以凡都會特別忙碌。

彼此都忙碌的這星期，我們見面的頻率下降，只有週三晚上他下班後順道繞來工作室來看我一眼，偏偏那天晚班特別忙碌，我們倆也只是簡單地說了幾句話，好不容易終於捱過這星期，來到了這特別的一天，工作室還提早打烊，就為了能盡情享受整個夜晚。

「你今天也會加班到很晚嗎？晚餐要記得吃哦。」我將電話開成擴音，一邊向湯以凡嘮叨，一邊深吸口氣拉上緊身洋裝側腰的拉鏈，看著鏡子整理自己的造型。

「對呀，還在公司趕一個專案。妳準備好出門了嗎？」他在電話那頭問。

「差不多了，對不起呀今天是你生日卻沒辦法陪你，明天再一起吃飯慶祝！」我語帶愧疚地說，我們交往後湯以凡的第一個生日，要不是剛好今晚遇上芮娜的單身派對，我恨不得馬上飛奔到湯以凡面前直到午夜。

「不要擔心，玩得開心一點！酒別喝太多呀，小心安全知道嗎？」

「知道啦，今天主角不是我，你放心。」我對著鏡子擦上口紅，眼見預定的計程車已經來到家門口，「湯以凡，我要出門囉。你到家和我說一聲！生日快樂！」我便匆匆掛上電話，一身華麗地踩著高跟鞋，跳上計程車。

我和一票大學時期的好朋友們，提前了三十分鐘抵達到Sky Tower，精心布置了所有的派對氣球和雞尾酒點心，當芮娜穿著一身火辣的紅色皮裙、腳踩十公分高的水鑽高跟鞋來到，我們興奮地替她戴上皇冠和彩帶，「我們的女王，今天要不醉不歸啊！」

她豪氣地先打開第一瓶昂貴的香檳，高舉酒杯一飲而盡，「老娘要結婚啦！今天妳們都給我玩到瘋掉！」她闊氣一喊，氣氛瞬間沸騰了起來，我們也一杯接著一杯暢飲。

芮娜隨著眾人的鼓譟狂放地舞動著身體，性感火辣的魅力四射，已經好幾位陌生的男子走上前邀約，她得意地露出手上的求婚鑽戒，依然禮貌地和他們喝了幾杯酒。

「芮娜真的玩瘋了啦！我不能再喝了。」

我在千杯不醉的芮娜催促下，已經喝下第二杯酒保招待的龍舌蘭Shot，大聲地向與我一同擠在沙發上的大學朋友Cindy說。

Cindy剛好從加州念完碩士回來台北，剛回來就遇上芮娜的單身派對，說什麼都不能錯過。好幾年不見的她看起來更是充滿自信，她也舉起手裡的杯子和我乾了一杯，「慢慢，妳看起來過的很不錯耶！妳現在有男朋友嗎？」

「我有啊！妳呢？在美國有談戀愛嗎？」我在她耳邊大喊，試圖不被震耳欲聾的酒吧音樂聲蓋過。

她搖搖手指，「約過很多會，暈過很多船，但沒有遇到想和我定下來的啊！妳男朋友長什麼樣子，照片讓我看一下啊！」

「不要啦，有點害羞。」

Cindy用手肘推了我一下，「有什麼好害羞？快點啦，我只是好奇嘛。」

我從包包拿出手機，已經晚上十一點了，湯以凡在半小時前傳了訊息告訴我他已經到家。

我熟練地點進手機相簿，選了一張我們在泰國皮皮島時，那位美國老夫妻替我們拍的合照，展示給Cindy看。

「哇他長得很不錯啊！他有沒有單身朋友可以介紹給我？」

「妳有想談戀愛嗎？」

「當然啊！我想還是亞洲男生更適合我，我可是一下飛機當天就下載了交友軟體，每天照三餐滑咧！」

「哈，我以前也有用交友軟體，芮娜老是說那是沒用的東西。」

「怎麼會沒用？那是她常跑趴，很容易認識人。要是像我這樣喜歡宅在家的人，沒有這些交友軟體我可能真的要孤老終身。」

「那妳交友軟體現在用的怎麼樣啊？妳一定很受歡迎呀！」

Cindy露出得意的笑點點頭，拿出她的手機迫不急待與我分享，所有當今最流行的交友軟體，一個個整齊地排列在她手機桌面上，「哇，妳一次在用這麼多交友軟體呀！」

「這樣才能提高找到對象的機率啊。但我跟妳說，我用這麼多交友軟體，目前最好用的就是這一個叫Make it Right的，妳用過嗎？」

我聽見這個曾經陪伴我每個無聊又孤單的夜晚的交友軟體名字，不禁莞爾一笑，「我用過呀。我還在上面遇到一個讓我瘋狂暈船的人咧。」

「Make it Right的對象素質真的都滿高的，很多帥哥！而且他們有一個很酷的功能，妳看……」

她點進她的Make it Right介面，果然漂亮女生就是不乏一眾配對追求者，滿滿一長串的未讀聊天清單，讓我想起了那段緊抓著手機，在這小小的螢幕世界裡尋找愛情的時光，每一次點進那一個交友軟體，心裡就被充滿期盼又如此容易感到絕望的矛盾心情填滿，我遇到了Nobody，也遇到了真實世界中的他，曾經以為他會成為我的Somebody，到頭來就和我與他相遇的這個名字一樣，終究也只是個Nobody。

我將注意力回到Cindy的螢幕上，她仍然興奮地解釋著交友軟體上的功能，「那些妳按過Super Like的對象，如果妳們已經配對成功，甚至有密集聊天，它就會自動開啟這個偵測距離的功能，如果他剛好在妳的附近，手機會跳通知給妳，還會寫你們距離多遠！妳不覺得很酷嗎？」

「哇這是新功能耶！我去年用的時候還沒有。可是萬一對方不想見到妳本人怎麼辦？」

Cindy大力推了一下我的肩膀，「妳怎麼這麼悲觀！搞不好他超級想見到我本人啊！老天有眼，直接把肉送到面前，還有不吃的道理嗎？哈哈！」

「也是，妳知道我也是一次巧合之下見到那位讓我暈船的人嗎？我們聊天都好好的，有一天他就再也不回訊息，結果在我客戶的婚禮上遇到！扯不扯？」

Cindy戲劇性地倒抽一口氣，臉上表情已經顯露出對八卦的渴望，「天啊，直接被妳抓到。那後來咧？為什麼沒成？」

「唉，」我無奈地笑，「這就說來話長了啦。總之我當時暈了好久，最後發現他是個玩咖。」

「他是很帥是不是？不然妳為什麼暈成這樣？他的Profile借我看，搞不好我會滑到他。」

「哎呀，我交友軟體都刪掉多久了。」

「再載回來就幾秒鐘的事情啊！借我看看妳暈船的人到底有多帥，妳不好奇順便看一看現在戀愛市場上的菜色嗎？」

我在內心微微地天人交戰，畢竟背著另一半將交友軟體載回來，乍看的確是一件非常可疑的事情，雖然湯以凡並不會檢查我的手機，但難保萬一有一天他發現我在交往期間把交友軟體下載回來，會不會引起我們之間的爭執？

也許是酒精的催化讓我心中的惡魔聲音比平常更清晰，我同時也很好奇Matt是否還有持續活躍地在更新交友軟體上的照片與自我介紹？我和Matt發展到結束的整段期間，從來沒有勇氣開口談論我們曾在交友軟體上的互動，一來是我並不明白我們的對話哪裡出了差錯，讓他一夕之間斷了聯絡，另一方面也是害怕提起這個話題，會為我們當時如履薄冰般的關係增添更多障礙。

於是我又喝了一小杯白酒，鼓起勇氣將Make it Right載了回來。

我清楚地聽見我的心臟碰碰跳，彷彿在做一件刺激又帶有小小罪惡感的虧心事，當我睽違一年多再一次登進我的帳戶，那熟悉的感覺又一次湧上心頭，直接打開了我暫時封塵的記憶盒子。

Nobody仍是我聊天清單中的排序第一位，對話停留在將近兩年前，我主動發出的那一句：

你最近還好嗎？發生什麼事情了嗎？

至今仍然沒有回覆。

我點開那張小小的頭像，仍是他穿著湯以凡的廚房圍裙，在他的廚房中下廚的照片，然而一行細小的灰色字體卻隱隱刺痛了我，用戶最後上線時間為一小時前。

原來他還在使用著交友軟體。

雖然我現在和湯以凡過得非常幸福，我也不認為我和Matt假若真的交往了會幸福長久，但看見他仍積極地在使用交友軟體的證明，仍讓我感覺自己僅僅是一位他功績版上眾多戰死沙場的小兵一員。

這是我和湯以凡交往後，第一次偷偷地載回交友軟體，我盯著曾經和Nobody徹夜長談的對話框出了神，一旁的Cindy早就已經將注意力投入到另一組女生們的整形話題裡頭，我想起好久以前的某一夜，就在這一個Sky Tower的露天座位，我望著燈火闌珊的夜景而感到無限孤寂的那份心情，有時候回想起和Nobody的對話，我仍然很難相信他就是Matt，同一個人在現實中和網路世界裡，竟然能有那麼大的轉變。

「孫慢慢！妳有時間滑手機，還不趕快一起來喝酒！」芮娜的大嗓門倏地出現在我頭頂，她微醺的雙頰泛紅，手叉著腰將我逮個正著，我馬上心虛地將手機螢幕按上，將手機螢幕向下藏在手心裡頭。

「妳還喝不夠啊？」我說。

「開玩笑，妳太小看我了吧！」她大笑，「今天可是老娘的單身趴耶！」說完她便逼我舉起桌上的另一杯香檳，和她共同一飲而盡。

Cindy又悄悄地湊到我身旁，在我耳邊低語：「我們幫芮娜安排的猛男驚喜，要準備一下了，妳先把她帶到廁所去補個妝，拖延一下，好了我傳訊息給妳啊，記得看手機。」

我點點頭，難掩心中等會看好戲的興奮感，抓起手機起身勾住芮娜的手，「大小姐，妳的妝都花掉一半了，乾脆妳陪我去廁所一起補妝吧。」

「要死了，妳現在才跟我說？」

芮娜迅雷不急掩耳地轉身，拉著我的手走一路穿過已經十分熱鬧的酒吧人潮，我回過頭和Cindy打了個暗號，她點點頭比了讚的手勢，我便跟著她來到酒吧最底端的廁所。

我暗自在心中慶幸廁所的燈光仍然昏暗，妝容堪稱完整度百分百的芮娜，不至於太快發現我為了將她帶離現場所胡亂鄒出的藉口，她甩著一張吸油面紙倚靠在洗手台前，對著鏡子整理自己的狀態，我和她的眼神在鏡子裡交會。

「幹嘛這樣看我？」她說。

我微笑，「看妳很高興的樣子啊。我們一起跑過這麼多派對，終於今天也輪到妳的單身派對。」

「哈哈，我一直都知道我會有這一天啊。」她補著睫毛膏，漫不經心地繼續說著：「我等妳的單身派對唷。」

我輕輕嘆了一口氣，我也好想知道我的單身派對還要多久才會來臨。

她似乎看穿了我的心思，「妳不要擔心啦，我有預感妳的也快了。」

「哈，是這樣嗎？」

「如果湯以凡今天就跟妳求婚，妳會答應嗎？」她拋出這個問題，我的內心幾乎不需要任何多餘的思索，就連我也不確定這般篤定的信心從何而來。

「會呀。」

「妳就這麼愛他呀？」她放下手裡的化妝品，轉過身來看著背後的我，「為什麼這麼確定？你們交往也不算很久呀。」

「嗯……我猜他就是那個對的人吧。」

芮娜聽到我的回答，不小心爆出笑聲，「妳還是這麼浪漫，受不了。也好，孫慢慢呀，妳要繼續保持這種浪漫的心。和妳夢想中的對的人白頭偕老啊！」她挖苦我，我懶得和她爭，芮娜和我就是這麼不同的人，也許也是因為我們的不同，才讓彼此成為了特別的好朋友。

「浪漫才好！妳啊，有時候也要浪漫一點。」

我手裡一直緊抓著的手機一連震動了好幾回，Cindy傳來了訊息，簡短地寫著：

Ready!

「妳補好妝沒？走吧。」我出聲催促著芮娜趕緊收拾好化妝包，她最後對著鏡子抿著嘴唇，然後掛著迷人又滿足的微笑站在原地盯著我。

「走啦。」我說

「妳先請啊。」她堅持要我走在前面，也好，如果到時候走回我們的區域發現有什麼閃失，還能及時將她堵回去。

我率先走出女廁，手機又一連震動了好幾回，Cindy又傳來一則催促我們的訊息，我正想焦急地加快腳步叫芮娜跟上時，另一則陌生的通知卻凍住了我的目光。

Make it Right：妳和配對清單中的「Nobody」近在咫尺！

你們相距：25公尺，別讓緣分在眼前溜走！

我腦海中立即想起Cindy先前提過的Make it Right配對通知新功能，但讓我惶恐的是與我近在咫尺的對象，不是別人，就是Matt。

從我們在泰國渡假村最後一次的談話後，我就再也沒有見過他，怎麼樣也沒料想到他此時此刻就在同一個酒吧裡。

我試圖不去想著可能遇到Matt的巧合，只想著要帶著芮娜回到座位，專注於她的派對驚喜才是此刻最重要的事。

然而我的手機又震動了一回。我心虛地又再低頭瞥了一眼，每看一次就讓我的心跳紊亂緊張。

Make it Right：妳和配對清單中的「Nobody」近在咫尺！
你們相距：15公尺，別讓緣分在眼前溜走！

十五公尺，我在走向Matt的路上。這種事情怎麼可能發生？

我開始在腦中假想如果真的和Matt巧遇，該做出什麼樣的反應才能順利化解尷尬？

我深呼吸，保持鎮定地牽著芮娜穿過人潮。

當手機第三次震動，我的心臟已經要失去控制般的跳動。

Make it Right：妳和配對清單中的「Nobody」近在咫尺！
你們相距：10公尺，別讓緣分在眼前溜走！

我膽怯地停下腳步，快速地張望了擠滿週五人潮的酒吧，左邊……右邊……，打扮時髦的男男女女嘻笑舞動著，如果我和Matt就隔著彼此十公尺，我會一眼認出他來。

他像個隱形的敵人，讓我的心惴惴不安，芮娜發現我站在原地，站在我的背後催促我繼續往前走：「這裡人很多，妳不要在這停下來啦。我們快點回座位。」

我無心向她解釋此刻我為什麼心驚膽顫，只好硬著頭皮繼續往前走，終於來到離我們戶外包廂咫尺的玻璃門外，戶外露台同樣擠滿了人，我看見Cindy他們的背影站成人牆，顯然猛男驚喜已經在中央準備好了。

手機發瘋似地震動，卻要讓我喘不過氣。

上一個通知是十公尺，可想而知這一個通知，我與Matt簡直是近在咫尺了。

他到底躲在哪裡？他不可能也在我剛剛就在的戶外吧台，我的心臟失速地在喉頭發狂，我推開了玻璃門，Cindy和所有在露台上的好朋友們用最嘹亮的嗓音喊出：「Surprise！」

眼前的畫面是我做夢也不會預想到的。

芮娜搭上我的肩膀，掛著得意的表情對我大喊：「Surprise！女主角是妳！」

我低下頭看了手機的通知一眼，再抬頭望向眼前的場景，一瞬間好像明白了一件非常可怕的事情，一件我怎麼想也沒想過會發生的事情，一件我此刻甚至無法置信的事情。

湯以凡捧著一大束粉紅色玫瑰花，穿著完整的西裝，他掛著緊張的微笑站在人群中央。

「嗨，慢慢。」他一概溫柔的嗓音，讓我的眼眶泛了紅。

他卻完全無法想像，我的世界正在迅速地瓦解崩塌。而我卻有千百萬個不願意相信，他竟然是親手摧毀我世界的那一個人。

我屏住呼吸，不自覺地將手機握得死緊，心裡懷抱著最後一次的期待，期待手機就這樣靜靜地被我抓在手中。

終於我邁開了緩慢又懦弱的步伐走向他，這短短的五公尺，我卻彷彿踩在即將融化的脆弱冰層上，每一步都充滿著猶豫、害怕、擔憂，這顯然不是一個被求婚者走向眼前另一半該有的步伐。

我站在湯以凡面前，看著眼前這一個明明讓我每一天都感覺到無比幸福的人，心中卻冒出了好多困惑和陌生。

湯以凡緩慢地將右膝跪下，他將手裡那一個紅色的戒指盒打開，微小卻在夜裡閃閃發光的是我等待已久的未來。

我多希望這一切都不是真的。

「慢慢，妳願意嫁給我嗎？」

他問出口了，這一句我總是幻想著的魔法問句，我總想著有那麼一天，我會遇到一個對的人，他會對我說出這句話，而那一天就是今天。

然而我手心裡的持續震動，卻殘忍又無聲地告訴了我答案，將我那顆原本因為害怕而失速的心臟，一槍斃命，狠心地任其墜落到最黑暗的谷底。

我最後一次低頭看了手中隱隱震動的手機。

Make it Right：妳和配對清單中的「Nobody」近在咫尺！
你們就在彼此眼前，別讓緣分在眼前溜走！

我感覺眼前一片黑暗，好像將四周的氧氣都吸光，我近乎要昏厥一樣的恍惚，淚水不知道什麼時候已經將眼眶填滿，我渾身無法抑止地顫抖，我從未料到原來被求婚時要給出我即將說出的這句話，會比什麼都困難。

看著眼前懷著誠懇眼光，等待著我回答的湯以凡，我又突然有一股近乎要衝上腦門毀滅一切的怒火，他的這一個天大的祕密，讓我的憤怒與失望如野火燎原般一瞬間燒毀了所有曾經的幸福光景，那些微小又美好的日常，在這一瞬間全部化成灰燼。

「慢慢？妳願意嗎？」他說，眼裡泛著淚光。

我用盡全身的力氣，終於移動了牢牢定在原地的雙腳，我向後退了一步。

不尋常的靜默，讓眾人也不敢出聲幫腔，我才將這幾個字艱難地擠出喉嚨：「……我沒辦法。」

我沒辦法。

我沒辦法。

我沒辦法，我沒辦法嫁給一個我並不認識真正的他是誰的人。

從小如此浪漫的我，幻想著命中注定的愛情，憧憬著屬於我的幸福到來的那一天，我曾經懷抱著多麼巨大的信心與希望，在每段關係裡全力以赴，儘管抱著會受傷的風險，我也甘願努力一回。

我是多麼相信且期待著湯以凡成為那一個向我提出共度一生的邀請的人，他卻讓我在這一天終於來臨時，完全不留選擇餘地給我，逼我說出「我沒辦法。」

他用最令人難以置信的方式，輕而易舉地摧毀了我對愛情的所有信任，甚至開始懷疑我自己這段時間以來是不是都被蒙蔽了雙眼。

我不明白，為什麼在我心中，這一個全世界最不可能傷害我的人，卻讓我的世界一夕之間崩毀？

他不明所以然地杵在原地，於是我將手機螢幕轉向了他，他的表情告訴我，他也明白了。

我後退一步，又退了一步，然後轉身逃跑似地離開，所有曾經看來一切幸福的可能都在腦後化為泡影。

我沒辦法原諒湯以凡。

我不知道我這一輩子還有沒有辦法原諒他。

湯以凡

當我看見孫慢慢的手機螢幕時，我知道我將永遠失去她。

她終究還是知道了我沒有勇氣說出來的真相，以一種對彼此都極其殘忍的方式。

我沒有預期她又偷偷載回了交友軟體，這是我第一次發現原來我並不全然地了解她。我必須說，我的內心經歷了一個短暫的失望。

然而比起我所對她、對這段關係所做的事情，她的這一個祕密就像羽毛撞上了一艘巨大的沉船，顯得一點都微不足道。

這世間哪有什麼相遇是命中注定？所有的相遇終究都是算計，而算計總會有出了差錯的一天，最諷刺的還是我沒日沒夜加班所親手開發出的功能，這就是老天爺給我的懲罰，我知道我這次徹底地搞砸了，所有的後果是我自作自受。

我跪在原地的膝蓋微微顫抖，當眾人對於她斷然地離去一片譁然時，我凝視著她逃離現場的背影，心裡只有無盡蔓延的悔恨。

我怎麼能怪孫慢慢做出了這個決定呢？

她為了我的懦弱膽小，所承受的巨大失望與背叛，讓我連起身挽留她的念頭都不敢奢望，我怎麼有臉追上她，要她聽我解釋呢？

芮娜來到我的面前，一張鐵青冷酷的臉，「不管你做了什麼，一定是一件讓她傷透了心的事。」我沒有回話，緩慢地站起身，芮娜緊皺眉頭擋住了我，「湯以凡，你怎麼可以這樣對她？」

「……我知道我傷了她的心，這全都是我的錯。我……」

「該聽你的解釋的人不是我。」她打斷我說的話，「……我得先去找慢慢了！」

芮娜慌忙地抓起她手中的手機，走了幾步又回過頭來走向我，用近乎哀求的眼神看著我，「……還有，如果你不是真心愛她，那我請你放過她。不要再來傷害慢慢。她是個好女孩。」

直到芮娜和圍觀的眾人們離去，我站在原地，手裡的玫瑰花束與戒指此時看來格外的諷刺。

是啊，Matt說的沒錯，我連這樣一個巨大的謊言都還沒有有勇氣向她坦承，我憑什麼證明我已經準備好和她邁入下一個階段，給她一份真正的幸福？

正因為我了解孫慢慢，也理解孫慢慢對我的情感，因此我更焦急地擔心著孫慢慢此時此刻的狀態，我踏進公寓裡頭，望著空無一人黑暗的客廳，四處都是我和孫慢慢一起生活的痕跡，她的馬克杯還放在水槽裡，沙發上的毛毯折的整整齊齊，甚至空氣中我都還能聞到她慣用的那瓶玫瑰香水氣味，我才終於意識到那份巨大又荒涼的恐懼如洪水般猛烈襲上心頭，她也許永遠再也不會回到這個屋子，甚至……我或許再也無法見到她。

這樣的念頭讓我全身忍不住微微顫抖，我大力吸了一口氣，試圖鎮定下來，保持理性。

我看著慢慢在出門前傳來的那封訊息，和可愛的自拍照，彷彿已經是上個世紀一樣的事情，我內心有無數掙扎，此時該怎麼做才是最好的辦法？在我還沒意會過來自己的下一步是什麼時，電話裡已經傳出熟悉的嗓音。

我下意識地打給了此時我唯一能求救的人。

「喂？哈囉，湯以凡，你聽得到嗎？」陶珊在手機那頭呼叫了好幾聲，我才按下擴音鍵，坐在客廳沙發上，眼前仍是一片黑暗。

「……有，我有聽到。」

「湯以凡，生日快樂！我今天晚上打了好幾通你都沒接，終於回我電話了齁，你有沒有好好慶祝呀？」她歡快的語氣，讓我一時不知道如何向她開口，我這些日子以來所釀成的錯誤。

陶珊很快地就注意到我的不對勁，她的語調緩和了下來，小心翼翼地詢問：「你還好嗎？發生什麼事了？」

我嘆了一口氣，清了清沙啞的喉嚨，「我……搞砸了。我傷了孫慢慢的心。」

「怎麼了？你們吵架了嗎？」

「比吵架更糟……。我……我對她說了一個很大的謊，被她發現了。在今晚我向她求婚的時候。」

我從沒有向陶珊提起我準備和慢慢求婚的事情，因此我也從她在電話那頭的沉默，感受到她還來不及消化這麼多突如其來的資訊。

「所以……你求婚了，但慢慢發現你說的謊了，她怎麼說？她答應了嗎？」

我緊皺眉頭，感覺到腦袋裡一片混沌，今晚所有一切不停地在我腦中重演，慢慢心碎、失望、震驚的神情，她眼眶泛著淚水的無聲告別，及傷心至極而轉身離去的背影，這些畫面全都成了對我的懲罰。

「……她離開我了。」

「湯以凡，我可以問……你做了什麼事情讓慢慢這麼傷心嗎？」

我以懺悔的姿態向陶珊一五一十地坦白，從我陪她到慢慢的婚紗工作室試婚紗的那一天，在Make it Right上頭與我的測試帳號的配對，到中間我所隱瞞的種種，包括拉著Matt下水一起承擔這個謊言，以及我明知道總有一天我得告訴慢慢，卻沒有勇氣面對坦承真相的後果的懦弱心情。

「……一直到最後我都沒有勇氣向她坦白，卻被她用最難堪的方式發現了。結果我還是失去她了。」我說完了這一整段故事，陷入了沉默，這是我第一次向Matt以外的人主動提起所有的一切，此時陶珊是我唯一能夠傾訴的對象了。

整段告解陶珊僅是在電話那頭安靜地聽著，她一語不發，我可以猜想到我或許也讓她失望了。

「……以凡，你為什麼總是這麼害怕真相呢？」陶珊終於開口，卻拋了一個很深的問題。

我沉思了幾秒鐘，追根究柢地向自己內心尋找解答，得到一個連自己都感到悲哀的答案。

「因為害怕真相不夠好。我怕說出來就會失去她。」

她在電話那頭輕輕嘆了一口氣，「可是你知道嗎？你不說，你永遠都不會真正的擁有呀。」她又躊躇了幾秒，隨後呢喃似地補上一句：「就像當年你不敢告訴我你喜歡我，過了十五年的時間，結局是我們就這樣錯過，沒有辦法回頭了。」

她見我遲遲沒有回話，便接著用一貫溫柔的嗓音繼續說著：「但是你跟慢慢還有機會呀。湯以凡，你愛慢慢嗎？」

「我當然愛她。」

她可能沒有料到我會回答地如此迅速又乾脆，苦笑了一聲，「那你怎麼甘願就這樣留下遺憾結束？儘管真相不夠好，但它還是很重要，我相信對慢慢來說也是，雖然會讓她失望和傷心，但我想她應該也會希望從你這裡得到一個真相。不管你們最後有沒有辦法繼續下去，知道真相，才有辦法讓她從這個傷痛裡開始慢慢復原。」

她停頓了一秒，悠悠地說：「你不能因為害怕失去就選擇逃避，畢竟……到頭來，愛一個人本來就是一件需要勇氣的事，你要把一顆真心交到別人手上，就可能會有受傷的風險呀。就是因為這樣地不容易，勇敢的人才能擁有真正的幸福，不是嗎？」

我的眼淚無聲無息地不停流下，這一段話不只是來自於一個認識我大半輩子的好友給的忠告，更像是我人生至此的當頭棒喝，我用了十五年的時間從陶珊身上學到了何謂因為缺乏勇氣而留下的遺憾，如今當我又擁有了一次幸福的可能時，我卻打算什麼都不做，讓我深愛的人為了我的懦弱而承受著被欺瞞與背叛的痛苦。

陶珊說得沒錯，我欠孫慢慢一個完整的真相，不論她最後會做什麼決定，都是我應該承受的後果。

「以凡，你跟慢慢經過了這麼多千迴百轉，最後走在一起，一定是很特別的緣分。我認為你在坦白了這些謊言後，你們如果真的是彼此對的人，你們會有辦法一起克服的。」

「我現在實在沒有自信說我是她的對的人……」我手肘撐著額頭，眼淚像失控的水龍頭一樣在陶珊誠懇的忠告下不停地湧出。

「我猜應該沒有人一開始就知道，對方是百分之百對的人吧。也許真愛是這樣子的……兩個人相遇後，一步一步願意為彼此做出對的決定和選擇時，隨著時間不知不覺才成為彼此對的人。湯以凡呀，這次不要輕易放棄啊！」

「嗯。」

「我希望你過的幸福。真的。」陶珊最後送上了如此意義深遠的祝福，顯得格外有意義。

我的思緒清晰了一些，我向她道謝後結束了通話，發燙的手機仍然沒有孫慢慢的任何消息。

我點開與她的聊天室，開始按著鍵盤打字，告訴她我很抱歉她必須用這種方式發現這一切，等到她準備好的時候，如果願意給我一次機會，我會向她好好解釋，將所有真相都告訴她。

我習慣性地在訊息的最後打上了「我愛妳」，躊躇了幾秒後按下刪除鍵，手指卻又騰在空中。

於是我又將手指放回螢幕鍵盤上：

我說的每一句我愛妳都是真心的，請妳相信我。

送出。

在第一次感覺到失去孫慢慢的家中，我將手機通知聲量開到最大，緊緊握在手裡，始終沒有動靜的手機將悲傷的寂靜化成了一聲令人徹夜輾轉難眠的轟天巨響，孫慢慢沒有回覆，但我這次不會放棄，我會靜靜等待她準備好的那一天。

✿

一天有二十四小時，一千四百四十分鐘，八萬六千四百秒，這是我第一次體會到何謂時間的漫長。

我曾自傲自己是一個十分擅長等待的人，過去暗戀著陶珊的十五年，是超過四億秒鐘的總和，我卻從未感受到時間是如此殘忍的緩慢，然而光是等待孫慢慢消息的這一天，我便焦慮地快要發狂。

好幾次我忍不住想撥通電話給她，甚至想過去她的婚紗工作室當面找她，但我最後的理智總在我即將失控時拉住了我。

我清楚地知道，孫慢慢需要時間，有可能是一天，一星期、一個月、一年，甚至是一輩子，我恐怕都得無所怨言的等待。

整個星期我在辦公室都無法專注，時時刻刻盯著手機，深怕自己錯過了任何來自孫慢慢的消息，然而手機只是靜靜地躺在桌面，無聲無息地提醒著我時間的流逝。

我坐在電腦前，終於按捺不住心中的疑惑，輸入孫慢慢的帳號資料，想為自己找到解答，慢慢不可能偷偷瞞著我持續用交友軟體，看見她的帳號資料顯示她是在求婚當晚前一小時才載回Make it Right的應用程式，讓我鬆了一大口氣，同時也不由得感慨，不論她是因為什麼理由將交友軟體在我準備求婚的那天下載回手機裡頭，這一切都彷彿命運安排一樣，我的祕密注定被她發現。

我摘下眼鏡揉了揉緊皺的眉頭，忍不住嘆了好幾口氣，我的測試帳號從和她配對的那一天，再也沒有和其他人有過互動，打從一開始的偶然配對，一路到今天，我從未懷著傷害孫慢慢的意圖，卻怎麼樣都沒料到一個無心的向右滑，會掀起這麼多漣漪。事到如今，我偶爾會想當初那一個右滑的配對，究竟是不是一個錯誤？

辦公室大片落地窗外的天色已經暗了下來，傍晚涼意漸起，聽到周遭的同事討論著週五晚上要去哪裡放鬆一下，我才意識到離事情發生已經過了一週，沒有孫慢慢的一個星期，對我來說就像一世紀一樣難熬。我抓起外套離開公司，將手機放進牛仔褲的口袋裡，戴上安全帽便發動機車，漫無目的地騎在台北市街頭，我並不想太早回家，面對虛無的等待，然而也沒有其他去處，直到一股強烈的震動彷彿電流般穿過我的大腿，我的心一下著急了起來，我火速將機車加速，騎到最外側的路邊，從口袋裡掏出手機，終於看見了我等待許久的名字出現在手機通知訊息。

孫慢慢簡短地寫著：我們需要談談。明天早上十點，浪吧咖啡。

我飛快地回傳簡訊，心臟強力地跳動著，我等不及想見到孫慢慢，想告訴她我所有的歉疚，想讓她知道我所有的心意，想讓一切回到正常的軌道。

隔日早上我提前了十五分鐘抵達浪吧咖啡，週六早上的咖啡廳很是熱鬧，一推開門我卻已經一眼認出孫慢慢的背影，她已經安靜地坐在我們曾經喝過咖啡的那個座位，她小小的背影看起來非常虛弱，我深呼吸了一口氣，讓自己保持在理智清醒的狀態，朝她走去。

她微微抬起頭，注意到了來到她眼前的我，她淡然的表情卻遮不住因為哭泣而浮腫的雙眼，毫無血色發白的雙唇，她沒有一絲微笑，盯著我一語不發。

「慢慢，妳想喝點什麼嗎？」我小心翼翼地說，此時她像一片即將凋零飄落的花瓣，搖搖欲墜，我深怕一個不小心又刺激了她。

「……我要一杯冰咖啡，他要熱咖啡。」

面對來到桌邊的服務生，她逕自地替我一併回答，待服務生走遠後，她冷淡地看著我：「……喜歡下廚，拿手菜是義大利麵。比起酒精，更愛喝咖啡。我的身體組成：50％咖啡和50％義大利麵。討厭冰咖啡，最喜歡煙燻鮭魚義大利麵。我說得沒錯嗎？」

我知道她口中說出來的這些句子，是來自Nobody的帳號。一股更加深層與強烈的愧疚感一波波襲捲而來，**湯以凡，拿出面對的勇氣**，我對自己喊話。

「慢慢，對不起。我很對不起向你隱瞞了這些事。」

我的雙眼直勾勾地望著她，她的眼眶已經溼潤了起來，鼻子也稍稍泛紅。

「湯以凡，為什麼要這樣對我？你不只是隱瞞，你是欺騙！你一直以來都在騙我，從我們認識的第一天開始，你就沒停過對我說謊。你在這個座位騙過我，當我在這個咖啡廳給你看Nobody帳號時，你說了謊；當我為了Nobody消失而難過時，你在陶珊婚禮的沙灘騙了我，甚至和我大吵一架；在我為了Matt難過的時候，你還是在騙我，你甚至……」

她哽咽的語氣裡透露著所有對我的失望，她吸著鼻子，用微微顫抖的手擦去了臉頰上終究滑落的眼淚。

她繼續說著：「甚至在你家廚房……當我問你還有沒有什麼事情沒告訴我的時候，你還是選擇繼續騙我！湯以凡，為什麼？你有這麼多次機會，就從沒想過告訴我真相嗎？」

「我真的很對不起妳，慢慢，我知道我讓妳失望了。我也知道現在我所有的解釋，聽起來都像是藉口，但是……我……我太害怕一說出來就會失去妳。我擔心一旦妳知道了真相，妳就會離開我。」

「那你有想過我當時發現事實的感受嗎？當我發現眼前這個下跪向我求婚的人，是一個原來一直在騙我的人……你知道我有多麼傷心嗎？你知道被信任的人傷害，是多麼痛苦嗎？」

「我知道……我很對不起。慢慢，我從來沒有想過要傷害妳……我告訴過妳我是應用程式的工程師，Matt是我的同事，我們都是在Make it Right工作。這一個Nobody是我用來測試程式的帳號，也因為我從來不用交友軟體認識人，所以我才放了Matt的照片。」

她一句話都沒說地聽著我解釋，眼淚始終不停地順著臉頰流下。

「第一次去妳的工作室時，因為滑到了妳的帳號，當時只是出於好奇……所以我們才配對了。那也是我第一次和交友軟體上認識的人聊天，我非常喜歡和妳聊天，也很喜歡妳和我分享生活，沒想到之後妳在這個咖啡廳告訴我，妳對Nobody開始感到上心，我才意識到不能這樣下去，所以我再也沒用Nobody和妳聊過天。」

她的表情顯露出震驚，隨後將眉頭皺得更緊，將視線別向右邊，不想讓我看見她想嚎啕大哭的模樣。我多麼希望此刻我能擁抱她，但我不能。

「……但沒想到，妳卻在陶珊的婚禮上遇到了Matt本人。當時妳已經是我很好的朋友，妳幫助了我度過陶珊結婚的痛苦，我……我沒辦法在那時候告訴妳，Matt並不是和妳在交友軟體上聊天的人，那個人一直都是我。所以我和Matt決定繼續守著這個祕密……。之後妳和Matt越來越認真，我就越沒有勇氣向妳坦白。」

「所以我當初為了Nobody和Matt這麼難過……都是你一手造成的。」她難過啜泣，字字句句都有無盡的失望。

「我很抱歉。我造成了妳這麼多的難過。……妳和Matt認識後，我發現自己一天比一天更在意妳，一直到泰國的海島之旅，我才明白我已經愛上妳了。而當妳也對我有一樣的感覺時，我沒辦法再冒著可能失去妳的風險，所以選擇了隱瞞這些事情。」

「湯以凡……最讓我受傷的事情是，我曾經那麼相信你，也認為你總是很真誠的對待我，在我心中最不可能對我說謊的人就是你。你……曾經讓我相信我終於遇到了命中注定的幸福，沒想到最後全都是一場騙局。」

「我也許對妳隱瞞了這些事情，但是跟妳在一起時我所對妳表達的感覺，全部都是真的。當我說妳是我的那一個對的人的時候，我是真心那樣認為；當我說……當我說**我愛妳**的時候，每一句都是真心的。我愛妳，慢慢，我是真心愛著妳。」

孫慢慢低頭凝視著桌面，突然輕輕地笑了一聲，她抬起頭望著我的雙眼，露出了遺憾的神情，這樣的眼神讓我有了不好的預感。

「湯以凡……我一直都對你很誠實，我喜歡的、我不喜歡的，我都很勇敢的說出實話。過去這一個星期，我一直反覆問自己，我還愛你嗎？我還愛湯以凡嗎？今天我看到你出現在我面前，我必須承認，我還是很愛你。」

聽到孫慢慢這樣說，我的內心燃起一股微小的希望，也許這所有的一切都有轉圜的餘地。

我懇切地望著她，她的神情卻比剛還要更黯淡，她接著開口。

「但是你知道嗎？當你剛剛說你愛我時，我發現……我卻無法像以前那樣相信你說出來的話了。

我很想相信，但是我已經不知道你說的哪句話是真的，哪句話是假的了。我們連最初的相遇都是建立在一個假的帳號上……你要我相信什麼呢？」

她的這句話，就像是一面投降的白旗，殺得我手足無措，我從她的口氣裡聽見了放棄。

「……慢慢，我們的相遇也許是假的，但是……眼前的我所對妳說的每一句話都是真的啊，現在妳所看到的就是真實。怎麼相遇的，真的那麼重要嗎？」

「可是我曾經也以為，當時眼前的你是真實的呀，事實是我們相遇了，我卻始終沒有遇見真正的你。……我沒辦法身處在一個我必須不停去懷疑與猜測的關係裡，我很愛你，我還是很愛你，但我沒辦法了，湯以凡……你摧毀了我對愛的信任和定義。」

「慢慢……我拜託妳……不要就這樣放棄……」我緊閉著雙眼，強忍著鼻酸，我想伸出手輕碰她的手，她卻將手收了回來。

「……如果……如果我們真的是彼此對的人，那我們就會再相遇吧。如果我們當初的相遇是命中註定的話……那就還給緣分決定吧。」

她緩慢地說出口，像是一齣電影即將落幕，喜劇開場，悲劇結尾，她嘴角顫抖著，將視線避開了我的眼神。

「慢慢……求求妳。」我低聲地盼求，苟延殘喘的姿態，不願意迎接這段關係即將迎來結局。

「在那之前……」她啜泣說著：「不要來找我，不要聯絡我，我們各自好好生活吧。」

「慢慢……」

她站起身，拿起掛在椅背上的包包，我還來不及跟著起身，她閉著微微顫抖的雙眼，流下了眼淚，然後睜開她那雙仍然漂亮的眼睛凝視著我。

「可是如果……這是我們這輩子最後一次遇見對方，我希望你往後的人生，就拋下悲傷和過往，好好地鼓起勇氣去把握，誠實地去善待屬於你真正的幸福。」

我沒有說話，她停頓了幾秒，對我擠出了一個微笑，讓我終於忍不住哭了出聲。這樣的她，連到最後都這麼溫暖，我卻狠狠地傷害了這樣一個美好的人。

「再見了，湯以凡。」

我紅著眼眶，洩氣地看著孫慢慢的背影，在週六早晨的陽光下，她推開了那道咖啡廳的門，走出了我的世界。

她最後依然那麼溫柔，遍體鱗傷後的告別，聽起來仍像是祝福。

她和陶珊，都在告別我的世界後，祝福我能過的幸福，事實是命運待我不薄，讓這兩位如此溫柔的人走進我的生命裡，我曾經有過能好好把握和守護幸福的機會，我卻屢次把一手好牌打得一踏糊塗。

我一直以為幸福需要一個對的時機就會出現，可未曾領悟到原來世間沒有不請自來的幸福，我終於開始明白，幸福不是傷心流淚的風險不存在，而是即便知道前方有那麼多可能心碎的風險存在，仍然鼓起勇氣一一克服，坦然面對。

如果人的一生有幸能遇到一個願意一起為此同行去冒險的人，幸福便不在追尋的遠方，而是如影隨形的日常。
不幸地是我沒有好好把握。

03 The Right Choice

孫慢慢

你曾經在思念一個人的時候，仔細地計算過時間嗎？
你曾經在思念一個人的時候，仔細地計算過思念的重量嗎？
如果思念的頻率沒有隨時間流逝而下降，思念的重量沒有因為每天消耗而減輕，那是為什麼呢？
是因為想見不能再見，所以才讓思念特別濃烈嗎？
還是因為我從未真正放下，所以心裡始終掛念著沒有圓滿的結局？

我站在充滿灰塵的儲物櫃裡，翻出一疊使用過的日記本，不自覺地靜靜地讀完了我在兩年前最後一天所寫下的這一段話。
我雙臂向上延伸，伸展累了一整個星期的筋骨，我的公寓裡被大大小小的紙箱佔據，清空的書櫃和儲物櫃已經填滿好幾個大紙箱，放眼望去還有一整個衣櫃的衣服得好好整理一番。我將手裡這疊記錄著我二十歲時代的珍貴老舊日記本們捧起，伸手向後抓了一個小紙箱，一張拍立得照片咻地從其中一本筆記本裡頭滑落，落在我的腳邊。

「嘖……真是的……」我放下手中的那堆日記本，蹲下拾起那張照片，翻回來的瞬間心又著實被捏了一下。

照片是我幫湯以凡在泰國海島的沙灘上拍的背影，最後一天離開前我們借了飯店企劃部的拍立得，偷偷溜到海灘上拍了許多照片留念。單單是凝視著這張有些曝光又模糊的背影照片，我就能立即想起那一天所有的一切，空氣中鹹鹹的海味、溫和的海風、曬在手臂皮膚上有些刺痛的陽光、湯以凡衣服上洗衣精的氣味、我所噴的淡香水味、腳踩在沙灘上的細緻觸感、他看著我的眼神、我擁抱他的力道……我全都記得一清二楚。

你現在過得好嗎？我輕輕摸著照片中的他的背影，心中總不免想起，過去的這兩年他過得還好嗎？

兩年前在咖啡廳最後一次見面的時候，是我做出了分開的決定，至今我仍認為是當時唯一對的選擇，我很誠實地面對自己內心過不去的坎，也總是義無反顧地做出決定，承擔著後果。他真的如我所要求，從此再也沒出現在我的生活中。

剛分手的第一年，我的每一天都黑暗無比，我總是不自覺地流著眼淚，接待新娘客人時甚至無法堆出客套的笑容，認為此刻他們的幸福全是幻影，身處在客戶的婚禮聽著台上新人山盟海誓，我內心竟感到前所未有的悲涼和可笑。

每當我意識到自己從一個對幸福充滿憧憬的人，變成一個這樣心中充滿悲傷的人，我就好氣湯以凡，他讓我失去了我自己，失去了我最引以為傲的浪漫情懷。

然而有更多的時候，我發現自己無時無刻都思念著湯以凡，在我們分手後，我把曾經與Nobody的對話紀錄重看了一遍又一遍，近乎要成為我當時的解答之書，而每一個對話細節，原來早就透露著他是湯以凡的線索，是我當時太過一廂情願相信Nobody就是命運讓我重新遇見的Matt，而忽略了Matt身上那些和我不對盤的人格特質和價值觀，我能從每一個我與Nobody的言談字句裡頭，感受出我當時因為有了這樣一個如此合拍的人一起分享生活有多麼快樂，而這個人原來不是別人，就是湯以凡。

正當我的心要再次確認自己還愛著湯以凡時，我便又想起他對我說過的每一句謊話……而我過去整整兩年的每一分每一秒，就在這樣矛盾的拉扯與煎熬中度過，我既深愛著他，同時也怨恨著他，我痛恨這樣的自己，更埋怨讓我變成這樣的他。

筋疲力盡的我，知道我沒辦法再繼續這樣生活下去了。

我沒辦法在一個充斥著各式各樣回憶的城市中往前走，每一天我走進工作室，我就無法抹去腦海中湯以凡和陶珊第一次一起走進來的畫面、湯以凡坐在沙發上滑著交友軟體，偶然滑到我的瞬間。

於是當我和芮娜正式提議，我想搬回南部城市重新開始時，她沒有多說一句話，給了我一個用力的擁抱，輕輕地說：「好，妳好的話，都好。」

✿

我站在門口迎接我在「慢慢幸福」工作室的最後一組特別的客戶，一頭銀白色短髮、戴著細緻金框眼鏡，一串迷你小巧的珍珠項鍊在頸間點綴的優雅婦人，踩著低跟鞋走進工作室，「慢慢，好久不見了。」她掛著和藹溫暖的微笑，給了我一個擁抱。

「李老師！」

站在我面前這一位六十五歲的太太，正是我的高中老師，充滿智慧和總是掛著笑容的李老師，是我最喜歡和景仰的老師。畢業後的每一年，我都會在重要節日向她捎去問候，因此當我在今年初向她更新我的近況時，她請求我讓她成為我離開工作室前的最後一位客戶。

在婚紗工作室的這些年來，我們服務過不少中高年齡層的客戶，但六十五歲的李老師是年紀最長的一位，在我念高中時的第二年，有傳言當時李老師和師丈分開了，因此當我接到老師的請求時，我對於她口中這場「二次婚禮」感到非常好奇。

李老師的優雅身段和儀態，即便已經六十五歲，舉手投足仍舊散發出令人嚮往的高雅氣質，我們花了一些時間挑選適合她的婚紗，拉開試衣間布幔的那一刻，眼前這位穿著象牙白長袖綢面長裙的女人，讓我好幾度忘了她的年紀。

「這件好適合老師。非常好看！」我說，從鏡子裡也能看出李老師對這件婚紗十分滿意。她望著全身鏡中的自己揚起微笑，眼神裡有著淚光閃爍。

「我就知道慢慢的眼光很好。謝謝妳，慢慢。我老公一定會很驚喜的。」

「老師是怎麼認識師丈的呢？」我一邊替老師整理著裙襬，一面輕鬆地閒聊。

「妳也認識呀！和當時妳唸高中的那位是同一個人。」

她見我太過詫異，腦袋一時轉不過來而沒接話，她忍不住笑了幾聲：「呵呵，大家聽到都是妳這個表情。」

「……所以老師跟師丈復合了嗎？」

她擺擺手，「哎呀，都這把年紀了，也不說復不復合的，人哪，能找到一個能一起相伴生活的夥伴，是一種幸運呀。」

「我方便問老師……當年老師和師丈分開了，是什麼原因？」

老師溫暖地笑笑，「年輕的時候，難免會犯下一些錯，當時他做了不少讓我傷心和失望的事情，當然我們也試過去修補這段關係的裂痕……不過當下實在太難了，我們的緣分看起來已經到了盡頭。誰知道一分開，十幾年就過去了。這些年，我經常會想，是不是當時我不夠寬容，去原諒他所犯過的錯？但是換個角度想，當時的我的確受了很重的傷呀，我如果對他寬容，就是對當時的自己殘忍。」

「妳後悔當時分開的決定嗎？」我問

她搖搖頭，「我做了當下我認為對的選擇。」

「那老師應該原諒師丈當時所犯的錯了吧？所以現在才願意再給他一次機會。」

「原諒呀……」她輕嘆了一口氣，飽含了各種經過歲月淬鍊的情緒，「原諒是一門很大的學問，我也還在修行。我不知道我是否原諒他了，但我想……我是該釋懷了。慢慢，有時候不見得要原諒傷害妳的人才能結束痛苦，而是要放下，妳才會往前走。即便師丈當時傷我那麼深，我們還是有過非常多美好快樂的回憶，十幾年過後當老天又給我們機會重修舊好時，我問自己，都六十五歲了……也不知道有沒有下一個十多年，要不要和這個人再試一試呢？與其說是再給他一次機會，我是決定再給自己一次機會。」

老師溫暖的手掌心覆上我的手臂，「謝謝妳幫老師找到這一件漂亮的禮服，能穿著由妳親手挑選的禮服迎接我人生的第二春，一定會很棒的。祝福妳不論到哪個城市，未來也都會很幸福。」

她的一席話是她親自體驗過的人生智慧，像是一道在黑暗隧道盡頭裡的微光，這兩年如此脆弱艱辛又漫長的時光中，這是我感受到最深層的治癒，也是我第一次看到了出口就在不遠的未來。

✿

搬家公司將一箱箱的家當全搬上車，這也是我離開這座城市的最後一個週末，工作室會在轉交給芮娜經營之前，進行一次大翻新，也趁此加入一些新的經營元素，變成芮娜的風格。

今天是我最後一次去工作室幫忙清點作業，我起了個大早最後整理一些交接資料，在前往工作室的路上經過了附近的浪吧咖啡，一張貼在木頭大門上的白紙公告吸引了我的目光。

「竟然要結束營業了呀……」

浪吧咖啡因為租約到期，也即將在這個週日結束營業。看了看手錶，我還有很多餘裕，於是臨時起意踏進了咖啡廳裡頭。

「歡迎光臨。」服務生清亮的聲音在吧台迎接我，「有位子都可以坐哦！」

時間來得早，店裡除了有一對大學生情侶坐在角落敲著筆電鍵盤，其他座位都還是前一晚整齊的模樣。我猶豫了幾秒，最後決定走向那張充滿回憶的桌子。

我曾在這裡和湯以凡成為分享心事的好友，也曾在這裡和他落淚告別，如今兩年過去，我即將要離開這座城市，浪吧咖啡也要結束營業，彷彿預告著這一切都要畫下句點。

我點了一杯冰拿鐵，隨即又想起這家咖啡廳的紅絲絨蛋糕，於是向服務生追加：「你們今天還有紅絲絨蛋糕嗎？」

綁著馬尾的服務生露出狐疑神情，「我們已經很久沒有賣紅絲絨蛋糕了哦。兩年多前就沒賣了……」

「啊……原來是這樣呀。」

「妳一定是我們的老客人吧？我們的紅絲絨以前有一陣子賣得很好，尤其有一位超級粉絲，很常來買紅絲絨送給他喜歡的女生。他昨天也特別來這邊喝最後一次咖啡，問了同樣的問題。」

服務生淘淘不絕，我心裡有個隱約的答案，忍不住猜想她口中的這一個人，是不是我所想的那一個人。

「這位先生是不是點了熱咖啡？」我問。

她眼珠轉了轉，嘟起了嘴悶哼幾聲，接著搖搖頭，「不是哦，他應該點了冰拿鐵，就跟妳點的一樣。」

我心中不知怎地鬆了一口氣，原來不是湯以凡，是我多想了。

也是，兩年可以發生很多改變，他也許再也沒來過這間咖啡廳，甚至也許不在這個城市了，我暗自氣自己仍不自覺將與他無關的巧合和湯以凡聯想在一塊，思緒又忍不住飄回前方空蕩蕩的座位，他不在眼前聽我講交友軟體上的情場煩惱，也不在眼前紅著眼眶哀求我別走……所有的快樂和傷心，如今都是過眼雲煙。

我常常在想，萬一那一天真的是我和他這輩子最後一次遇見彼此呢？我們有好好說再見嗎？若我們之間的再見，是再也不見，他是否也會偶爾想起我呢？

也許我得開始學會接受，我們已經走向了不同的人生道路。他不知道我人在何方，我也不知道他的往後是否安好。

我獨自喝完這杯冰拿鐵，走出了咖啡廳，又完成一次與這座城市的告別。

♥芮娜

看著你最好的朋友曾經渾身上下都閃耀著幸福的光芒，卻在一夕之間失魂落魄地過了兩年，老實說我好幾度都想私下找那個混蛋算帳。

湯以凡不只毀了孫慢慢對愛情的嚮往和信心，甚至幾乎毀了她的夢想工作，讓她好幾度喊著要放棄婚紗工作室。

每一次我和慢慢說，要找人把湯以凡修理一頓，替她好好報仇，她還是不改那個心軟的壞習慣，替他說了幾句好話。

兩年過去了，這些日子我試著介紹我老公身旁的優質單身好友給她，她總是立即回絕，躲回她的傷心小窩。

我不知道這傢伙是在逃避，還是她心中還有湯以凡。當她與湯以凡正式分手那一天，她一進到我家便嚎啕大哭，話也說不清地哭了一整夜，直到隔天才有力氣與我娓娓道來湯以凡究竟做了什麼。

要我看來，湯以凡也不是玩人於股掌間的情場高手，他其實更像個沒有勇氣的膽小鬼，沒膽承擔自己當初撒的那些謊，然而回想起他準備和孫慢慢求婚前的樣子，還有他和孫慢慢交往期間的所有表現，我必須承認，湯以凡非常愛孫慢慢，也的確讓慢慢非常快樂。

所以在這些事情發生後，我才加倍心疼孫慢慢，她明明是一個比我更值得擁有幸福的人，卻選擇將自己的世界關了起來，不願意走出去認識任何人，一年半載過去，她還是這個樣子，這就讓我看不下去了。

於是我做了一件她可能會生氣的事情，但我芮娜本人可是沒在怕的。

半年前的今天，在她又一次拒絕我安排的朋友飯局後，我私自下載了她最愛的那個交友軟體，幫她創了一個完美的嶄新帳號。

孫慢慢條件那麼好，配對率總是百發百中，每天都有收不完的問候訊息，她本人唯一的問題就是眼光不好，因此這一次我決定擔起守門員的角色，先替她過濾一次，真的有頂級好菜，也得先過我這關。

今天是她最後一次踏進工作室，工作室裡的打掃阿姨已經開始著手進行第一步的大掃除，裝修師傅也在另一頭準備進行拆除，她和我打完招呼後，便抓著一疊老舊的客戶資料坐在接待區的沙發上開始整理，我挺著懷孕六個月的肚子，一屁股在另一頭的櫃台坐下，偷偷拿出我的手機偷閒，幫孫慢慢繼續在「Make it Right」上尋覓著潛力股。

我左滑、左滑、左滑、左滑……參差不齊的素質讓我一度感到厭倦，才剛滑掉上一個，馬上出現下一個，我近乎以反射性動作的速度準備滑掉，一個熟悉的名字卻嚇得我差一點叫出聲。

我將手機靠在眼前，放慢速度仔細端詳這一個有趣的帳號，寫著大大的三個字：**湯以凡**。

這傢伙果然是垃圾，慢慢那個傻瓜還在為他傷心，他已經在上交友軟體大開殺戒。

我抱持著見不得他好的心態，滑動了他的照片。

第一張照片是一張在海邊拍的男性背影照，看不清楚他的臉孔。

第二張的側臉我就熟悉不過了，是孫慢慢的側臉，一朵雞蛋花塞在她的耳後，微微過度曝光的照片中仍看得出她笑的很開心。

第三張是一張木桌子上擺著冰拿鐵和紅絲絨蛋糕。

第四張是三顆蘋果上貼了辦公室用的小便條紙，用工整的字跡各自寫著「對、不、起」。

第五張是手掌心捧著一朵白黃相間的雞蛋花。

我很快就知道是我誤會他了。顯而易見地湯以凡並不是上來尋找新戀情，他的帳號就是為了尋找孫慢慢而存在。

我按下自我介紹的區間，湯以凡的文字便展開在眼前：

喜歡為妳下廚，喜歡幫妳收拾妳總是忘記的空杯子，喜歡睡前幫妳留一盞小夜燈。

最近學會了做甜點，最拿手的甜點是紅絲絨蛋糕。

以前只喝熱咖啡，現在卻不能少了冰拿鐵。

最喜歡的花是雞蛋花。
看過最美的海是那片與妳一起看過的海。
最想念的人是妳。

三件關於我的事，全部都是真的：
1. 我很抱歉傷害了妳。
2. 每天晚上我都祈求，明天能夠再次遇見妳。
3. 我沒有一天停止愛過妳。

我的內心天人交戰，究竟該怎麼做才好？我害怕讓湯以凡再一次走進孫慢慢的生活中，讓她再一次受傷，卻又無法擅自作主，抹去眼前這個可能是讓她重新開始的機會。

我抬頭望向坐在沙發上專注整理資料的慢慢，一時無法做出決定。

「老闆，妳這塊地毯上面這麼一大塊污漬，唉唷，怎麼那麼不小心？要不要我們幫妳處理掉？直接換一塊新的？」打掃阿姨提著一大袋垃圾，經過了慢慢待著的接待區沙發前，她扯著嗓門詢問慢慢，將她嚇了一跳。

孫慢慢移開了她的雙腳，若有所思地凝視著地毯那一塊咖啡色污漬，我記得那一塊污漬是……是湯以凡第一次和陶珊來到工作室時，那個冒失鬼打翻咖啡所留下的痕跡。

慢慢當時試著請人處理過，沒想到還是在米白的絨面地毯上留下了難以抹去的污漬。

我觀察著慢慢的反應，面對打掃阿姨的勸說，她並沒有做出反應，終於在兩分鐘後她掛著微笑抬起了頭，微微搖頭。

「沒關係，留著吧。我會把這塊地毯一起帶走。謝謝妳。」

「妳確定？那塊污漬清不掉耶。」

「嗯，我確定。」

打掃阿姨不解地聳肩後離去，目睹這一切的我卻理解了孫慢慢的決定。

我起身，挺著肚子來到她面前，「在離開前，有一件事情我要讓妳自己決定。」

孫慢慢狐疑地看著我，「我漏了什麼事情沒交接嗎？」

「諾。」我把手機遞給她，她瞪大了眼睛，嘴巴張得偌大，還搞不清楚這是什麼突如其來的情況，「我擅作主張地幫妳辦了一個交友軟體帳號，幫妳過濾了很多人，但這一個……我想妳還是自己決定吧。」

「芮娜妳什麼時候……」

「就這樣，我先去忙。」

我在她來不及對我感到惱火之前，快步地跟上打掃阿姨的腳步，想一起逃到工作室的另一頭，但我忍不住想回頭偷看坐在後方仍然震驚的孫慢慢。

她雙手緊緊握著手機，專注地閱讀上頭的照片和文字，她抿著嘴唇，很快溼了眼眶，似笑非笑的模樣。

終於，她舉起了右手，伸出食指。

孫慢慢，妳的決定會是什麼呢？我忍不住伸長脖子，遠遠地偷看。

她的食指好似要往左移動，卻又在下一秒打住了動作，向右移了一些，她的眉頭像綻放的花苞緩慢舒展開。

然後她輕輕地笑了，纖細的手指仍停留在空中，幾毫米的向左晃動，接著又向右微微擺動，左右為難竟也浪漫的好似春天剛冒出的嫩芽，在微風輕輕吹拂下擺盪。

真受不了這傢伙。

我也滿足地微笑，將視線轉回前方，往前邁步，將她一個人留在原地，陽光從窗外灑進來，剛好落在了她的小小臉蛋上。

你們問我：難道不想知道孫慢慢的決定嗎？

哎呀。

愛從來就不是一個簡單的決定，不是嗎？
但我相信她已經做出了**對的選擇**。
我知道在愛裡這麼勇敢的人，總是會的。

——*The End*

獻給在愛裡勇敢的你／妳

後記

在愛裡勇敢的人，會做出對的選擇

謝謝親愛的你／妳翻開了這本書，讓這個故事有機會陪伴你度過一些時光，能夠在資訊爆炸的忙碌時代，透過一本書的文字相遇，是一份珍貴又難得的緣分。

「對你而言，真愛是什麼呢？」在創作的過程中，我經常對身邊的人拋出這一個問題，幾乎沒有人能夠在第一時間回答，他們沉思半晌，給出了一個個與眾不同卻又動人的答案，而我總是默默珍藏著眼前的畫面：看著人們小心翼翼地篩選每一個字句，只為了將生命中曾經見證過、經歷過的真愛縮影準確地傳達出來，真愛究竟存不存在？真愛又是以什麼形式體現？……我聽到了各種不同的回應，它們卻全都是答案。

愛沒有對的選擇，也沒有正確答案，而這就是真愛之所以珍貴的原因，若沒有去經歷愛的高低起伏，就錯失了去體悟愛的樣貌的機會；付出真心就可能有受傷的風險，所以在愛裡才需要勇氣，而我始終相信，在愛裡勇敢的人，最後不會被幸福虧待，如果你正在愛的路上感到迷惘，請不要否定自己的努力和勇敢，你會做出對的選擇的。

首先謝謝秀威的編輯孟人玉與編輯出版團隊，讓這本書能夠順利誕生。

謝謝推薦序撰寫人POPO J，願意為這本書寫下深刻又發人省思的推薦序。

謝謝封面設計插畫家Yuya，為本書設計了一件充滿靈魂的迷人外衣。

謝謝所有曾經在創作過程中，幫助過我完成這本書的人，你們的每一個分享都是這個故事的養分。

Special thanks to Amelie, Amber, Claire, Karyna, Maggie, Renee, Selma, Sara, Tong, UJ. (alphabetical order)

謝謝親愛的S和我自己，讓彼此在尋常的日子裡，學習如何愛人與被愛。

最後謝謝把這本書握在手裡的你，希望愛之於你溫柔相待，從此幸福完整。

二〇二四年七月六日 17:05

義大利米蘭

釀愛情21　PG3070

一個指尖的相愛機率

作　　者　劉昱萱
責任編輯　孟人玉
內頁圖示　Freepik.com
圖文排版　楊家齊
封面設計　Yuya's Illustration
封面完稿　李孟瑾

出版策劃　釀出版
製作發行　秀威資訊科技股份有限公司
114 台北市內湖區瑞光路76巷65號1樓
電話：+886-2-2796-3638　傳真：+886-2-2796-1377
服務信箱：service@showwe.com.tw
http://www.showwe.com.tw
郵政劃撥　19563868　戶名：秀威資訊科技股份有限公司
展售門市　國家書店【松江門市】
104 台北市中山區松江路209號1樓
電話：+886-2-2518-0207　傳真：+886-2-2518-0778
網路訂購　秀威網路書店：https://store.showwe.tw
國家網路書店：https://www.govbooks.com.tw
法律顧問　毛國樑　律師
總 經 銷　聯合發行股份有限公司
231新北市新店區寶橋路235巷6弄6號4F
電話：+886-2-2917-8022　傳真：+886-2-2915-6275

出版日期　2024年9月　BOD一版
定　　價　450元

讀者回函卡

Printed in Taiwan

國家圖書館出版品預行編目

一個指尖的相愛機率 = The right choice/劉昱萱
著. -- 一版. -- 臺北市 : 釀出版, 2024.09
面 ;　公分. -- (釀愛情 ; 21)
BOD版
ISBN 978-986-445-977-3(平裝)

863.57　　113011321